산속의 가을 저녁 山居秋暝

빈 산, 새로 내린 비 막 갠 뒤
날 저물자 가을이 깊어졌다
밝은 달 소나무 사이로 비치고
맑은 샘물은 돌 위로 흐른다
대나무 숲 시끄럽게 빨래 하는 아낙네들 돌아가고
연꽃 요동치게 고깃배가 내려가네
봄날의 향기로운 꽃 없어진들 어떠리
은자만 절로 머물만 한 것을

空山新雨後 天氣晚來秋 明月松間照 清泉石上流
竹暄歸浣女 蓮動下漁丹 隨意春芳歇 王孫自可留

太極劍解

태극
검해

태극검해(太極劍解) 6

한성수 新무협 판타지 소설

초판 1쇄 찍은 날 § 2005년 10월 27일
초판 1쇄 펴낸 날 § 2005년 11월 7일

지은이 § 한성수
펴낸이 § 서경석

편집장 § 문혜영
편집책임 § 장상수
편집 § 서지현 · 최하나

펴낸곳 § 도서출판 청어람
등록번호 § 제1081-1-89호
등록일자 § 1999. 5. 31
어람번호 § 제2-0729호

주소 § 경기도 부천시 원미구 심곡1동 350-1 남성B/D 3F (우) 420-011
전화 § 032-656-4452 팩스 § 032-656-4453
http://www.chungeoram.com
E-mail § eoram99@chollian.net

ISBN 89-5831-793-0 04810
ISBN 89-5831-524-5 (세트)

太
極
劍
解

한성우 新무협 판타지 소설
Fantastic Oriental Heroes

6

사천대전(四川大戰)

태
극
검해

도서출판
청어람

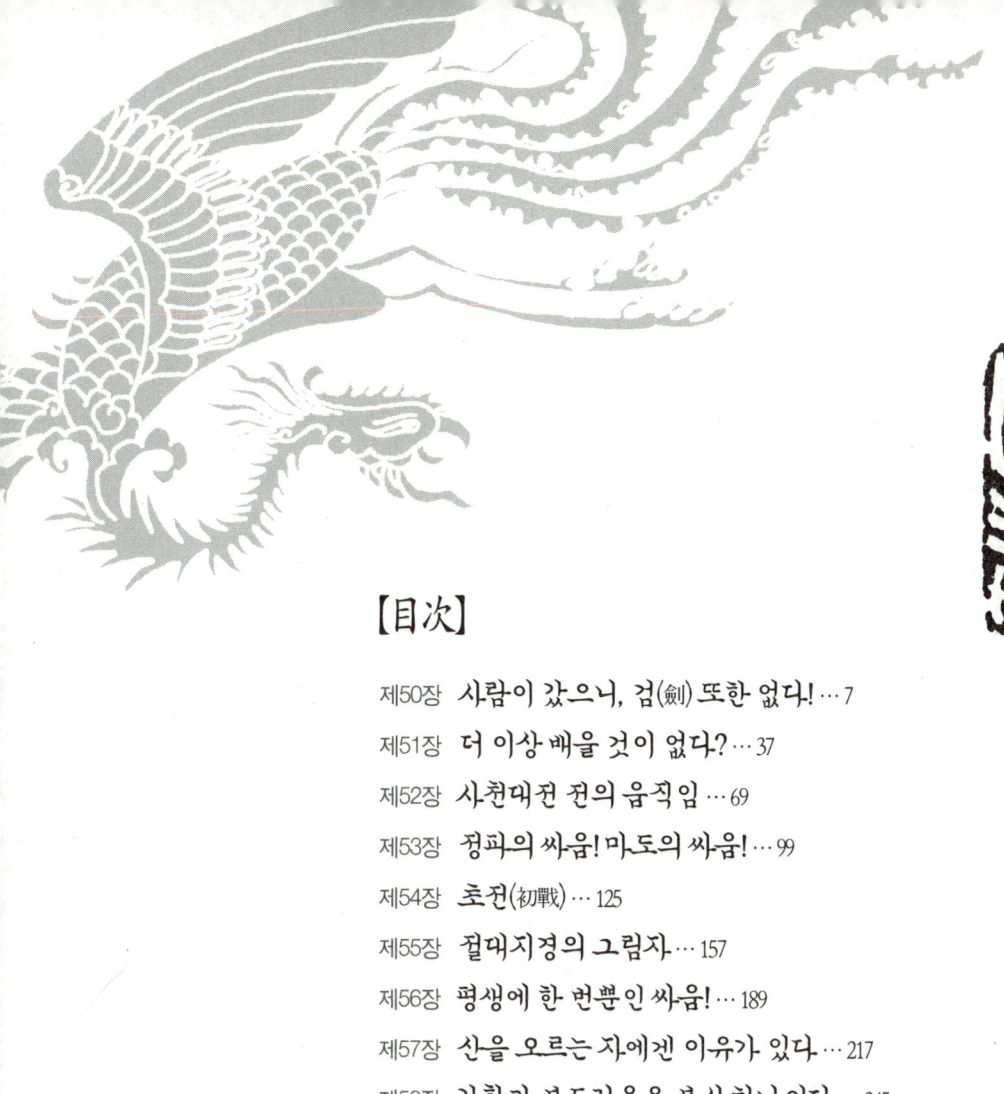

【目次】

제50장 사람이 갔으니, 검(劍) 또한 없다!…7

제51장 더 이상 배울 것이 없다?…37

제52장 사천때쩐 권의 움직임…69

제53장 징파의 싸움! 마도의 싸움!…99

제54장 초전(初戰)…125

제55장 절대지경의 그림자…157

제56장 평생에 한 번뿐인 싸움!…189

제57장 산을 오르는 자에겐 이유가 있다…217

제58장 강함과 부드러움은 본시 하나이다…245

제59장 싸움, 뜻밖의 결말…271

부록 운남, 사천 취재 여행기 3…296

第五十章 ◆ 사람이 갔으니, 검(劍) 또한 없다!

사람이 갔으니, 검(劍) 또한 없다!

진자운은 빠르게 신형을 날리며 골똘히 생각했다. 그를 불러들인 전음의 주인공에 대해서다. 그 결과 진자운은 몇 명의 후보자들을 떠올렸다.

―삼패 중 일인인 무당파의 대장로 허무 진인.

―화산파 전대 대장로 매화신검(梅花神劍) 진청림.

―곤륜파(崑崙派) 전대 장문인 비룡 진인(飛龍眞人).

―남궁세가 전대 가주 패도진천검(覇道震天劍) 남궁후.

―모용세가 가주 창파검제 모용진천.

모두 검을 주무기로 사용하는 절대의 고수들, 하나같이 현 무림맹주인 각원 대사와 어깨를 나란히 하는 구주 이십오성에 속한 인물들이었다.

그만큼 진자운이 전음과 더불어 느낀 검기는 대단했다. 그에게 지독한 충격을 던져 줬다.

진자운의 등덜미에는 아직도 처음에 돋은 소름이 남아 있었다. 만약 상대에게 마기나 살기를 조금이라도 느꼈다면 당장 뒤도 돌아보지 않고 달아났을 터였다.

그래서 진자운이 뽑은 명단에는 마도나 녹림의 인물이 한 명도 포함되어 있지 않았다. 설마 하니 구주 이십오성에 속할 정도의 절대고수가 마기를 숨기는 치졸한 짓을 할 까닭이 없다고 생각했기 때문이다.

그렇다면 다섯 명의 후보 중 또 몇 사람을 제외할 수 있었다. 이곳이 청성파의 영역임을 감안해 같은 구파에 속한 자들을 빼고, 너무 늙은 사람들 역시 빼야만 한다.

'전음으로 느껴진 목소리는 아무리 많게 잡아도 육십대가 안 되어 보였다. 그리고 구파에 속한 늙은이들은 꽤나 고루하고 체면을 차리길 좋아하니 그들 역시 아닐 것이다. 그렇다면 남는 사람은 한 사람인가……'

진자운은 문득 입가에 작은 미소를 만들어냈다. 상대의 정체를 대충이나마 짐작해 내자 마음에 여유가 돌아왔다. 처음에 검기의 급습을 받았을 때처럼 불안해할 까닭이 없어진 셈이다.

게다가 진자운은 본래 무림맹에 구주 이십오성에 속한 각원 대사를 만나기 위해 복귀했다고 할 수 있다. 그에게 잔뜩 박대를 받던 차에 마침 다른 구주 이십오성을 만나게 됐으니 마다할 이유가 없기도 하다.

슉!

진자운은 약속 장소에 거의 도착하자 경공의 속도를 대폭 줄였다.

그러자 그의 눈앞에 방갓으로 얼굴을 가린 훤칠한 체격의 백의인이 보였다.

진자운을 진저리치게 만들었던 검기를 발출한 절대고수치고는 다소 평범해 보이는 기도.

휘릭!

진자운은 살짝 눈을 가늘게 떠 보였다. 그의 신형이 공중에서 한 바퀴 회전을 하곤 멋지게 백의인 앞에 떨어져 내렸다. 무당 장문인인 북검신도 운룡 진인과 비교해도 손색이 없는 제운종이었다.

"제운종이구나!"

한눈에 진자운의 경신내력을 알아본 백의인이 얼굴을 가린 방갓을 조금 들어올렸다. 마치 자신의 얼굴을 진자운에게 보여주기라도 하려는 것처럼.

'미중년! 아니, 미노년이라고 해야 하려나?'

진자운은 백의인의 얼굴과 얼핏 보이는 은발을 살피고 내심 가벼운 찬탄을 터뜨렸다. 특징적인 은발을 제외하더라도 중년을 갓 넘은 듯한 백의인의 얼굴은 모용휘와 꽤나 많이 닮아 있었다.

"창파검제 모용 선배님이십니까?"

진자운이 포권과 함께 질문을 던지자 모용진천이 입가에 작은 주름을 만들어냈다.

"우리… 구면이었던가?"

'역시!'

진자운은 내심 자신의 판단이 옳았음을 깨닫고 웃는 낯으로 고개를 가로저었다.

"모용 선배님과 소생은 오늘이 첫 만남입니다. 하지만 후배는 모용

단주와는 꽤 친분이 있는 편입니다."

"휘아와 친분이 있다고?"

"그렇습니다."

"휘아와만 친분이 있는 것 같진 않던데?"

모용진천의 얼굴은 평온했고, 목소리에는 고저가 없었다. 전혀 처음과 달라진 점이 없어 보였다.

그러나 진자운은 모용진천의 입가에서 일고 있는 작은 경련을 눈치챘다. 눈치를 보는 것에는 어느 누구보다 탁월한 능력을 발휘하는 진자운이기에 가능한 일.

'뭔가 있다!'

진자운은 슬그머니 내력을 움직여 만일의 사태에 대비한 후 대답했다.

"후배가 우둔하여 모용 선배님께서 무슨 말씀을 하시는지 잘 모르겠습니다. 부디 가르침을 내려주시기 바랍니다."

"흠, 그런가?"

미미하게 고개를 끄덕여 보인 모용진천이 대수롭지 않다는 듯한 얼굴과 달리 말끝에 가시를 붙였다.

"그럼 내 단도직입적으로 말하겠네. 이리저리 말을 돌리는 건 그다지 취미가 없으니까."

"……."

"내 딸 아려 말일세. 자네가 오늘밤 내 딸인 아려와 함께 있지 않았는가? 젊은 두 남녀가 말일세!"

모용진천은 뒤로 갈수록 말끝을 높였다. 필경 심기가 극도로 상했음을 보여주는 모습이다.

진자운은 그제야 모용진천의 내심을 눈치채고 입가로 비집고 튀어 나오려는 웃음을 간신히 참았다.

모용세가에서 모용휘만 팔불출인 줄 알았더니, 가주인 모용진천 역시 만만치 않다는 생각이 들었다.

진자운이 일시 대답이 없자 모용진천의 검미가 하늘로 치켜 올라갔다.

"어찌 대답이 없는가! 자네가 지금 날 무시하는 것인가?"

"아니, 그런 게 아니라……!"

진자운은 뭐라 변명을 하려다 눈을 부릅떴다. 느닷없이 모용진천이 검을 빼 들었기 때문이다.

츄악!

공기가 진저리 쳤다.

극한에 이른 쾌검에 양단된 서러움이었다.

그래도 느닷없이 쾌검에 일격을 당한 진자운만큼 황당하진 않을 것이다.

진자운은 거의 무의식적으로 신형을 틀어 면전을 노리고 파고든 검기를 피하려다 동작을 멈춰 세웠다.

어느새 그의 목젖에 도달한 검인.

검봉으로부터 뿜어져 나오는 살기에 몸이 딱딱하게 굳었다.

'검의 속도가 끝에 이르러 더욱 빨라진 것인가?'

진자운은 자신의 눈앞에 있는 사람은 창파검제 모용진천이라는 걸 다시 한 번 절감했다. 자신이 예상했던 것보다 더욱 빠른 모용진천의 쾌검이 놀라웠다.

보통 강호에서 말하는 쾌검이란 목표점에 이르기 전 조금쯤 속도가 떨어지게 마련이다. 발검으로부터 목표점에 이르는 움직임 자체가 호선을 그릴뿐더러 힘이 갈수록 떨어지는 데 원인이 있었다.

그래서 무공이 높고 눈썰미가 조금이라도 있는 사람이라면 쾌검의 최초 일격을 피해내는 게 그리 어렵지 않다.

발검 전의 기세와 팔과 어깨의 움직임.

상대와의 거리와 주변의 지형지물.

진퇴할 수 있는 공간의 유무 정도만 머리 속에 계산하고 있으면 무난히 피할 수 있고, 반격까지 가할 수 있는 것이다.

그러나 진자운을 직격한 모용진천의 일검은 결코 평범한 쾌검이 아니었다. 공간, 그 자체를 뛰어넘는 절대의 검초였다.

"꿀꺽!"

진자운이 침을 삼키는 순간, 그의 목울대에 대어져 있던 검인을 타고 선명한 피 한 방울이 흘러내렸다.

"성광추혼검의 첫 번째 초식인 유성광휘(流星光輝)라네. 말 그대로 유성이 뿌리는 빛무리를 닮은 쾌검이지."

"…멋지군요."

"자네가 아려와 어찌 교분을 맺었는지 궁금한데, 내게 말해 줄 수 있겠는가?"

뜬금없는 말이었다. 사실 이 말이야말로 모용진천의 본심이었음에 분명하다.

힐끔.

진자운은 자신의 피로 붉게 물든 검봉을 곁눈질로 내려다보곤 바로 대답했다.

"군자는 본래 목에 칼이 대어져 있다 하여 쉽사리 굴복하지 않습니다."

"자네가 군자란 말인가?"

"그렇진 않습니다."

진자운이 씩 웃고는 모용청려와의 관계에 대해 주저리주저리 늘어놓기 시작했다.

'빼어난 제운종이나 유성광휘에 순간적으로 보인 반응은 내 착각이었단 말인가?'

진자운의 설명이 끝난 순간, 모용진천은 봉황과 같은 눈매를 가볍게 찌푸렸다.

집 나갔던 딸내미의 그간 행적에 관해 간단명료한 설명을 들은 건 다행스러운 일이었다. 결코 나쁜 일이 아니었다. 그런데 뭔가 마땅찮은 지금의 기분은 무엇이란 말인가.

사실 그가 느닷없이 절세의 검초를 펼쳐 진자운을 압박한 건 무인만의 본능에 따른 것이었다.

무림을 떠나 있던 지난 십여 년간 단 한 번도 느껴본 적이 없는 느낌, 초절정고수와의 조우에 대한 흥분의 여파였다.

그런데 나름대로 진지해져 있던 그를 진자운은 단숨에 멍청하게 만들었다.

발끈하여 거센 반항을 보이길 바랐다. 그래서 그걸 기회로 선배, 후배의 예의를 차리지 않고 한차례 화려한 드잡이질을 벌이고 싶었다.

그런데 그렇게 할 수 없었다. 없게 됐다. 눈앞에서 재수없게 빙글거리고 있는 진자운이 무인의 기개를 보이지 않고 바로 항복했을뿐더러, 전혀 대항할 의사가 없다는 기운을 노골적으로 내비치고 있었기 때문이다.

스윽!

결국 맥이 빠진 얼굴이 된 모용진천의 검봉이 진자운의 목젖을 자유롭게 풀어줬다. 눈앞의 얼빠진 애송이에게 모용청려가 마음을 줬을 리 없다는 판단이었다.

히죽!

진자운의 입가로 미미한 미소가 스쳐 지나간 건 바로 그 순간이었다.

완벽하게 제압당해 옴싹달싹하지 못하던 상황에서 벗어나자마자 그의 억눌려 있던 본성이 고개를 들었다.

'응?'

모용진천이 어떤 반응을 보이기도 전이다. 그러니까 모용진천의 검이 진자운의 목젖에서 떨어지고 바로였다.

지직!

회수되는 검봉을 따라가듯 강하게 일 보를 내딛은 진자운의 신형이 번개같이 지축을 찍으며 앞으로 튀어나갔다.

파팍!

진자운은 월아검을 뽑지 않았다. 검을 뽑을 시간조차 아까웠기 때문이다.

대신 그의 신형은 공중에서 응축되었다가 거센 폭발을 일으켰다.

탄슬반추!

모용진천의 유성광휘에 결코 못하지 않은 속도이고 폭발력이었다. 적어도 진자운은 그리 생각했다.

하지만 공중에서 이중으로 튀어 오른 그의 무릎은 헛되이 야천을 가르고 말았다.

그가 목표로했던 모용진천의 훤칠한 신형이 어느새 반양의의 변화를 밟으며 바늘 끝만한 공간을 뚫고 이동한 상황.

휘릭!

진자운은 거기서 포기하지 않았다.

탄슬반추를 재빨리 자오원앙각의 추동여각(錐動如脚)으로 바꾼 그에게서 광풍이 일었다. 최소한 주변 일 장여를 모두 포괄하여 영향을 줄 수 있는 공세였다.

그러자 모용진천은 더 이상 보법을 밟지 않았다. 포기했다. 절대고수답게 진자운의 공격이 폭풍의 시발점과 다름없다는 걸 알고 있었기 때문이다.

'폭풍을 잠재우려면 그 눈을 공격해야 하는 법!'

모용진천의 곧추세워진 검지가 느릿하나 막강한 기운을 담고서 앞으로 내뻗어졌다. 일음지로 진자운의 단전을 공격해 상황을 반전시키려는 의도.

찌직!

진자운은 갑자기 하단전을 강습한 일음지에 놀라 숨을 한껏 들이켰다.

일음지 자체가 무서운 건 아니었다. 그 뒤에 이어질 모용진천의 반격이 두려웠다. 지금으로선 반호흡이나마 공격을 늦출 수 없었다.

'단천뢰심강을 믿는다!'

진자운은 순간적으로 단천뢰심강을 호신강기로 전환했다. 일음지를 그냥 맨몸으로 받아내고 모용진천을 더욱 거세게 몰아칠 생각이었다.

그러나 고인의 손에서 펼쳐지면 평범한 권초라 해도 신공절학이 된다고 했던가!

일음지를 맨몸으로 받아낸 진자운은 순간적으로 숨이 끊기는 듯한 고통을 느꼈다. 일음지의 한랭한 기운이 놀랍게도 단천뢰심강을 뚫고 단전까지 침투했기 때문이다.

"큭!"

진자운은 고통을 참고 모용진천에게 일권파를 펼치려다 나직이 신음을 토했다.

단전에 파고든 일음지의 기운에 기경팔맥(奇經八脈) 전체가 얼어붙는 듯했다. 평소처럼 오기나 독기를 부려도 움직일 수 없는 상황이 된 것이다.

"어찌 무당의 제자가 검을 쓰지 않고 권을 쓰는 것이지?"

"……."

"설마 내 외호가 창파검제이니, 검보다는 권법으로 싸우는 게 낫다고 생각한 것인가?"

일권파를 펼치는 동작 그대로 굳어버린 진자운에게 연달아 질문을 던진 모용진천의 눈에 흐릿한 이채가 떠올랐다. 자신을 바라보고 있는 투지 넘치는 눈빛이 이미 대답을 했다는 생각이 들었기 때문이다.

'허허, 내게 이처럼 진심으로 덤벼드는 자를 본 게 얼마 만인가! 이제 갓 약관을 넘은 것 같거늘 벌써 무공이 이러한 경지에 오른 것도 기특하지만 그 투지가 놀랍지 않은가?'

내심 흔쾌히 웃은 모용진천이 다시 식지로 진자운을 가리켰다. 자신의 일음지 공력으로 진자운의 체내에 파고든 한랭한 기운을 제거해 주려 함이었다.

그러나 바로 그때였다. 살아 있는 석상 노릇을 충실히 하고 있던 진자운이 다시 움직임을 보였다. 단천뢰심강을 뚫느라 약해져 있던 일음지 공력을 태극심공의 심후한 내력이 그사이 녹여 버리는 데 성공한 것이다.

파아!

월아검이 긴 궤적을 그렸다. 처음, 모용진천이 보였던 유성광휘에 버금가는 쾌검.

공간을 그대로 가른 예리한 검기가 단숨에 모용진천의 인후 앞에 도달했다. 진자운은 자신이 당한 그대로를 모용진천에게 돌려주려 했음이 분명하다.

'이 검은……'

모용진천은 놀라운 쾌검 속에서 뚜렷한 특징을 지닌 월아검을 한눈에 알아봤다.

그가 과거 자신과 씻을 수 없는 악연을 맺었던 검의 주인을 떠올렸음은 당연하다. 그와 함께 그는 내심 진자운에게 가지고 있던 호의를 거둬들이기로 마음먹었다.

슥!

모용진천은 단지 고개를 옆으로 눕히는 것만으로 진자운의 쾌검을 피해냈다. 진자운이 유성광휘에 속수무책으로 당했던 것과는 전혀 다른 결과.

그 다음 벌어진 변화는 더욱 달랐다.

번쩍!

모용진천의 검이 다시 공간을 갈랐다.

오성동주(五星同舟)!

옛 고사성어인 오월동주(吳越同舟: 원수와 함께 배를 타다)에서 나온 검초는 단숨에 다섯 개로 나뉘었다 떠나온 집을 찾아가듯 한곳으로 합쳐졌다. 진자운의 상반신 전체를 검기의 영향권 내에 몰아넣은 것이다.

그러자 진자운은 대뜸 수중의 월아검을 거둬들여 원원도도를 펼쳤다. 유성광휘가 다섯 개나 펼쳐진 것과 같은 오성동주를 막아내기 위해선 어쩔 수 없는 선택이었다.

파파파파파!

연거푸 일어난 검원과 부딪친 다섯 개의 검기가 이리저리 꺾어지고 휘어졌다. 모용진천의 오성동주가 진자운의 원원도도를 돌파하는 데 실패한 상황.

'큭!'

진자운은 오성동주의 유성과 같은 검기를 하나씩 막아낼 때마다 손아귀가 찢어지는 듯한 통증을 느꼈다.

검기로 보이는 오성동주가 실제론 검강과 같은 파괴력을 담고 있었다. 아니, 지금 진자운이 느끼는 압박감은 검강을 능가하는 것이었다.

우웅!

결국 중검무봉을 펼쳐 자신의 몸 전체를 월아검 뒤에 감춘 진자운이 재빨리 뒤로 물러섰다.

그는 모용진천의 오성동주를 한차례 막아내는 데만도 전신의 내력을 몽땅 소진해야 했다. 반격은 엄두조차 못내는 게 당연한 현실이었다.

그때 모용진천이 다시 진자운에게 검격을 가하는 대신 냉랭한 목소리로 말했다.

"무당의 지보인 태극혜검의 진의를 얻은 자가 어찌 사악한 마교도의 검을 가지고 있는 것인가?"

'사악한 마교도의 검?'

진자운의 시선이 순간적으로 수중의 월아검을 향했다. 떠오르는 상념 한 조각이 있었다. 삼아검의 본래 주인인 서이환의 마지막 모습이었다.

슥!

진자운은 갑자기 중검무봉을 거둬들이고 검영 속에서 빠져나왔다.

"모용 선배님, 후배의 검은 사악한 마교도의 것이 아닙니다."

"아니다?"

"그렇습니다. 후배가 가진 월아검은 일검필살 귀견수라 불리던 멋진 무인이 목숨처럼 아끼던 삼아검 중 하나입니다."

"서… 이환!"

모용진천의 내심을 읽기 힘들던 눈 깊은 곳에서 순간 격한 노여움이 뭉클거리며 일어났다.

하나의 오점도 없던 그의 일생 중 서이환만큼 격심한 증오를 품게 했던 인물은 없었다. 그만큼 분노의 크기는 크고 격렬한 게 당연했다.

그러나 전대 모용진천과 서이환 간에 얽힌 은원을 모용청려를 통해 대충 알고 있던 진자운은 눈썹 하나 까딱하지 않았다. 그는 오히려 내심 모용진천을 욕했다.

과거 각기 정과 마에 속한 신진 고수였던 모용진천과 서이환이 은원을 맺게 된 경위는 운명의 신이 장난을 쳤다고밖에 할 수 없는 일이었다. 사람의 인력으론 도저히 어찌할 수 없는 운명이었다.

삼십여 년 전.

모용진천의 애처인 상관추수는 한참 무림을 돌며 비무행에 열중해 있던 남편의 무사귀환을 위해 불공을 드리던 중 최대의 위기를 맞았다.

그녀가 불공을 드리던 산사에 무림의 유명한 음적인 탐화노괴(探花老怪)가 노승으로 신분을 위장하고 숨어 있었기 때문이다.

절세의 미모를 지닌 상관추수에게 음적인 탐화노괴가 흑심을 품는 건 당연한 수순이었다.

강호에 명성이 혁혁한 모용세가와 모용진천이란 존재가 마음에 걸리긴 했으나 그냥 포기하기엔 상관추수에 대한 욕심이 너무 컸다.

숨어 지내는 동안 애써 잠재우고 있던 음심이 불공을 드리는 그녀의 아름다운 모습에 화산처럼 폭발했다.

결국 탐화노괴는 사고를 치고 말았다. 그 자신의 성명절학인 산공독(散功毒)을 뿌려 모용세가 호위 무사들의 의식을 잃게 만들고 상관추수를 추행하려 했다.

그러나 재수가 없었달까?

탐화노괴는 막 격렬히 반항하던 상관추수를 찍어누르고 음욕을 채우려는 순간, 어이없이 목이 날아가고 말았다. 마침 근처를 지나치던 서이환이 흑아검을 던져 위기에 빠진 상관추수를 구한 것이다.

그게 바로 모용진천과 서이환, 상관추수 세 남녀 간 사련(邪戀)의 시작이었다.

비무행에 바쁜 남편 모용진천이 없는 고적감에 몸서리치던 상관추수는 자신을 위기에서 구해준 서이환에게 무심할 수 없었다. 마음속으론 안 된다고 하면서도 자꾸만 서이환에게 관심이 갔다. 미묘한 여심의 변화였다.

해서 강호를 돌며 수련 중에 있던 서이환은 한동안 모용세가를 맴돌았고, 상관추수는 그런 그의 마음을 기꺼워했다. 그녀는 서이환과 자신이 나누는 순결한 정신적인 교감에 흠뻑 취해 있었다.

하지만 서이환은 상관추수와 조금 생각이 달랐다. 그는 상관추수의 모든 것을 가지고 싶어 했다. 정신뿐 아니라 육체까지 자신의 사람으로 만들고 싶었다.

그게 파멸을 불렀다.

서이환과 밀회를 즐기던 상관추수는 어느 날 전해 들은 그의 절절한 고백에 오싹한 공포를 느꼈다. 영원히 깨지 않을 듯하던 꿈속에서 노닐던 그녀가 비로소 현실을 직시하기에 이른 것이다.

남편을 배신할 수 없다는 상관추수의 눈물 어린 외침은 서이환을 미치게 만들었다.

평생 처음으로 사랑한 여인이 자신과 다른 마음을 품고 있었음에 그는 절망했다. 그리고 절망은 분노를 일으켰다. 자신의 사랑인 상관추수를 소유하고 있는 모용진천에 대한 분노였다. 질투였다. 살의였다.

상관추수를 뿌리치고 서이환은 모용진천을 찾아갔다. 그를 죽이거나 자신이 죽기 위함이었다. 그 밖에는 불타오르는 가슴속의 분노를 가라앉힐 수 없었다.

비무 신청!

그리고 결말은… 서이환의 처참한 패배였다.

그는 모용진천의 검에 얼굴이 피투성이가 된 채 죽음을 기다렸다. 이로써 다 끝났다고 생각했다. 전력을 다해 달려들었음에도 패한 것으로 이미 그는 죽은 것이었다. 더 이상 바라는 바는 없었다.

그러나 그는 모용진천 앞에서 다시 한차례 죽음을 맛봐야만 했다.

뒤늦게 싸움터에 달려온 상관추수가 울부짖었다.

그녀는 남편인 모용진천에게 매달려 서이환의 목숨을 구해달라고, 차라리 자신의 목숨을 대신 가져가 달라며 흐느꼈다. 그리고 그에 의해 서이환은 목숨을 구원받아야만 했다.

삶을 얻음이 죽음과 다름없었다.

서이환은 사랑에 배신당하고 정적에게 패했으며, 마지막으로 남았던 무인으로서의 자존심마저 잃고 말았던 것이다.

'쳇, 자기 아내가 딴 놈하고 바람이 났으니, 화가 날 만도 하지만 이미 죽은 사람한테 질투 따위를 해서 뭐 하겠다는 건지. 세월도 흐를 만큼 흘렀건만.'

내심 혀를 찬 진자운이 월아검으로 쏟아져 내리는 달빛 한 조각을 잘랐다. 그리고 말했다.

"모용 선배님, 이 검의 주인은 이미 죽었습니다. 그리고 본래 세 개였던 검 역시 소생의 무능으로 이제 이거 하나밖엔 남지 않았습니다. 그런데도 선배님의 마음속에는 아직 노여움이 남아 계시는 겁니까?"

"서이환이 죽었다고 했는가?"

"그렇습니다. 선배님께서는 모르셨습니까? 벌써 일 년도 훨씬 더 된 일입니다. 그는 온몸에 칼이 박혀 죽었습니다. 한 명의 여인을 지키기 위해서."

"……."

진자운이 은근슬쩍 강조한 뒷말에 모용진천의 눈빛이 가볍게 흔들렸다.

그는 한동안 모용세가에 은거한 탓에 무림 사정에 그다지 밝지 못했다. 그래서 평생 가장 한스럽게 생각했던 서이환의 죽음조차 모르고 있었다.

사람은 갔는데, 증오는 아직 남아 있었다.

몰랐기 때문이다.

모용진천이 뿜어내던 살기가 조금 줄어들자 진자운이 내심 안도의 한숨과 함께 말을 이었다.

"소생은 전대의 일은 잘 모릅니다. 하지만 한 가지는 잘 알고 있습니다. 삼아검의 주인은 진정한 무인이었고, 당당한 사내대장부였습니다. 그러니 선배님께서는 부디 더 이상……."

파창!

진자운은 순간적으로 뒤로 나뒹굴 뻔했다.

하얀색 번개.

느닷없이 모용진천이 쏘아 보낸 검강의 위력은 놀라웠다. 바로 중검무봉을 펼쳐 맞받은 진자운이 일시 내력이 들끓어 미동조차 못할 정도였다.

더불어 두 동강 난 월아검!

서이환이 맡긴 삼아검 중 유일하게 남아 있던 월아검의 최후를 눈으로 확인한 진자운의 입에서 왈칵 피가 튀어나왔다. 내상을 입어서라기보다는 울화가 치밀어 올라서였다.

"이……."

진자운이 뭐라 소리치기 전에 모용진천이 선수를 쳤다.

"사람이 갔으니, 검 또한 없다!"

"……."

"그게 당연하지 않은가?"

모용진천이 진자운에게 씁쓸한 미소를 던지곤 뒤로 젖혀 쓰고 있던 방갓을 바로 했다. 오랫동안 마음속 깊숙한 곳에 악귀가 되어 자리잡고 있던 서이환의 그림자를 그는 방금 전에야 비로소 잘라낸 것이다.

　진자운의 말대로 이각이 지나자 혈도가 풀렸다. 평소와 달리 진자운의 말은 거짓이 아니었다.
　다시 내력이 돌아온 모용청려는 여인에 대한 배려가 부족한 진자운을 내심 욕하며 청성파 쪽으로 발걸음을 옮겼다.
　느닷없이 사라진 진자운의 뒤를 좇고 싶은 마음이 없는 건 아니나 한밤중에 그런 짓을 하는 게 탐탁지 않았다. 밤이슬을 맞으며 청성산을 헤매고 싶진 않은 것이다.
　그렇게 모용청려가 청성파에 도착했을 때다. 몇 명의 청성파 도인들의 인사를 받으며 숙소로 향하던 모용청려의 눈에 이채가 떠올랐다. 청성파 같은 도문에서 참으로 보기 힘든 노화상 한 명을 발견했기 때문이다.
　'저분은……'
　모용청려와 마찬가지로 노화상 역시 그녀를 발견했다. 그리고 비슷한 생각을 품었으리라.
　"헐헐, 어찌 청성파 같은 도문에 월궁항아처럼 어여쁜 여시주가 있더란 말인가! 설마 하니 이 늙은 중의 눈이 잘못되기라도 된 것인가?"
　"어찌 무림맹주이신 각원 대사님의 눈이 잘못되실 수 있겠어요? 소녀는 월궁항아는 아니지만, 조그만 계집애인 건 맞답니다."
　모용청려는 가볍지만 무례하지 않은 대답과 함께 각원 대사에게 다가가 인사했다.
　항주 군웅대회에서 잠깐 모습을 보였던 각원 대사의 모습을 그녀는 똑똑히 기억하고 있었다.

"오호?"

각원 대사가 주름 잡힌 눈을 꿈지럭거렸다.

보기만 해도 젊은이의 가슴을 벌렁거리게 만들 정도의 미모를 지닌 모용청려다. 무공보다는 여인과 술에 매우 관심이 많은 각원 대사가 기억 못할 리 만무했다. 반드시 기억하고 있어야 말이 될 터였다. 그런데 누군지 기억이 나지 않으니 이상한 생각이 들었다.

'이 늙은 중이 진짜 부처님 곁으로 끌려갈 때가 다 되었단 말인가? 어찌 이 어여쁜 여아가 누군지 기억나지 않는단 말인가? 이 정도의 여아라면 항주의 삼화(三花)에 견준다 해도 결코 떨어지지 않을 터인데……'

삼화란 불야성(不夜城)이라 불리는 항주 색주가의 최정상에 군림하는 세 명의 미희를 말함이다.

무림맹을 벗어나 종종 기생집을 찾았던 각원 대사는 먼발치에서나마 삼화 중 한 명에게 수작을 걸다가 개같이 쫓겨나는 망신을 당한 바 있었다.

그때 각원 대사의 의혹 섞인 표정을 눈으로 살핀 모용청려가 생긋 웃어 보였다.

"소녀 가친의 성은 모용이라 하옵니다."

"모용?"

각원 대사의 시선이 그제야 모용청려의 달빛 아래 은은히 빛나는 은 발에 닿았다.

처음만 해도 대수롭지 않게 여겼는데, 모용이란 말을 듣고 보니 금세 깨닫는 바가 있었다.

"헐헐, 자네가 바로 모용 가주가 눈에 넣어도 아프지 않아 한다는 철봉황이로구만?"

"강호 사람들이 과분한 별호를 달아줬습니다."

"외호나 별호를 어찌 쉽사리 달아줄 수 있단 말인가? 무림에 이름이 난다는 건 그만큼의 능력이 있음이야."

각원 대사는 모용청려에게 슬그머니 손을 뻗어 그녀의 어깨를 한차례 토닥여 줬다. 은근슬쩍 만지작거린 것이다. 그리고 슬그머니 입가에 웃음을 만들어 보였다.

"그런데 모용가의 가법은 참으로 엄하구만. 이 험한 전쟁터에 이리 어여쁜 여식을 데리고 오다니 말야."

"예? 그게 무슨……."

모용청려가 눈살을 가볍게 찌푸리며 바라보자 각원 대사의 이마에 주름이 더욱 깊게 패었다.

"설마 자네는 가친을 좇아 이곳에 온 것이 아니란 말인가? 필시 얼마 전에 제갈 늙은이가 자네 가친이 곧 청성산에 온다 해서 이 늙은 중은 그리 생각하고 있었거늘."

'아버님께서 오신단 말인가?'

모용청려의 안색이 크게 흐려졌다.

현재 그녀는 무단으로 모용세가에서 가출한 상태였다. 언제나 그녀의 편을 들어주는 모용휘의 경우 대충 애교로 어찌 구워삶을 수 있었으나, 부친인 모용진천이 온다면 얘기가 달라진다. 적어도 단단히 치도곤을 당할 각오를 해야 할 터였다.

'흘흘, 이 귀엽고 깜찍한 여아가 필시 집에서 사고를 치고 가출을 한 게 아닌가!'

오래된 생강임을 자랑하듯 대번에 모용청려의 현 상황과 내심을 눈치챈 각원 대사의 눈 깊숙한 곳에서 흐릿한 섬광이 일었다. 갑자기 기가 막힌 생각 하나가 떠올랐기 때문이다.

"크허험!"

나직한 헛기침으로 모용청려의 시선을 잡아 끈 각원 대사가 비죽이 웃어 보였다.

"보아하니, 자네는 모용 가주 몰래 집을 빠져나온 게로구만?"

"그, 그게……."

"염려 말게. 이 늙은 중이 자네를 가친에게 팔아먹진 않을 터이니. 하나 이미 자네 가친이 청성산에 왔다면 피할 도리가 없을 터인데, 그 일은 어찌하려는가?"

각원 대사가 자랑하는 어린애 어르고 뺨 때리는 수작이었다. 그러자 평소 같으면 먼저 의심부터 하고 봤을 모용청려의 얼굴에 은근한 기대감이 떠올랐다. 물에 빠진 사람 지푸라기라도 잡고 본다는 심리가 발동했다고 볼 수 있다.

"대사님, 소녀를 도와주세요!"

대뜸 기다렸던 말을 끄집어낸 모용청려에게 각원 대사가 내심 대소를 터뜨리며 눈을 번뜩였다.

"자네가 지금 이 늙은 중에게 도와달라 했는가?"

"예, 대사님께서 제 아버지한테 잘 말씀해 주세요."

"그거야 어렵지 않지만……."

"부탁드려요!"

모용청려가 나긋나긋한 허리까지 숙여 보이자 각원 대사는 이제 일이 거의 다 됐다고 여겼다. 먹음직한 먹잇감이 바로 코앞까지 굴러 들어온 것이다.

"흠, 하지만 그 정도로 창파검제의 마음을 돌려놓을 수 있겠는가?"

"그건……."

"흘흘, 역시 어려운가 보구만. 하지만 이 늙은 중의 생각에 아예 방도가 없는 것도 아닌 것 같은데?"

"방도라시면?"

"만약 자네가 이 늙은 중의 제자가 된다면 이야긴 달라진다는 말일세. 아무리 천하의 모용 가주라도 이 늙은 중의 체면쯤은 봐줘야 할 터이니 말일세."

각원 대사의 의도는 자명했다. 그는 예쁘고 재질마저 탁월한 모용청려를 보고 단박에 마음이 동했다. 반드시 자신의 의발전인으로 삼고 싶어진 것이다.

그러자 이런 상황을 과거 한차례 경험해 본 모용청려의 아미가 살짝 찡그려졌다.

"대사님께서 소녀를 어여삐 봐주신 건 감사합니다만……."

"크험, 늙은 중이 알기로 모용 가주의 성격은 꽤나 강경하다고 들었네. 모용가의 가법 또한 엄하고. 만약 이대로 가친과 만난다면 자네의 고생이 꽤나 심하지 않겠는가?"

고전적인 수법, 얼른 다음은 협박이었다.

'어째서 강호의 늙은이들은 나만 보면 제자로 받아들이려고 안달하는 걸까? 더 이상 나는 무공에 커다란 관심이 없는데…….'

모용청려는 비밀 사부인 허무 진인을 떠올리곤 내심 고개를 가로저었다. 그와는 사제지연을 맺긴 했으나 무당파의 제자로 정식 인정을 받지는 못했다. 무당파에 여자 제자를 둘 수 없다는 규정 때문이다.

그러니 그녀가 또다시 눈앞의 각원 대사의 제자가 되지 말란 법은 없다. 그냥 두 눈 딱 감고 고개만 한차례 끄덕이면 될 일이었다.

잠시 고민하는 표정을 짓던 모용청려가 곧 마음을 정했다. 부친인 모용진천의 치도곤을 맞느니, 늙고 냄새나는 사부 하나를 더 맞아들이는 게 낫다는 판단을 내린 것이다.

"제자, 모용청려가 사부님을 뵙습니다!"

모용청려가 바로 엎드려 구배지례를 올리자 각원 대사가 노구를 흔들어대며 대소를 터뜨렸다. 그의 평생에 최초로 제자를 받는 순간이었다.

"크헐헐헐!"

귓전을 울리는 대소 소리에 모용진천의 검미가 살짝 치켜 올라갔다. 그 속에 담긴 심후한 내력이 은은히 가슴을 진동시켰기 때문이다.

'소림의 사자후(獅子吼)를 이렇게 자연스레 발휘할 수 있는 사람이라…….'

모용진천의 의문을 풀어주듯 뒤따르던 진자운이 나직이 이를 갈며 말했다.

"각… 원… 대사님……."

모용진천이 진자운을 돌아봤다.

"각원 선배님을 아는가?"

"쳇, 어찌 위대하고 대단하고 고명하신 무림맹주님을 후배가 모르겠습니까?"

"개인적으로 아냐고 묻는 것일세."

모용진천이 재차 묻자 진자운이 비꼬인 심사를 얼른 숨겼다. 앞으로 무공에 대한 자신의 의문을 풀어줄 후보 중 한 명인 모용진천의 심기를 거슬러선 안 된다는 판단이었다.

"안다면 안다고 할 수 있고, 모른다면 모른다고 할 수 있습니다."

"독특한 대답이군."

"제가 본래 좀 독특합니다."

"그렇군."

모용진천은 더 이상 진자운에게 캐물으려 하지 않았다. 그 역시 남에게 집요한 추궁을 당하는 걸 좋아하지 않기 때문이다.

그때 청성파로 오르는 길목에 모용휘가 모습을 드러냈다. 앞서 만났던 청룡단 무사에게 진자운이 언질을 준 탓에 모용진천의 도착을 안 것이다.

"아버님! 진 총단주!"

모용휘는 부친인 모용진천에게 얼른 허리를 숙여 보이고 시선을 진자운에게 고정시켰다. 두 사람이 어째서 함께하고 있는지 궁금하다는 표정이다.

진자운이 그의 의문을 풀어줬다.

"산책하던 중 우연히 모용 선배님을 만났소이다."

"우연히?"

모용진천이 단호하게 말했다.

"우연히 만났을 뿐이다."

"예."

모용휘는 얼른 대답하고 재빨리 의혹의 시선을 거뒀다. 평소 모용가의 가정교육이 어떠한지를 단적으로 보여주는 모습이었다.

그 모습을 보고 내심 실실 웃은 진자운이 몰래 모용휘에게 전음을 날렸다.

[모용 단주, 혹시 이곳으로 오기 전에 맹주님을 뵙지 않았소이까?]

[본인은 맹주님을 뵙지 못했습니다. 다만…….]

[웃음소리는 들었다는 거요?]

[그렇습니다.]

진자운은 미미하게 고개를 끄덕이곤 더 이상 묻지 않았다. 모용휘가 거짓말을 선천적으로 못한다는 걸 잘 알고 있기 때문이다.

'그렇다면 천상 청성파 내에서 그 늙은 중이 대소를 터뜨렸다는 것인데…….'

진자운은 내심 염두를 굴리고 모용진천에게 조심스레 말했다.

"모용 선배님, 맹주님께서는 현재 청성파에 계신 것 같습니다. 만나 뵈러 가시겠다면 후배가 안내하겠습니다."

"그런 일이라면 제가……."

눈치코치 없이 나서려는 모용휘를 진자운이 슬쩍 곁눈질로 꼬나봤다. 어딜 나서냐는 압박이 깃든 눈빛이었다.

움찔!

모용휘가 말을 채 끝맺지 못하고 입을 다물자 모용진천이 무심한 눈빛을 진자운에게 던졌다. 진자운과 모용휘 간의 전음이 오고 간 사실을 그는 이미 짐작하고 있었던 것이다.

"각원 선배는 아마도 내가 도착한 사실을 알고 있을 것이네. 굳이 자네가 안내해야 할 까닭은 없어 보이네만?"

"후배는 방금 전 모용 선배님의 가르침에 커다란 감명을 받았습니다."

"감명을 받았다?"

"그렇습니다. 비록 다소간에 오해가 있었긴 했지만, 모용 선배님의 검을 받은 것만으로 후배는 무공상에 있어 크게 눈을 뜰 수 있었습니다. 오랫동안 막혀 있던 곳이 뚫린 것과 같았습니다. 그러니 후배에게 모용 선배님을 끝까지 안내할 수 있는 영광을 주십시오!"

진자운은 고개까지 숙여 보였다. 진심으로 모용진천을 뫼시고 싶다는 강한 의지가 느껴지는 모습이었다. 그만큼 그는 각원 대사를 만나고 싶었던 것이다. 미치도록 말이다.

그 모습은 결국 모용진천의 마음을 움직였다.

"굳이 자네가 그렇게까지 말한다면, 도리가 없겠지. 청성파까지 계속 안내해 주시게."

"감사합니다."

진자운이 다시 머리를 숙여 보이자 모용진천의 눈매가 살짝 가늘어졌다.

'날 죽이려 달려들던 야수와 같던 모습과 지금 눈앞의 모습 중 어떤 게 진짜 모습인가?'

잠시 진자운을 바라보던 모용진천이 시선을 모용휘에게 던졌다.

"들었다시피 아비의 안내는 진 소협이 맡을 것이다. 너는 그만 볼일을 보도록 하거라."

"그렇지만 아버님……."

"무림맹 청룡단의 단주란 직위는 그처럼 할 일이 없는 것이더냐?"

모용진천의 목소리에 서늘한 기색이 실리자 모용휘가 얼른 허리를 숙여 보이며 옆으로 물러섰다. 목젖까지 튀어나온 모용청려에 대한 이야길 그는 꿀꺽 삼킬 수밖에 없었다.

'아려에 대한 이야긴 나중에 고하기로 하자!'

모용휘가 내심 마음을 굳히는 순간 진자운이 살가운 미소를 얼굴 가
득 담은 채 모용진천에게 길을 안내하기 시작했다.

드디어 목표로 했던 각원 대사를 만날 수 있다는 사실이 그의 얼굴
에 미소를 머금게 만들었다. 각원 대사만 만날 수 있으면 그 다음은 어
떻게든 되리란 근거없는 자신감의 발로였다.

◆ 第五十一章 ◆

더 이상 배울 것이 없다?

더 이상 배울 것이 없다?

"쿨럭! 더러운 정파 녀석들……."

백독마군 마득파는 몇 차례 피가래가 섞인 기침을 터뜨리곤 이를 갈 듯 뇌까렸다.

간밤 그는 쌍류에서 사천정의련과 결전을 벌이던 중 심한 내상을 얻었고, 거느리고 있던 수하들마저 대부분 잃었다. 현재 오른팔이던 량패마저 소식을 알 수 없으니, 욕설이라도 내뱉고 싶은 건 당연했다.

모든 건 무당파의 천리비선 운엽자와 칠성검수 때문이었다. 그들의 갑작스런 난입으로 인해 사천정의련을 압박하던 기세가 죽었고, 포위 섬멸의 형국이 될 수밖에 없었다. 간발의 차이로 승패의 향방이 달라진 것이다.

마득파는 나직한 한숨과 함께 그에게서 얼마 떨어지지 않은 곳에 이리저리 주저앉아 있는 독수살단을 바라봤다.

그가 사천에서 수습한 암흑독인을 비롯한 다른 전력이 전멸한 상황에서도 독수살단은 거진 삼 할 가까이 살아남아 있었다. 만독문 최정예 삼단 중 하나라 불리기에 손색없는 모습이다.

하지만 그것도 여기까지였다.

오랜 혈전과 도주 끝에 체력을 모조리 소모한 독수살단의 모습은 처참했다. 너무 지쳐서 엄정하던 군율이 흐트러졌음은 물론이거니와 부상자가 절반이 넘었다. 이대로는 무림맹과 사천정의련의 최정예는 고사하고 군소문파에서 차출된 오합지졸조차 감당키 힘들어 보였다.

'허어, 어찌 이럴 수가 있단 말인가?'

마득파의 입에서 다시 한숨이 흘러나왔다.

문득 독수살단을 처연하게 바라보고 있던 그의 눈 깊숙한 곳에 기광이 떠올랐다. 한 가닥 부드럽지만 항거하기 힘든 목소리가 그의 귓전을 파고들었기 때문이다.

[빈도는 서쪽 능선에서 기다리고 있소이다.]

마득파는 눈살을 가볍게 찌푸렸다. 그는 목소리의 주인이 누구인지 알뿐더러 그 목적이 무엇인지도 대충 짐작할 수 있었다.

그래서 마음이 흔들렸다.

지금 당장 목소리 주인을 쫓아 신형을 날리고 싶었으나 남아 있는 독수살단이 발목을 잡아끌었다. 량패의 생사가 불분명한 가운데, 그마저 자리를 비운다면 독수살단의 운명은 장담키 어려울 게 분명했다.

그때 다시 전음이 들려왔다.

[마 영웅께서는 염려하지 않으셔도 되오. 마 영웅이 자리를 비운 사이 공격을 가하진 않을 것이니.]

'믿을 수 없는 말!'

마득파는 내심 소리쳤다. 하지만 믿을 수 없는 그 말이 그의 마음을 움직였다. 사실 그는 구실을 찾고 있었을 뿐인지도 모른다.

"내 잠시 다녀오겠다!"

독수살단에게 차게 소리친 마득파가 갑자기 땅을 발로 박차고 신형을 띄워 올렸다. 목소리의 주인인 운엽자와 간밤 끝내지 못한 승패를 결하기 위해서였다.

"오셨구려."

운엽자는 표표히 떨어져 내리는 마득파를 보고 고개를 미미하게 끄덕여 보였다. 그 모습은 마치 지금 막 좌정을 푼 신선과 같아 보였다.

'뻔뻔한 말코녀석!'

마득파는 운엽자를 한차례 노려보고 양손에 한백귀조를 장착했다. 잔말 말고 바로 싸움에 들어가자는 기세였다.

운엽자가 그 호전적인 모습을 보고 입가에 씁쓸한 미소를 담았다.

"이미 전날 빈도는 마 영웅의 손에 패했소이다. 어찌 다시 승부를 청할 수 있겠소이까?"

"흥, 말코가 아예 양심이 없는 건 아니구나! 자신이 칠성검수와 연합하는 더러운 방법으로 잔명을 연명했음을 자인하는 걸 보니."

"그때의 싸움은 강호의 일반적인 비무가 아니었으니, 용서하시길!"

운엽자는 한마디 변명과 함께 크게 허리를 숙여 보였다. 자신이 잘못했다 하나 결코 부끄러움이 보이지 않는 모습이었다.

그 모습에 더욱 열받은 마득파의 안색이 불그죽죽해졌다. 비겁하게 합공을 가한 주제에 멋있기까지 하려는 모습을 보니, 노화가 부글거리며 치솟아올랐다.

카캉!

위협적으로 한백귀조를 맞부딪쳐 보인 마득파가 재빨리 주변을 눈으로 살피며 말했다.

"그래서 이번에도 그 망할 칠성검수들과 함께 합공하겠다는 것이냐?"

"이미 빈도와 칠성검수들이 마 영웅을 이기지 못했소이다. 어찌 다시 도전할 수 있겠소이까?"

"허면?"

"마 영웅을 청한 분은 따로 계십니다."

운엽자의 말이 끝난 순간, 산그늘 저편에서 신태비범한 노도사 한 명이 걸어나왔다. 화산파의 삼신봉 중 한 명이자 장로인 고검 도간 도장이었다.

"너는……."

마득파가 입을 연 순간 도간 도장이 검을 빼 들었다. 그의 검이 바로 세 개의 매화 문양을 만들어냈다. 간접적으로 자신의 정체를 드러낸 것이었다.

"화산의 도간이외다."

"고검?"

"귀하가 운엽자를 괴롭혔다고 하던데, 빈도에게도 한 수 가르쳐 주기 바라오."

"흥, 무당 다음은 화산이라? 무림맹의 제갈 늙은이는 역시 오단만을 데리고 사천에 온 것이 아니었구나!"

"……."

도간 도장이 미미하게 고개를 끄덕여 보였다. 마득파의 질문에 간접적으로 대답한 것이나 같은 도사인 운엽자와는 달리 극히 오만해 보이는 모습이다. 그 점이 마득파의 심사를 건드렸다.

도간 도장이 화산파의 삼대고수 중 한 명이라면 그는 만독문 서열 사위의 초강자였다. 비록 지금 적지 않은 내상을 입은 상황이라곤 하나 상대방의 무례를 참을 까닭이 없었다.

"그렇다면 도리없는 일이겠지."

나직이 중얼거린 마득파가 한백귀조로 옆에 있는 바위를 한차례 긁어 공포 분위기를 조성하곤 도간 도장에게 한걸음 다가섰다. 더 이상 잔말 말고 싸우자는 뜻이었다.

슥!

운엽자가 천리비선이란 별호에 걸맞는 기쾌한 신법을 펼쳐 옆으로 물러섰다. 약속대로 두 사람 간의 싸움에 끼어들지 않겠다는 뜻을 명백히 한 것이다.

그 모습을 눈으로 살피고 입가에 가벼운 냉소를 머금은 도간 도장이 마득파에게 검을 겨누며 말했다.

"마교든 만독문이든 마도사파의 악종들을 상대하는 데 있어 정당하지 않은 일이란 없느니!"

"개수작!"

마득파가 한백귀조를 교차하며 도간 도장에게 달려들었다. 선공을 취해 속전(速戰)으로 도간 도장을 제압하겠다는 심산.

그러나 도간 도장은 이미 마득파의 내상을 짐작하고 있었다. 속전에 응할 까닭이 없었다.

파파파파팟!

눈부신 검광과 함께 수십 송이가 넘는 매화가 도간 도장의 전신을 휘감았다. 속전을 원하는 상대를 지전(遲戰)으로 붙들어놓기로 마음먹은 것이다.

'허!'

옆으로 물러선 운엽자는 도간 도장의 심사를 읽고 내심 가볍게 혀를 찼다. 싸움의 결과가 났다고 생각한 것이다.

그는 내심 자문했다, 과연 자신이었다면 눈앞의 도간 도장처럼 대처할 수 있었을까를.

운엽자는 천천히 고개를 가로저었다. 만약 자신에게 그와 같은 독심이 있었다면 결코 어제 마득파를 살려 보내지 않았을 것이기 때문이다.

정마대전!

양심이나 강호의 도의를 내세울 수 없는 전쟁터.

이곳에 자신 같은 나약한 사람은 어울리지 않는다고 운엽자는 생각했다. 그리고 그래서인지 그는 지금 청정무위에만 힘쓰면 됐던 사문 무당파가 마냥 그리웠다. 그곳으로 지금 당장 돌아가고 싶었다, 사천을 떠나서.

*　　　*　　　*

쌍류에서의 승전보가 청성파에 전달된 건 사흘 후였다.

삼국 시대 촉의 명재상이자 천재 군사로 불리는 제갈량 공명의 환생이라 불리는 무림맹 총군사 현인 제갈효의 신출귀몰한 전술이 거둔 승리였다.

탁!

승전보를 전해 들은 순간 손에 들고 있던 다구를 탁자에 내려놓은 제갈효의 입가에 의미심장한 미소가 떠올랐다. 그가 본래 정해졌던 출정 계획을 며칠이나 늦추고 기다리고 있던 소식을 들었기 때문이다.

"이젠 슬슬 청성산을 떠날 때가 된 것 같구려."

제갈효의 앞에 좌정해 있던 무애 선인의 입이 가볍게 벌어졌다.

"무량수불! 드디어 만독문과 전면전에 들어가는 겁니까?"

"무애 장문, 전면전이라기보다는 섬멸전에 들어간다고 해야 옳을 것이오."

"섬멸전이라시면?"

"허허. 무애 장문, 미안하외다. 도가의 청정 속에만 거해왔던 장문에게 군문에서나 쓰는 말을 했구려."

무애 선인의 안색이 가볍게 붉어졌다. 사과한 것은 제갈효인데, 그의 말을 못 알아들은 무애 선인이 오히려 면구스러움을 느꼈다.

"빈도의 배움이 얕아서……."

"허허, 그럴 수도 있는 것이지요."

한마디로 무애 선인의 안색을 더욱 붉어지게 만든 제갈효가 탁자 위에 놓인 다구를 이리저리 배열하기 시작했다. 흡사 어린애를 가르치듯 설명할 요량이었다.

"왼편이 청성산, 오른편은 쌍류, 맞은편은 명산과 강정이올시다."

"청성산… 쌍류… 명산과 강정… 이것은……?"

"무림맹과 만독문 간의 사천대전이 벌어질 장소는 명산과 강정 사이의 널따란 평원이외다. 그래서 그곳에 노부는 이미 무림맹의 내원에 속해 있던 구파의 노고수들을 별동대로 보내 사천정의련의 정예를 도왔는데, 이번에 쌍류에서 승전보를 보내왔소이다."

"……."

"그 말은즉, 청성산의 오단과 쌍류의 사천정의련, 명산과 강정 사이에 모인 정파 군웅들이 삼면에서 만독문을 합공할 수 있게 됐다는 뜻이오. 그러니 어찌 포위섬멸전이 아니라고 할 수 있겠소이까?"

"포위… 섬멸… 아아!"

제갈효의 설명 중 가장 특징적인 두 단어를 연달아 중얼거린 무애선인의 눈에서 순간 미몽이 걷혔다. 제갈효가 말한 섬멸전의 의미를 그는 그제야 깨달았다.

"제갈 선배님, 그렇다면 혹시 그 때문에 청성에 무림맹의 오단을 집결시키고 한동안 움직이지 않은 것이 아닙니까? 따로 고수들을 파견해 사천정의련의 전력을 강화시키고서……."

"허허. 만독문이 별동대를 보내 스스로 전력을 약화시키고, 포위당하기만을 기다리고 있었던 것이라고나 할까? 그물을 치고 고기를 기다리는 어부와 같이."

"역시!"

크게 감탄하며 탁자를 손바닥으로 내려친 무애 선인이 얼른 고개를 절레절레 흔들었다.

그에게 있어 눈앞에 있는 대전략가와 여태까지 청성에서 밥이나 축내며 각원 대사와 티격태격하던 철없는 노인네 간의 간극은 매우 컸다.

'세상 사람들이 제갈무후의 환생이라 하던 말을 내 믿지 않았거늘…….'

무애 선인이 뒷말을 잇지 못하고 침묵하자 더욱 큰 칭찬과 흠모의 눈빛을 기대하고 있던 제갈효의 입술이 살짝 일그러졌다. 생각보다 반응이 떨어져 기분이 상했음이다.

'하긴 어찌 눈앞의 우도가 노부의 천하를 아우르는 전술 전략과 경륜의 놀라움을 이해할 수 있겠는가? 한마디로 쇠귀에 경 읽는 격이지.'

대번에 무애 선인을 소와 동격으로 떨어뜨린 제갈효가 냉큼 자리에서 일어섰다. 슬슬 명목상 무림맹의 우두머리인 맹주 각원 대사에게 출병을 고해야 했기 때문이다.

"맹주님께 가시렵니까?"

무애 선인이 확인하듯 묻자 제갈효가 특유의 덕스럽고 신비로운 표정을 한 채 미미하게 미소 지어 보였다.

뚜둑!

뻣뻣해진 고개를 슬쩍 옆으로 비틀어 보인 진자운의 볼살이 가볍게 실룩거렸다. 목뼈를 따라 일어난 저릿한 통증이 꽤나 신선한 고통을 전해줬다.

사흘.

더욱 정확히 말하자면 모용진천과 함께 각원 대사를 만난 이틀 전 밤으로부터 진자운은 한자리를 지키고 있었다. 그의 계획과 달리 모용진천과 모용청려 앞에서 각원 대사에게 개무시를 당하고 내쳐진 것에 대한 무력시위였다.

그 결과 현재 진자운의 꼴은 무림맹의 총단주가 아니라 구걸하는 거지와 같았고, 안색은 꽤나 초췌했다. 조금이라도 각원 대사의 관심을 잡아끌기 위해 밥조차 굶어가며 자리를 지킨 까닭이다.

그러나 지난 사흘간 각원 대사는 진자운이 있는 쪽으로 걸음조차 하지 않았다. 아예 없는 사람 취급을 당한 것이다. 각원 대사는 모용진천과 무학의 고절한 이치를 논하느라 바쁘단 핑계를 잘도 대고 있었다.

그러니 이 정도 당하고서 진자운에게 오기가 생기지 않는다면 말이 안 될 터였다. 이제는 무공에 대한 가르침을 얻는 것과는 별도로 사나이의 자존심을 건 싸움이 되고 말았다.

으득!

진자운은 슬며시 이를 갈았다.

그가 아는 각원 대사는 무학의 일대종사일지는 몰라도 고승이란 것과는 전혀 인연이 없는 땡중이었다.

천하에 둘을 찾을 수 없고, 짝이 없을 정도의 완벽한 파계승이었다. 이렇게 남에게 가르침을 내리거나 뉘우침을 강요할 만한 사람이 아니었다.

'필시 날 비웃고 있었다!'

진자운이 전날 슬며시 방문 밖으로 고개를 내민 각원 대사가 보인 비웃음을 떠올리며 내심 욕했다. 그렇게라도 하지 않고선 마음속의 울화를 참을 길이 없었다.

그때 각원 대사가 처소로 삼고 있는 도관에 잔뜩 이목을 집중하고 있던 진자운의 귀가 가볍게 움직였다. 누군가 다가오는 소리를 들었기 때문이다.

'이 시간에 방문자라……'

진자운의 궁금증을 풀어주기라도 하듯 도관 옆으로 형성된 소담 저편에서 작은 발걸음 소리와 함께 제갈효가 모습을 드러냈다.

"허어!"

제갈효는 도관 입구를 점거하고 앉아 있는 진자운을 마치 처음 본 것처럼 나직이 탄성을 터뜨렸다. 진자운으로 하여금 자세를 바로 하고 정중하게 예를 갖추게 하기 위함이었다.

진자운이 그렇게 했다.

"총군사님을 뵙습니다!"

"진 총단주가 맹주님의 호위를 맡기로 한 것인가?"

"중요한 사천대전을 앞두고 맹주님과 모용 선배님의 안위를 다른 사람에게 맡길 순 없는 일이지요."

"호오, 그런가?"

"그렇습니다."

진자운의 천연덕스런 대답에 제갈효가 슬며시 미소 지어 보였다. 당대 최강의 고수라 할 수 있는 구주 이십오성 중 두 명을 호위한다는 진자운의 말이 뻔뻔스러움을 넘어 실소를 짓게 만들었기 때문이다.

그때 개미 기어가는 소리조차 들리지 않던 도관의 문이 열리고 모용청려가 모습을 드러냈다.

"맹주님과 가친께서 오래전부터 총군사님을 기다리고 계셨습니다."

"그렇구만."

모용청려에게 한차례 고개를 끄덕여 보인 제갈효가 얼른 진자운을 제치고 도관으로 향했다.

그의 뒤를 좇으려는 모용청려의 팔뚝을 어느새 다가선 진자운이 재빨리 낚아챘다. 유일무이한 아군이라 할 수 있는 모용청려에게 내부의 사정을 염탐하기 위함이었다.

"우웁!"

모용청려가 비명을 지르려는 순간, 진자운의 다른 손이 재빨리 그녀의 입을 막았다. 애초부터 준비했던 것처럼 빠르고 정확한 동작이었다.

[사매, 소리는 지르지 말자구!]

[싫다면요?]

[그럼 나로선 당장 모용 선배한테 달려가 사매와 내가 사실 그동안 천지를 증인 삼아 혼약을 맺은 걸 말할 수밖에 없지 않겠어?]

[그런……]

모용청려는 화난 표정을 지어 보이곤 얼른 입을 다물었다. 진자운이 능히 그런 짓을 할 수 있는 사람이란 걸 잘 알고 있었기 때문이다.

'진작 좀 말을 들을 것이지.'

모용청려의 표정을 살피고 그녀의 입을 막았던 손을 뗀 진자운이 손가락으로 도관 반대편을 가리켰다. 일단 자리를 옮기자는 뜻이었다.

잠시 후,

모용청려를 끌고 청성파에서도 한참 벗어난 산중턱에 도착한 진자운이 털썩 자리에 주저앉았다. 이만하면 아무리 천하에 다시없는 고수인 구주 이십오성의 이목이라 해도 닿지 않으리란 판단이었다.

"항상 제멋대로군요."

모용청려가 허리에 양손을 댄 채 노려보자 진자운이 어깨를 가볍게 으쓱해 보였다.

"내가 본래 좀 그렇지."

"그거 칭찬 아닌데요!"

"그런가?"

"그래요!"

모용청려의 못 박는 듯한 말에 진자운이 어깨를 들썩이며 웃었다.

"아하하. 확실히 칭찬은 아니군, 아니야."

"확실히 그렇다고요."

모용청려는 한마디 톡 쏘아붙이고 진자운의 옆에 조심스레 앉았다. 지난 사흘간 쥐 죽은 듯 조용하게 있던 그가 갑자기 이처럼 대담하게 행동하는 까닭을 듣고 싶었기 때문이다.

"그래서 무슨 용건이죠?"

"용건?"

"긴요한 용건이 아니라면 난 그만 돌아가겠어요. 가뜩이나 아버님의 눈 밖에 났는데, 다른 말썽은 사양이에요."

"사매는 모용 선배가 무서운 건가?"

"세상에 아버지를 무서워하지 않는 딸이 있을까요?"

"흐음."

진자운이 고개를 옆으로 뉘이자 모용청려가 눈살을 가볍게 찌푸려 보였다. 자신을 바라보는 그의 표정이 묘하게 신경 쓰였기 때문이다.

"무슨 말이 하고 싶은 거죠?"

"사매는 그야말로 대단하군. 모용 선배의 절학만 해도 대단한데, 무당과 소림 양파의 최고 고수들을 모두 사부로 모셨으니 말야."

"그게 부럽나요?"

"뭐, 아예 아니라면 거짓말이겠지. 나는 각원 대사님께 가르침 한 번 받기 위해서 온갖 고생을 다했는데, 사매는 단숨에 그분의 제자가 됐으니까."

진자운이 순순히 고개를 끄덕여 보이자 모용청려의 입에서 가벼운 한숨이 흘러나왔다.

"후우, 사형은 정말 아무것도 모르는군요."

"내가 뭘 모른다는 거지?"

"어째서 각원 사부님께서 사형을 만나주지 않는지에 대해서요."

순간 진자운의 장난스럽던 얼굴이 가볍게 굳어졌다. 모용청려가 바로 핵심을 짚어내자 잠시 당황한 것이다.

그 모습을 보고 내심 고개를 가로저은 모용청려가 시선을 하늘로 던졌다.

"사형은 무림맹 오단의 총단주예요. 앞으로 만독문과의 사천대전에서 가장 중추적인 역할을 담당할 사람이죠. 그런데 과거 어떤 일이 있었는지는 몰라도 맹주인 각원 사부님께서는 일부러 사형을 피하고 있어요. 그건 무슨 이유일까요?"

"워낙 성격이 고약한 분이시니 잘은 모르겠지만… 음, 그게……."

"모르면 모른다고 하세요."

"몰라."

진자운이 바로 인정해 버리자 모용청려가 피식 웃고는 말했다.

"사형의 모든 점이 마음에 들지 않지만, 이렇게 분명한 성격 하나만큼은 나쁘지 않군요."

"그건 사매가 날 자세히 몰라서 그러는 거야. 본래 나란 인간은 정말 많은 장점을 가지고 있다구. 뭐하다면 지금부터라도 내가 보여줄 테니……."

"됐구요!"

진자운의 말을 중간에서 자른 모용청려가 조금 진지해진 표정으로 말했다.

"사형은 현재 자신의 무위가 어느 정도 된다고 생각하시죠?"

"내 무위?"

"예."

진자운은 잠시 고개를 옆으로 갸웃해 보이곤 생각나는 대로 대답했다.

"초절정의 초입이랄까? 아니, 그보다는 조금 높은가?"

"이십대 초반의 나이에 초절정고수가 됐다니, 정말 대단한 성취네요."

"내가 본래 좀 대단하긴 하지."

"하지만 마교의 마군자 상유하에겐 패했지요."

"그건 내 잘못이 아니라구. 그 녀석이 비정상일 뿐이지."

"비정상이라……."

"사매는 그렇게 생각하지 않는 거야?"

"확실히 그렇긴 하네요."

모용청려가 진자운의 말에 반박하지 않고 고개를 끄덕였다. 그녀가 생각하기로도 상유하의 무공 수준은 지나칠 정도로 경악스러웠기 때문이다.

그러나 그런 모용청려의 모습을 보고도 진자운은 그닥 좋은 표정을 보이지 않았다. 오히려 그는 볼살을 가볍게 떨어 보이곤 짜증스레 코웃음 쳤다.

"흥, 그래도 나는 반드시 그 잘난 녀석의 콧대를 꺾고 말 거야! 지금이라도 각원 대사님이 날 만나주기만 한다면……."

"그게 그리 쉽지가 않아요."

"뭐?"

진자운이 눈살을 찌푸려 보이자 모용청려가 신중한 표정을 유지한 채 말했다.

"아까 내가 사형의 무공 수준에 대해 물었는데, 그 이유는 각원 사부님이 하신 말씀 때문이에요."

"사매에게 각원 대사님이 이미 뭔가 지시를 내린 거군?"

"예, 각원 사부님은 저한테 밖에서 빼딱짓하고 있는 녀석한테 더 이상 가르칠 게 없으니까 그만 자신을 괴롭히라는 말을 전하라고 하셨어요."

"더 이상 가르칠 게 없다? 그게 무슨 뜻이지?"

"말 그대로예요. 각원 사부님은 이미 초절정의 경지에 이른 사람한테는 어떤 가르침도 필요치 않다는 말씀을 하셨어요. 초절정을 뛰어넘는 절대지경이란 건, 말이나 어떤 무학의 고절한 가르침으로 도달할 수 있는 게 아니란 말과 함께요."

"그런……."

진자운은 나직한 신음과 함께 뒤로 벌러덩 몸을 뉘었다, 양팔을 있는 대로 활개를 친 채로. 갑자기 눈앞이 캄캄해져 왔기 때문이다.

그러자 모용청려가 마치 장난이 성공한 꼬맹이 같은 표정을 하곤 말했다.

"그리고 각원 사부님은 이렇게 말씀하셨어요. 일이 이렇게 됐으니까 앞으로 열심히 만독문과의 사천대전에나 충실하라고. 그러면 좋은 일이 있을 수도 있을 거라고."

"좋은 일?"

"예, 좋은 일이요."

그 말을 끝으로 모용청려는 진자운에게서 시선을 떼고 발길을 돌렸다. 슬슬 돌아가지 않으면 극성스런 부친이 찾으러 올지도 모른다는 생각이 들었기 때문이다.

'좋은 일이라…….'

코끝을 벌름거려 총총히 떠나간 모용청려가 남긴 향기를 맡으며 진자운은 고개를 살짝 기울여 보였다.

*　　　*　　　*

"쌍류의 사천정의련을 치러 갔던 마득파와 독수살단이 모조리 전멸
했다?"

상처 입은 야수처럼 으르렁거리는 갈홍경의 중얼거림에 이젠 다섯
명밖에 남지 않은 십대고수들이 얼른 고개를 숙였다. 갈홍경의 절대독
안과 마주치지 않기 위함이었다.

그만큼 만독문에 남았던 유일한 초절정고수인 마득파의 죽음도 놀
랍지만, 최정예인 독수살단의 전멸은 재앙이나 다름없었다. 적어도 천
하무림 전체를 노리고 있던 만독문에겐 그러했다. 아무리 만독문주이
자 절대독존인 갈홍경의 무위가 대단하다고 하나 그를 보좌할 초절정
고수 한 명 없이 천하제패를 노릴 순 없는 것이다.

그 사실을 십대고수쯤 되는 인물들이 모를 리 없다. 바보가 절정의
무공을 연마한다는 건 말이 안 되기 때문이다.

'이 상태에서 정파 무림맹과의 대결은 자살하는 거나 마찬가지다!'

'이렇게 된 이상 후일을 대비해야만 한다!'

'그렇지만……'

십대고수들은 서로 눈치만 보다 시선을 진육담 쪽으로 던졌다. 요
근래 가장 강력한 차기 만독문주 후보로 떠오르고 있는 그가 자신들
대신 창칼을 메주길 바라는 것이다.

'제기랄, 나더러 대신 죽어달라는 거냐!'

진육담은 노골적인 십대고수들의 시선을 받고 실눈을 잔뜩 찡그렸

다. 가뜩이나 전날 죽음의 위기를 넘겼는데, 다시 그런 꼴이 되고 싶진 않았다. 절대로 분노한 사부 갈홍경에게 회군하잔 말을 할 수는 없었다.

하지만 진육담이 후대를 기약하자면 갈홍경뿐 아니라 십대고수들의 절대적인 지지가 필요했다. 그가 갈정립처럼 갈홍경의 피를 잇지 못했을뿐더러, 다른 십대고수들보다 압도적인 무위를 지니지 못했기 때문이다.

꿀꺽!

마른침을 삼키고 폐 속 가득 숨을 몰아넣은 진육담이 갈홍경의 절대독안과 눈을 마주쳤다.

'큭!'

진육담은 순간적으로 혼백이 둘로 분리되는 것 같은 충격을 느꼈다. 평소보다 갈홍경의 절대독안에서 뿜어져 나오는 기운은 더욱 살인적이었다. 초절정에 근접한 무위를 지닌 진육담마저 일시 정신을 놓을 정도였다.

우득!

진육담은 정신이 멀어지려 하자 미리 준비하고 있던 유성표(流星標)를 꽉 쥐었다. 그러자 짜릿한 통증과 함께 조금 정신이 돌아왔다. 이젠 말을 할 때였다.

"위대한 독존이시여!"

"말하거라!"

"비록 전공과 독수살단을 잃었으나 우리에겐 아직 시독살단(屍毒殺團)과 광독살단(狂毒殺團)이 남아 있습니다."

"……."

일순 갈홍경의 절대독안에서 뿜어져 나오던 압력이 조금 줄어들었다. 진육담이 노심초사하며 끄집어낸 첫 번째 말이 갈홍경의 마음에 들었다는 의미다.

갈홍경의 표정을 재빨리 살핀 진육담이 얼른 말을 이었다.

"본 문의 삼 단 중 독수살단은 최약체에 불과합니다. 시독살단이 그보다 더욱 강하고, 광독살단은 시독살단을 능가합니다. 그러니 지금부터라도……."

"이제야말로 본 문이 슬슬 대군을 움직여야 할 때가 왔다는 것이더냐?"

움찔!

자신도 모르게 어깨를 가볍게 떨어 보인 진육담이 얼른 목소리를 높였다.

"독존이시여, 제자의 말은 그런 게 아니옵고……."

"그럼?"

갈홍경의 절대독안이 다시 강력한 압력을 뿜어내기 시작했다. 유성표에 의해 손바닥이 피로 범벅된 진육담의 정신이 다시 혼미해질 정도의 압력이었다.

그러나 진육담은 지금 죽음의 위협을 느끼고 있었다. 이대로 물러설 순 없었다.

"독존이시여, 대군을 움직이신다는 말씀이 설마 정파 무림맹과의 결전을 말하시는 것이라면, 그건 절대로……."

"안 된다는 말을 하려는 것이라면 너는 목숨을 내놓는 게 좋다. 립아를 비롯한 죽은 자들의 복수를 하지 않고 운남으로 돌아갈 생각이 본좌는 전혀 없으니까."

"그렇지만… 그렇지만……."

쾅!

수장을 뻗어 앉아 있던 태사의 팔걸이를 박살 낸 갈홍경이 선언하듯 말했다.

"본좌는 이미 마음을 결정했다!"

"……."

진육담은 순간적으로 등줄기로 소름이 돋는 걸 느꼈다. 분명 사천의 기후는 후텁지근하여 땀이 흘러내리면 내렸지 추울 리 없는데 그런 느낌을 받았다. 공포에 질리고 만 것이다.

그때 갈홍경의 절대독안이 소름 끼치는 광기를 뿜어냈다.

"이제부터는 본좌가 앞장을 서서 정파 무림맹과 사천정의련의 떨거지들을 모조리 박살 낼 것이다!"

'아아!'

진육담은 입을 뚫고 튀어나오려는 탄식을 간신히 참았다. 아무리 갈홍경이 방금 내뱉은 말이 섶을 짊어지고 불 속에 뛰어드는 것이나 다름없다 하나 반대할 순 없었다. 그는 아직 죽고 싶지 않았기 때문이다.

그 같은 심경은 진육담을 앞세웠던 다른 십대고수들 역시 마찬가지였다.

천하에서 가장 강하고 자존심이 세며 완고한 백 세의 늙은이가 아들과 수족 같은 수하들을 잃었다. 누가 있어 감히 그의 분노를 가로막을 수 있겠는가.

진육담과 십대고수들은 그저 하늘을 부르며 눈물을 머금을 뿐이었다. 파멸을 향해 걸어 들어가는 만독문의 가까운 미래에서 고개를 돌리고는.

　　　　*　　　　*　　　　*

　"허어, 이런 식으로 만독문이 무림의 역사에서 종지부를 찍게 되는 것인가."

　복면을 한 그림자의 보고를 받은 반여삭은 입가에 의미 불명의 쓴웃음을 만들어냈다. 과거 한차례 손속을 나눈 바 있는 갈홍경의 위풍당당한 모습이 잠시 뇌리를 스쳤기 때문이다.

　영마 반여삭.

　명실상부한 오마의 으뜸이자 현 천마신교를 실질적으로 이끌고 있다고 전해지는 절대의 강자.

　그는 보통 다른 절대강자들이 무공일로에만 신경을 기울이는 데 반해, 권모술수에도 탁월한 능력을 발휘하는 사람이었다. 정파 무림맹에 현인 제갈효가 있다면 천마신교에는 반여삭이 있다는 게 강호 호사가들의 일관된 평인 것이다.

　그래서 광마 종리신광을 비롯한 몇몇 천마신교의 원로 고수들 사이에선 음모꾼이라거나 음험한 야심가로 불리기도 했다. 그만큼 경계의 대상이란 뜻이다.

　그런 그의 뇌리에 패배란 두 글자를 아로새겨 넣은 몇 안 되는 사람 중 한 명이 갈홍경이다. 과거 갈홍경은 마선 담천위에게 도전하기 위해 반여삭을 먼저 무릎 꿇려야만 했다.

　해서 만독문과 무림맹 간의 사천대전을 대하는 반여삭의 마음은 남다른 바가 있었다. 그의 냉철한 이성이 한때 평생의 대적이라 생각했던 늙은 독웅(毒雄)의 생사가 지금 백척간두에 서 있음을 속삭이고 있었기 때문이다.

'제갈효는 필시 교주님을 상대했을 때와 같은 방법으로 각원 땡중에 다른 구주 이십오성 중 한 명을 더 붙여서 갈홍경을 죽이려 할 것이다. 삼패 중 한 명이라 해도 두 명의 구주 이십오성을 상대할 순 없을 테니까.'

톡톡.

반여삭의 손가락이 탁자 위를 몇 차례 두들겼다. 자신도 모르게 다급해지려는 마음을 다스리기 위함이었다.

그때 앞에 부복해 있던 그림자가 갑자기 침묵을 깼다.

"영마 천좌님께 고합니다. 천마무적대주로부터 전언이 도착했습니다."

"마군자로부터?"

"예, 방금 전에 암영 삼호가 전음으로 알려왔습니다."

"흠."

반여삭은 탁자 위에 머물러 있던 손가락을 들어 주름진 턱을 매만지고 눈앞의 그림자에게 까닥여 보았다.

그러자 그림자가 얼른 고개를 바닥에 박고서, 암영 삼호로부터 전해 들은 내용을 반여삭에게 전음으로 중계하기 시작했다.

[독에 취한 새는 울지 않으니, 천마는 그저 잠을 잘 뿐이다. 귀인은 밤에 춤추니, 오로지 낮은 없고 밤만 계속되리라.]

'만독문과 정파 무림맹 간의 마정대전에 신교는 수수방관하라. 성녀를 손에 넣었으니, 이제야말로 십대마군을 제압할 계책을 발동시킬 때이다.'

천하에서 단 두 사람만이 알고 있는 암호로 된 상유하의 명령을 내심 중얼거린 반여삭이 눈살을 가볍게 찌푸렸다.

다른 건 몰라도 이번 마정대전에 천마신교가 끼어들지 않아야 한다는 건 그의 의중과 완전히 반하는 일이었다. 솔직히 눈앞에 상유하가 있다면 어떻게 해서든 이번 명령을 번복하게 만들고 싶은 심정이었다.

하지만 지금 그는 일방적인 명령을 받은 터였다. 불복종이란 용서받을 수 없는 일이었다. 그가 아무리 영마 반여삭이라 할지라도.

'허어, 진정 만독문과 갈홍경의 운이 여기까지란 말인가?'

내심 탄식을 터뜨린 반여삭이 눈앞의 그림자에게 손을 휘저어 보였다. 이만 물러가 보란 뜻이었다. 그가 심복으로 삼고 있는 비선조직인 암영십조(暗影十組)에게도 상유하와의 관계는 비밀임을 보여주는 모습이었다.

슥!

따로 암영 일호로 부르는 그림자가 사라지자 반여삭이 천천히 자리에서 일어섰다. 꽤나 오래전 천마신교 내에서 유일하게 자신에게 반항할 힘을 가진 십대마군 일파를 일거에 소탕하기 위해 만들어놨던 계책을 발동시키기 위해서였다. 명령을 받은 이상 그에 따르는 게 수하 된 자의 도리인 것이다.

천마뇌옥.

천마신교 내에서 죽는 것보다 더 큰 죄를 지은 자들만 갇히게 되어 있는 이곳은 총 지하 삼층으로 되어 있었다.

일층과 이층이 일류고수급을 수감하는 데 반해, 삼층은 절정고수 이상만을 가두는 곳이다. 경계의 삼엄함이 타의 추종을 불허함은 당연한 일이었다.

천연적인 화강암에 만년한철을 덧댄 외벽의 뇌옥, 전체가 일류고수로 이뤄진 간수들. 그리고 수십 개가 족히 넘는 기관진식까지…….

천마뇌옥 지하 삼층은 인세의 지옥이 되기에 조금의 손색도 없었다. 사실 차고도 한참을 넘친다고 할 수 있었다.

그런 삼층에서도 가장 깊숙한 곳에 위치한 뇌옥.

대략 삼 년여 전 주인을 갖게 된 뇌옥 안에는 고요만이 감돌고 있었다. 주인인 광마 종리신광이 조용한 걸 꽤나 좋아했기 때문이다.

찌직!

어떻게 기어들어 왔는지 겁을 상실한 쥐 한 마리가 종리신광이 가부좌를 틀고 앉은 앞을 기어가다 배를 뒤집고 누웠다. 종리신광이 자연스레 뿜어내고 있는 무형지기가 머리를 가볍게 으스러뜨린 것과 동시의 일이다.

스윽.

종리신광은 눈조차 뜨지 않고 손을 뻗어 머리가 바스러진 쥐를 집어 들었다.

"사흘 만인가……."

뜻 모를 중얼거림과 함께 종리신광은 수중의 쥐를 입에 가져갔다. 그리고 천천히 씹어 먹기 시작했다.

우적우적…….

고요를 깨뜨리는 소음이 흘러나온 순간, 옆 뇌옥 쪽에서 부스럭거리는 소리가 들려왔다. 종리신광의 식사 소리가 불러일으킨 변화였다.

"과, 광마 천좌님, 저도 조금만……."

거의 죽기 직전에 이른 사람처럼 가닥가닥 끊겨 흘러나오는 목소리의 주인은 혈천마월도 사마진궁, 과거 천마신교 제일의 기재를 자처하던 자였다.

그는 무당파를 쳐서 종리신광을 구출해 내는 임무를 맡았다가 진자
운에게 얻어맞아 중상을 입은 채 천마신교로 복귀했으나 곧 이곳 천마
뇌옥에 갇히게 됐다. 죄목은 종리신광과 함께 반역을 꾀했다는 것이었
다.

덕분에 진자운에게 당한 내상이 골수에 이른 그는 과거의 영명과는
거리가 먼 폐인이 되어 있었다. 모두 제때 내상을 치료하지 못하고 척
박하기 이를 데 없는 환경인 천마뇌옥에 수감된 까닭이었다.

'불쌍한 녀석……'

종리신광은 잠시 사마진궁이 수감된 뇌옥 쪽을 바라보곤 다시 쥐를
씹어 먹기 시작했다. 속마음과 달리 결코 자신의 양식을 사마진궁에게
나눠줄 생각이 그에겐 없었다.

사마진궁 역시 이런 사실을 눈치챈 듯 이를 갈며 소리쳤다.

"지, 지독한 늙은이! 호, 혼자만 이곳에서 살아나가겠다는 겁니까!
혼자만!"

"……."

"그, 그러지 말고! 제발 한 점 만이라도! 하, 한 점 만이라도!"

"끄윽!"

사마진궁의 울부짖음에 가까운 부르짖음에 배를 채운 자의 특권인
트림으로 답을 한 종리신광이 손가락을 쪽쪽 빨아 먹으며 중얼거렸다.

"사흘 만에 잡은 고기다. 네 녀석 같으면 남에게 줄 수 있겠느냐?"

"그, 그렇지만 제 조부님과 당신은 생사지교(生死之交)셨잖습니까!"

"흥, 죽은 지 수십 년이나 된 친구의 손자까지 살필 사정이 되지 않
는다. 꺼윽!"

"그런… 그런……."

사마진궁은 두 번째로 종리신광이 토한 트림의 의미를 깨닫고 절망에 빠졌다. 종리신광이 이미 한 마리의 토실토실하게 살이 오른 쥐를 몽땅 먹었다는 걸 깨달았기 때문이다.

그런데 그때 절망에 빠져 바닥에 힘없이 쓰러진 그의 귀가 몇 차례 가벼운 떨림을 보였다.

내공이 흩어지고 근골이 박살난 상황임에도 수십 년의 잠심연무로 다져진 육체는 본능적인 움직임을 잊지 않았음을 보여주는 모습이다.

스륵!

어둠 중에 힘겹게 신형을 돌리던 사마진궁의 눈이 일순 크게 뜨여졌다. 그의 눈앞에서 오래전부터 꿈꿔왔으나 절대 일어나지 않으리라 생각했던 일이 벌어지고 있었다.

"어, 어어……."

사마진궁의 입에서 신음과 같은 중얼거림이 흘러나온 것과 동시였다. 그의 눈앞에 보이는 뇌옥의 바닥이 한차례 들썩이더니, 밑으로 푹 하고 꺼졌다.

구멍!

건장한 장정 하나가 충분히 빠져나갈 수 있을 정도로 큼지막한 구멍이 뇌옥 바닥에 뚫린 것이다.

사마진궁은 너무 놀라 뒤로 털퍼덕 주저앉았다. 그로선 도대체가 눈앞에 보이는 구멍의 정체와 목적을 쉬이 짐작할 수 없었다. 갑자기 명민함을 자랑하던 머리가 돌이 된 것 같았다.

그때 그의 의문을 풀어주기라도 하려는 듯 구멍 속에서 사람의 머리 하나가 불쑥 튀어나왔다. 느닷없이 뚫린 구멍의 목적이 분명해지는 순간이었다.

'저자는……'

사마진궁은 갑자기 눈앞이 환해지는 걸 느꼈다. 구멍 속에서 튀어나온 얼굴이 꽤나 익숙했기 때문이다.

"자, 장진구, 장 부대주?"

사마진궁의 부름에 장진구는 눈살을 가볍게 찌푸려 보였다. 그는 구멍 밖으로 머리를 내민 것과 동시에 과거 직속상관이었던 사마진궁의 얼굴을 확인했다. 그리고 자신이 굴을 잘못 뚫었음도 동시에 깨달았다.

'빌어먹을, 지난 석 달간 죽기 살기로 굴을 팠는데, 고작 도착한 게 사마진궁 같은 후레자식이 있는 곳이라니!'

장진구는 나직이 투덜거리고 재빨리 굴 속에서 빠져나와 사마진궁 앞에 섰다. 어차피 굴을 잘못 판 이상 과거에 천살혈영대를 자신의 사리사욕을 위해 죽음의 길로 인도했던 옛 상관에게 분풀이 정도는 해야겠다는 생각에서였다.

"장 부대주, 자네가 날 구하러 왔군! 구하러 왔어!"

사마진궁이 무릎걸음으로 다가들자 장진구가 발을 들어올렸다. 정확히 사마진궁의 면상 높이만큼.

퍽!

장진구의 발이 사정없이 사마진궁의 얼굴을 뭉갰다. 사마진궁의 얼굴에서 억지로 쥐어짜 내고 있던 미소가 사라지는 순간이었다.

우당탕!

단 한 방에 뇌옥 벽에까지 나뒹군 사마진궁을 향해 장진구가 입 안에 고인 침을 뱉어냈다.

"퉤! 사마진궁, 더러운 네 녀석 때문에 천살혈영대 전체가 무당산에서 죽었다! 어딜 감히 날 장 부대주라 부르는 것이냐!"

"자, 장 부대……."

"제기랄, 더 얻어맞고 싶으면 다시 그 더러운 입을 놀려라!"

"……."

사마진궁이 피투성이가 된 입을 얼른 다물었다. 폐인이나 다름없는 꼴이 된 지금도 그는 아직 죽고 싶지 않았다. 과거 너무나 많은 걸 가졌던 자답게 삶에 대한 욕구가 보통 사람을 훨씬 능가하는 것이다.

그런 사마진궁의 모습에서 진자운에게 끌려 다니던 자신의 모습을 발견한 장진구가 다시 침을 뱉었다. 갑자기 견딜 수 없을 정도로 기분이 더러워졌기 때문이다.

그때 장진구의 뇌리로 종리신광의 전음이 파고들었다.

[네 녀석은 누구냐?]

'이 목소리는…….'

장진구는 맞지 않기 위해 한쪽 구석에 처박혀 벌벌 떨고 있는 사마진궁에게서 시선을 떼고 뇌옥 주변을 살펴봤다. 지하 삼층에서 전음을 펼칠 수 있을 정도의 공력을 남기고 있는 자가 누구인지 궁금했기 때문이다.

그러자 마치 장진구의 내심을 읽기라도 한 듯 종리신광이 다시 전음으로 말했다.

[나는 종리신광이라 한다. 네 녀석이 밑바닥을 뚫은 바로 옆 뇌옥에 있으니, 지금 당장 정체를 밝히는 게 좋을 것이다.]

"큭!"

장진구는 자신도 모르게 신음을 토해냈다. 종리신광이 전음 속에 성명절학인 현음상인을 조금 섞었기 때문이다. 장진구를 협박하는 한편 자신의 정체를 확인시켜 주려는 의도였다.

　그 정도로도 가슴을 망치로 두들겨 맞은 듯한 통증을 느낀 장진구는 잠시 동안 숨을 골랐다. 종리신광의 정체를 의심할 수 없게 됐음은 물론이다.

　[광마 천좌님, 소인은 과거 천살혈영대에 속했던 부대주 장진구라 합니다.]

　[천살혈영대의 부대주?]

　[그렇습니다. 그 당시 무당파에 사로잡혔다가 간신히 탈출했는데, 이번에 광마 천좌님을 구하기 위해 왔습니다.]

　[누구의 명을 받고 온 것이냐?]

　바로 종리신광이 핵심적인 질문을 던지자 숨을 가볍게 몰아쉰 장진구가 눈을 빛내며 대답했다.

　[제게 명을 내리신 분은 귀곡신산(鬼谷神算)님이십니다.]

　[소리산, 그 늙은이가?]

　[바로 그렇습니다.]

　장진구의 대답을 들은 종리신광의 반개되어 있던 눈이 천천히 뜨여졌다.

　번쩍!

　그와 함께 어둠만이 감돌고 있던 뇌옥 안에 한 개의 광구가 나타났다. 전날 상유하의 손에 종리신광은 눈 하나를 잃어버린 것이다.

　하지만 십대마군의 우두머리인 귀곡신산 소리산이란 이름이 종리신광에게 던져 준 충격은 결코 그때에 못지않았다. 그는 종리신광 평생의 대적이며, 철천지원수였기 때문이다.

'허어, 도대체 신교가 어찌 돌아가고 있는 것인가?'

나직한 한탄과 함께 종리신광이 자신의 전신을 꽁꽁 묶어놓은 강철 사슬을 끊고 자리에서 일어섰다. 더 이상 상유하를 제압할 무공을 연구하고 있을 때가 아니란 판단을 내린 것이다.

◆ 第五十二章 ◆

사천대전 전의 움직임

"할 수밖에 없나?"

진자운은 눈앞에 보이는 철가면을 내려다보다 천천히 손을 뻗어 들어올렸다.

한철 특유의 서늘한 기운.

문득 후텁지근한 사천의 기온을 떠올리곤 히죽 웃어 보인 진자운이 철가면으로 얼굴을 가리고 어깨를 가볍게 떨었다. 맨살에 닿는 오싹한 기운에 적응할 시간이 조금 필요했다.

그때 문밖에서 부르는 소리가 있었다.

"총단주, 출정 준비가 모두 끝났소이다!"

"곧 나가겠소!"

"준비하고 기다리겠습니다."

정중한 대답과 함께 목소리 주인이 멀어지는 소리가 들려왔다. 그러자 목뼈를 살짝 옆으로 기울여 보인 진자운이 벌떡 앉아 있던 의자에서 일어났다. 이젠 나가봐야 할 시간이었다.

"총… 단주?"

청룡단 단주이자 오단 부총단주—진자운 때문에 그의 직위는 한 등급 뒤로 밀렸다—인 모용휘는 눈살을 가볍게 찌푸렸다. 진자운이 처음 단파에서 만났을 때처럼 얼굴에 기괴한 철가면을 덮어쓰고 나왔기 때문이다.

진자운이 질서정연하게 집결해 있는 오단의 정예를 눈으로 훑고 고개를 끄덕여 보였다.

"흠, 꽤 그럴듯한 모습이구만. 만독문과의 싸움에서 단번에 깨지진 않겠어."

"총단주가 맞구려. 그런데 어째서……."

"얼굴을 이런 철가면으로 가렸냐는 거요?"

"그렇소이다."

모용휘의 진지한 대답에 진자운이 심드렁하게 말했다.

"내가 얼마간 운남 쪽에서 비밀 임무를 수행한 탓에 얼굴을 숨기는 것이니, 모용 단주는 더 묻지 마시오."

"어떤 종류의 비밀 임무였기에……."

"맹주님이 직접 명을 내린 것이니 궁금하면 그분에게 물어보도록 하시오."

"……."

진자운이 전가의 보도처럼 사용하는 맹주 각원 대사의 이름이 나오자 모용휘가 얼른 입을 다물었다. 뭔가 감추고 있는 게 있는 듯한 진자운의 태도가 마음에 들진 않았으나 수하 된 자가 더 이상 캐묻긴 어렵다는 판단이었다.

　'순진하기는…….'

　지나치게 고지식한 모용휘를 보고 내심 피식 웃은 진자운이 슬쩍 목소리를 낮춰 물었다.

　"그런데 영존의 모습이 전날부터 보이지 않으시던데……."

　"맹주님과 부친께서는 이미 청성파를 떠난 걸로 알고 있습니다."

　"먼저 출발했다는 거요?"

　"그렇습니다. 아마 먼저 대전이 벌어질 곳에 도착해서 지형지세를 살피기 위함이겠지요."

　"그런 거야 총군사님께서 하실 일일 텐데……."

　진자운은 모용휘의 말에 반박하려다 말끝을 흐렸다. 눈앞의 모용휘를 몰아붙여 봤자 얻을 게 별로 없다는 생각이 든 것이다.

　그때 그동안 진자운 대신 불사단을 맡고 있던 철무한이 큰 걸음으로 다가왔다.

　"진 형?"

　"총단주!"

　진자운이 조금 큰 목소리로 정정해 주자 철무한이 어느새 기른 턱의 구레나룻을 손으로 쓸고는 고개를 가볍게 흔들었다.

　"어찌 진 형… 아니, 총단주는 볼 때마다 사람을 놀라게 하는 것 같소."

　"내가 본래 좀 그렇긴 하지. 그런데 총군사님께서 내린 명령은 뭐지?"

　"어? 그걸 어찌……."

　"난 오단의 총단주일뿐더러, 본래 불사단의 단주이기도 했거든."

　"그렇구려."

철무한이 납득했다는 얼굴로 고개를 끄덕여 보였다.

본래 무림맹의 주력인 사단과 달리 임시로 조직된 불사단은 별동대라 불리는 창칼받이인 동시에 사단과 후방 간을 오고 가는 전령의 역할도 수행하게 되어 있었다. 한마디로 말해 총군사 제갈효의 명령에 따라 움직이는 꼭두각시란 뜻이다.

그러니 현 불사단주인 철무한의 뒤늦은 등장이 의미하는 바를 진자운은 쉽사리 예상했고, 그는 녹림의 산도적 출신답게 단순히 받아들인 것이다.

진자운이 다시 물었다.

"그래서 대답은?"

철무한이 조금 뚱한 표정으로 대답했다.

"사흘 동안은 명산에 도착하지 말라 하십니다."

"놀라는 말인가?"

"그렇진 않은 것 같습니다. 일단 오단 전체가 전력으로 출발하라고 하신 걸 보면."

"전력으로 출발은 하되, 하루 반 거리를 사흘에 맞춰 도착하라?"

"그렇습니다."

"재밌군."

진자운은 생각나는 대로 말하곤 히죽 웃었다.

그가 모용휘에게 손을 휘젓자 나머지 오단의 단주, 부단주들이 모여들었다. 어젯밤 늦게까지 개를 잡아먹으며 놀았던 사람들이 다수 포함되어 있었다.

"오단이 지금 막 출발했습니다."

밖에서 들려온 제갈상의 보고에 제갈효는 들고 있던 다구를 탁자에 천천히 내려놨다. 잠시 뭔가를 생각하느라 다구 안의 찻물은 차갑게 식어 있었다.

그러나 그러한 사실을 아는지 모르는지 제갈효는 잠시 신선 같은 얼굴에 한 가닥 고뇌를 담았다. 앞으로 벌어질 수많은 피와 죽음이 그의 맑은 영혼에 커다란 그늘을 드리운 듯 보였다.

"흥분되는걸……."

누구도 들을 수 없을 정도로 작은 목소리였다. 거의 뇌까림 수준이었다.

그때 마치 제갈효의 말을 듣기라도 한 듯 제갈상이 다시 말했다.

"슬슬 출발하셔야 하지 않겠습니까?"

"흠."

"지금 출발하지 않으면 무애 선인의 의혹을 살 수도 있습니다. 그러니……."

탁!

손가락으로 탁자를 튕기는 것으로 제갈상의 말문을 막은 제갈효가 입가에 흐릿한 미소를 만들어냈다.

"무애 따위가 어찌 노부의 심모원려의 한자락인들 이해할 수 있겠는가? 자네의 말은 노부를 대단히 얕잡아 보는 것이야."

"죄송합니다."

간명한 대답과 함께 제갈상이 밖에서 머리를 땅에 박는 소리가 은은하게 전해져 왔다. 잘못에 대한 벌을 스스로 내리기 시작한 것이다.

그러자 한동안 땅을 머리로 짓찧는 소음을 즐기며 다구 위에 뜬 찻

잎을 바라보고 있던 제갈효가 문득 생각난 듯 말했다.

"자네가 가져야겠어."

"……."

소음이 멈췄다. 제갈상이 머리를 땅에 찧기를 그만둔 것이다. 대신 잠시의 침묵 끝에 그의 목소리가 들려왔다.

"오단을 따라가라는 말씀이십니까?"

"허허. 역시 자네는 다른 멍청이들과 달리 눈치가 빨라 좋아."

가볍게 미소 지은 제갈효가 말을 이었다.

"진자운이란 아이는 요주의 인물이야. 지금까지는 맹주의 안면을 봐서 그냥 놔뒀지만, 이번 사천대전이 끝난 후엔 철저한 감시가 필요하겠어."

"그 애송이가 그렇게 대단하단 말씀이십니까?"

제갈효가 갑자기 양손을 깍지 끼고 중얼거렸다.

"노부의 예측을 번번이 벗어난단 말이야."

"예?"

"아닐세, 아무것도."

"……."

"그 아이의 효용은 이번 사천대전까지야. 더 이상은 곤란하니, 자네는 이 점을 유념해 둬야 할 것이야."

"알겠습니다!"

제갈효의 의중을 읽은 제갈상이 복명과 함께 다시 머리를 땅바닥에 갖다 댔다. 그러자 그의 행동을 마치 직접 보기라도 한 것처럼 제갈효가 중얼거렸다.

"얼굴은 씻고 가게나."

"…예."

운무와 함께 멀어져 가는 오단 정예의 모습을 멀리서 배웅하며 무애 선인은 천천히 도호를 외웠다.

"무량수불! 무림의 정의를 수호하는 정영들에게 천존의 가호가 있기를!"

"무량수불!"

"무량수불!"

무애 선인의 뒤를 따라 청성파 무 자 항렬이 일제히 도호를 터뜨렸다. 오단 중에 청성파의 일대제자들이 다수 포함된 만큼 그들의 도호 속에 애틋한 마음이 깃든 건 당연한 일이었다.

그때 무애 선인의 두 번째 사제이자 청성파 제일고수로 알려진 철각선(鐵脚仙) 무진(無眞) 도장이 나직이 탄식했다.

"허어, 세상의 이치란 늙은이들이 죽고, 젊은이들이 사는 것이 합당하거늘!"

무애 선인의 시선이 무진 도장을 향했다.

"무진 사제는 엉뚱한 생각을 해서는 안 될 것이네. 사제는 본 파의 얼굴이나 마찬가지야."

"하지만 장문 사형, 이미 천하의 이목이 사천으로 몰려들고 있소이다. 사천에서 이름을 떨친 지 오래인 본 파에서 한 명의 무 자 항렬도 사천대전에 참가하지 않는다면 어찌 앞으로 강호영웅들 앞에서 얼굴을 들 수 있겠소이까?"

"어찌 본 파에서 한 명의 무 자 항렬도 사천대전에 참가하지 않았단 말인가. 이미 무 자 항렬과 동배라 할 수 있는 철장검호(鐵掌劍豪) 이일패와 팔비검(八臂劍) 강유주가 사천정의련에 끼어 만독문과 격전 중일세. 그리고 본 파의 일대제자 중 절반 이상이 오단에 끼어 참가했으니……."

"그렇기는 하나 여전히 천하의 영웅들, 특히 사천 제문파의 동도들은 본 파를 욕할 것입니다."

"그건……."

"장문 사형, 아무리 이일패와 강유주의 무위가 빼어나고, 다른 일대제자들이 분전한다 해도 본 파를 대표하는 무 자 항렬이 사천대전에서 빠진다면 의미가 없습니다. 이미 당가에서는 제일고수인 천수표 당 대협이 나섰고, 아미에서는 오대장로 중 둘과 지다성 옥성 사태가 대활약을 하고 있지 않습니까?"

"……."

무애 선인은 잠시 무진 도장을 바라보다 눈살을 가볍게 찌푸려 보였다.

"무진 사제, 혹시 제갈 노선배님과 얘기를 나눈 것인가?"

"장문 사형의 말씀대로입니다."

"그렇구만."

무애 선인이 미미하게 고개를 끄덕여 보이자 무진 도장이 얼른 목소리를 높였다.

"그렇지만 장문 사형, 저는 이미 예전부터 그런 생각을 하고 있었습니다. 결코 이런 생각을 갑자기 하게 된 게 아니란 말입니다. 그러니……."

"그래도 안 되네."

"장문 사형!"

"안 될 일이야!"

평소의 몇 배나 크게 목소리를 높인 무애 선인이 엄한 표정으로 말을 이었다.

"앞서 말했듯 무진 사제는 본 파의 얼굴과 같네. 만약 사천대전에 참가했다가 자칫 실수라도 한다면, 어찌 역대 열조께 내가 얼굴을 들 수 있겠는가!"

"장문 사형은 이 사제를 못 믿는 것입니까?"

"무진 사제를 못 믿는 게 아니라 걱정할 뿐이네. 구주 이십오성, 아니, 이제는 이십삼성이라 해야 할 절대자들과 후일 맞상대할 수 있을지도 모를 본 파의 유일한 인재가 덧없이 목숨을 잃게 될 것을."

"……."

"그러나 무진 사제의 말도 틀린 것은 아닐세. 확실히 사천대전 이후를 생각하자면 일대제자들과 속가제자들만으론 면목이 서지 않음이야."

잠시 말을 멈추고 무진 도장에게서 시선을 뗀 무애 선인이 뒤에 서 있는 사제들을 바라보며 목소리를 높였다.

"무기(無忌), 무화(無花), 무송(無松)!"

"예."

무 자 항렬의 세 도장이 일제히 대답하고 앞으로 나섰다. 그러자 그들을 지그시 바라본 무애 선인이 가벼운 한숨과 함께 말했다.

"세 사제는 지금부터 오단의 뒤를 따라가 사천대전에 참가해야겠네. 그건 무림맹이나 총군사 제갈 노선배를 위해서가 아니라 사천에 여전히 청성파가 있음을 천하의 영웅들에게 보여주기 위해서이네."

"명심하겠습니다."

세 도장 중 으뜸인 무기 도장이 굳은 표정으로 대답했다. 청성파가 사천대전의 중심으로 나아가는 순간이었다. 제갈효가 계획했던 그대로.

*   *   *

쌍류.

한 식경 전 수중에 들어온 밀지를 넘기던 옥성의 손길이 잠시 동작을 멈췄다. 그녀의 예상을 한참 벗어난 내용을 접했기 때문이다.

'사천정의련 홀로 사흘간 만독문의 정예를 상대하라니……. 설마 사천정의련 전체가 옥쇄(玉碎)라도 하라는 건가?'

옥쇄.

옥같이 부서진다는 뜻이니, 죽음을 각오해야만 할 때나 쓰는 말이었다. 함부로 쓸 말이 아닌 것이다. 특히 옥성처럼 대세력을 움직이는 위치에 있는 사람의 입장에서는.

그럼에도 무림맹 총군사의 직인이 찍혀 있는 밀지의 내용을 해독한 옥성은 다른 말을 생각해 낼 수 없었다.

그녀는 이미 만독문의 정예가 쌍류의 코앞인 명산을 얼마 두지 않고 있다는 첩보를 접한 상황이었다.

그 엄청난 군세를 생각해 볼 때 그동안 사천정의련을 톡톡히 도와준 무림맹의 노고수들과 힘을 합해도 이틀을 버티는 게 한계다. 적어도 그녀가 생각하는 만독문의 저력은 그 정도는 됐다.

그런데 무림맹 노고수들의 도움도 없이 사천정의련 홀로 만독문의 군세를 사흘간 막아내라니!

옥성이 갑자기 옥쇄를 떠올린 것도 무리는 아니었다. 그만큼 어이없는 명령이었다.

옥성은 잠시 이마를 손으로 짚은 채 눈살을 찌푸렸다. 평범한 사람이라면 이런 경우 욕설을 내뱉거나 짜증을 부리게 마련이나 그녀는 달랐다. 시간이 아까웠기 때문이다.

그녀는 바로 밀지에 적혀 있는 내용 속의 이면을 들여다보려 노력했다. 현인 제갈효쯤 되는 대지략가가 이렇게 눈에 빤히 보일 정도로 어리석은 명령을 내리진 않았으리란 판단이었다.

시간이 물처럼 흘러갔다. 옥성은 흡사 참선이라도 하듯 밀지 속의 내용을 읽고 또 읽었다. 그 속에 숨어 있는 무언가를 반드시 찾아내고야 말겠다는 의지였다.

그렇게 옥성이 밀지의 내용을 다섯 번째 읽었을 때다. 혼란으로 흐트러져 있던 그녀의 눈 깊숙한 곳에서 맑은 기운이 번뜩였다.

'밀지의 내용은 사흘간 사천정의련이 만독문의 정예를 상대하라고 했지 맞서 싸우란 얘기는 없다. 즉, 사천정의련은 사흘간 만독문과 맞서지 말고 숨어 있으면 되는 것이다.'

깨달음과 함께 옥성의 입에서 나직한 불호가 흘러나왔다. 밀지 속의 이면을 읽은 그녀는 제갈효가 만독문을 상대하려는 방법이 무엇인지 알 수 있었다.

"관세음보살, 제갈 노시주님께서는 지나치게 이 우매한 비구니를 믿고 계셨구나. 자칫 사천무림 전체에 대죄를 범할 뻔했어."

나직한 탄식과 함께 고개를 가볍게 흔든 옥성이 밀지를 불태우고 바로 자리에서 일어섰다. 제갈효의 심중을 읽은 이상, 헛되이 보낼 시간 따윈 존재치 않았다.

"뭐라?"

만독문의 선봉을 맡은 시독살단 단주 시독귀마(屍毒鬼魔) 염시량은 수십 개가 넘는 자상이 있는 얼굴을 가볍게 일그러뜨렸다. 그가 살기를 일으킬 때 보이곤 하는 모습이었다.

움찔!

염시량의 앞에 부복한 시독마의 얼굴이 딱딱하게 굳었다. 그 자신도 다소 어이없는 내용을 다시 보고하는 것에 부담을 느꼈기 때문이다.

"명산에는 단 한 명의 정파 쥐새끼도 보이지 않았습니다."

"샅샅이 뒤져 봤겠지?"

"반나절에 걸쳐 뒤져 봤고, 근처에 불까지 질러 확인했습니다."

"으음."

염시량은 눈앞의 시독마를 쏘아보다 눈살을 가볍게 찌푸렸다. 그의 눈앞에 있는 시독마는 시독살단에서도 가장 노련한 척후였다. 여태까지 단 한차례의 실수도 없었다. 그랬기에 여태까지 자신의 휘하에서 살아남을 수 있었다.

'그렇다면 정파 녀석들이 명산을 포기하고 퇴각했다는 뜻인데……'

잠시 염두를 굴린 염시량이 뒤에 도열해 있는 시독살단을 향해 검지 손가락을 두 차례 까닥여 보였다. 그의 분신이나 다름없는 부단주 잔독살마(殘毒殺魔) 지한령을 부르는 동작이다.

"속하가 쌍류로 가보겠습니다."

"음."

염시량이 천천히 고개를 끄덕였다. 지한령이 그의 심중을 정확히 파악하고 있었기 때문이다.

"사천정의련의 떨거지들과 생사를 가름할 필요는 없다. 우리의 임무는 어디까지나 독존께서 본대를 끌고 오실 때까지 적 교란에 있으니까."

"명심하겠습니다."

"대신, 샅샅이 살펴야 한다. 녀석들의 꿍꿍이가 무엇인지를 파악하는 게 중요해."

"……."

염시량이 덧붙이는 말에 지한령이 이를 드러내며 흉악하게 웃어 보였다. 그의 내심에서 이미 쌍류는 활활 불타오르고 있었기 때문이다.

*   *   *

청성산을 떠난 오단은 천천히 이동해 하루 만에 대읍(大邑)을 눈앞에 뒀다. 설렁설렁 이동했음에도 이미 목표인 명산에서 백오십여 리 밖에 도착한 것이다.

"무진장 걸었구만."

진자운은 눈앞으로 보이는 대읍을 슬쩍 바라보곤 손을 들어 보였다. 이동을 멈추고 진지를 구축하란 뜻이었다.

"총단주, 아직 태양이 중천에 떠 있소이다."

모용휘가 다가와 의혹의 눈빛을 던지자 진자운이 어깨를 가볍게 으쓱해 보였다.

"모용 단주, 나도 그런 것쯤은 알고 있소."

"그런데 어째서……."

"총군사님의 명령이오."

한마디로 모용휘의 입에 굳건한 자물쇠를 채워 넣은 진자운이 사단

사이를 빠르게 오가고 있는 불사단을 힐끔 바라봤다. 평소 전령의 임무를 맡은 탓에 불사단은 휴식 시간에도 다른 사단과 달리 바빠 보였다.

'쯧, 함께 싸우러 나온 상황에서도 명문 출신과 이, 삼류의 중소문파 출신의 차이는 여실한가?'

진자운은 조금 아쉬운 생각이 들었다. 만약 그가 애초의 계획대로 불사단주를 맡았다면 지금과 같은 상황은 벌어지지 않았을 거란 생각이 들었기 때문이다.

그때 그의 시야에 철무한의 모습이 들어왔다.

"어이!"

진자운의 부름에 철무한이 고개를 돌렸다. 그의 불퉁한 눈빛을 보자니, 마음속의 불만이 황소 같은 눈 속에서 금세라도 뛰쳐나올 것 같았다.

"왜 그러시오?"

"내 물어볼 게 있으니, 좀 와보라구."

"……."

철무한이 커다란 걸음으로 다가왔다. 그러자 모용휘에게 자리를 비켜줄 것을 요구한 진자운이 빙글거리며 말했다.

"모용 소저와는 그 뒤로 어떻게 된 거야?"

"모, 모용 소저는……."

철무한의 불만에 가득 차 있던 얼굴이 금세 붉게 물들었다. 항주 군웅대회 이후 그가 모용청려를 죽어라 따라다닌 일은 이미 꽤나 널리 알려진 터였다. 오단 내에서도 웬만한 사람은 모두 아는 일이나 철무한의 무위가 두려워 누구나 쉬쉬하고 있었는데, 진자운이 대놓고 물은 것이다.

'귀엽기는……'

진자운은 쩔쩔매는 기색이 여실한 철무한을 보고 히죽 웃었다.

"역시 그렇게 됐구만."

"뭐, 뭐가 역시란 말이오!"

철무한이 다른 의미로 안색을 붉히자 진자운이 목소리를 조금 낮춰 말했다.

"사실 모용 소저는 내 사매인데 말야……."

"뭐? 그게 무슨?"

"말 그대로야. 어쩌다 보니, 내 사부가 모용 사매 역시 제자로 받아들였더라구. 뭐, 이건 어디까지나 사매와 나만 알고 있는 비밀이지만 말야."

"……."

"그러니 어쩌면 내가 철 단주, 자네를 도와줄 수 있을지도 모르겠는데……."

철무한의 안색이 순식간에 몇 차례나 변색을 거듭했다. 그는 오단에서 진자운의 복귀를 가장 싫어하는 사람 중 한 명이었다. 갑자기 행방불명이 된 진자운 덕분에 억지로 불사단주가 되었고, 모용청려와도 눈물의 이별을 고해야 했기 때문이다.

그러나 이렇게 되면 상황이 달라졌다고 할 수 있다. 보기만 해도 밉살스럽던 진자운이 갑자기 모용청려와의 사랑을 이어줄 월하빙인(月下氷人)이 된 셈이었다.

의구심, 의혹, 고뇌, 번뇌…….

갑자기 한꺼번에 몰려든 상념 앞에 철무한은 잠시 신음했다. 마음이 혼란스러웠기 때문이다. 그리고 결국 그의 마음, 가장 밑바닥에 남은 건 비굴이었다.

"총단주!"

철무한이 갑자기 그 큰 덩치로 달려들자 진자운이 슬며시 한 발짝 뒤로 물러섰다. 앞으로 요긴하게 써먹을 사람이 필요하긴 하나 철무한 같은 덩치한테 안기고 싶은 마음이 그에겐 눈곱만큼도 없었다.

대신 그는 적절하게 손을 내밀어 철무한의 어깨를 손으로 두드렸다.

"앞으로는 나만 믿으라구."

"믿겠습니다!"

"그렇다고 울진 말구. 그 큰 덩치에 울어봤자 무섭기만 하잖아."

"예."

진자운의 한마디에 얼른 벌게진 두 눈을 소매로 훔친 철무한이 이를 드러내며 웃어 보였다.

그 모습 역시 무서운지라 진자운은 조용히 시선을 옆으로 돌렸다. 모용청려의 도끼눈을 뜬 얼굴이 눈앞에서 어른거리고 있었다.

'일단 써먹을 녀석이 필요하니까······.'

진자운의 시선이 열심히 눈앞에서 진지를 구축하고 있는 오단의 무사들로 향했다. 이동은 밤이 되면 슬슬 생각해 봐야겠다는 생각이 들었다.

'역시 애송이란 말인가?'

제갈상은 눈앞에 빤히 보이도록 구축된 오단의 진지를 바라보며 내심 혀를 찼다.

아무리 최전선에서 꽤 많이 벗어난 지역이라곤 하나 진지의 모양새가 지나치게 조잡하고 눈에 띄었다. 조금이라도 병법을 아는 자라면 이런 곳에 진지를 구축하진 않을 터였다.

하지만 제갈상은 곧 고개를 가볍게 흔들어 보였다.

그는 며칠 전 제갈효와 독대하기 위해 찾아왔던 진자운의 모습을 떠올렸다.

천 년 묵은 능구렁이라 해도 과언이 아닌 제갈효의 편두통을 심화시킨 자를 일반적인 애송이라 생각할 순 없었다. 절정에 오른 무공도 무공이지만, 제갈효가 언급한 그는 결코 여간내기가 아니었다.

'내가 모르는 뭔가가 있을 것이다!'

제갈상은 미리 결정을 내리고 몸을 숨긴 노송에서 천천히 신형을 빼냈다. 일단 주변을 살펴서 오단 주변의 안전을 도모해야겠다는 생각을 한 것이다.

그와 같은 생각은 제갈상만의 전유물은 아니었다.

제갈상이 숨어 있는 노송에서 얼마 떨어지지 않은 장소에 얼마 전 도착한 청성파 일행은 고개를 절레절레 흔들었다. 무림의 경험이 많은 그들이 보기에 눈앞의 진지는 마땅치 않은 정도가 아니었기 때문이다.

[사제들 어찌 생각하는가?]

무기 도장이 좌우에 늘어선 무화와 무송에게 전음으로 의견을 구하자 곧바로 부정적인 대답이 들려왔다.

[의도를 알기 힘듭니다.]

[이해할 수 없는 모습입니다.]

무기 도장이 미미하게 고개를 끄덕였다.

[역시 사제들의 의견도 같구만. 그렇다면 우리는 지금부터 어찌해야

겠는가?]

두 사제에게 동시에 전한 전음이나, 뒤엣말은 무화를 겨냥한 것이었다. 무화 도장은 청성파 무 자 항렬 중에서도 지모가 빼어나기로 이름난 사람이기 때문이다.

오십대 중반이나 아직도 사십대의 건장한 장년인 같은 얼굴을 한 무화 도장이 잠시 미간을 찌푸리다 신중하게 대답했다.

[장문 사형께서는 우리에게 단지 오단의 뒤를 쫓으라고만 명하셨습니다. 그 말은 앞으로 벌어질 모든 일을 일임하겠다는 뜻이니, 우리는 여기서 결정을 내려야 할 것으로 보입니다.]

무기 도장의 시선이 무화 도장을 향했다.

[무얼 결정해야 한다는 것인가?]

무화 도장이 대답했다.

[지금 바로 앞으로 나서서 오단의 지휘권에 관여를 하거나, 단지 뒤에서 지원하는 것에 만족하거나겠지요.]

[어떤 차이가 있는가?]

[전자의 경우 이번 사천대전에서 청성파의 이름을 드높일 수 있으나 앞으로 무림맹과 사천정의련과의 관계가 소원해질 가능성이 있습니다. 청성파가 갑자기 전면에 나서면 무림맹의 제갈 선배나 여태까지 사천정의련을 이끌어왔던 당가와 아미파의 불필요한 의심을 사게 될 테니까요. 그리고 후자의 경우엔 청성파의 이름을 드높이지는 못하겠지만 앞으로 무림맹과 사천정의련에 대한 목소리는 높일 수 있을 겁니다. 어차피 만독문과의 격전이 심화되면 계속 모습을 감추고 있을 순 없게 되니까요.]

[흠, 문파의 명예를 선택하느냐, 실리를 선택하느냐의 문제인 건가?]

[사형께서 사태의 핵심을 정확하게 보셨습니다.]

무화 도장의 칭찬을 들은 무기 도장의 안색이 가벼운 홍조를 띠었다. 도사답지 않게 냉오한 성격인 무화 도장에게 진심 어린 칭찬을 받는다는 건 꽤나 어려운 일이기 때문이다.

'이렇게 된 이상 이 부분에선 내가 사형답게 확실하게 이성적인 판단을 내려야 된다.'

내심 스스로에게 다짐한 무기 도장이 잠시 두 사제를 바라보며 침묵에 빠져 있다 결론을 내렸다.

[장문 사형께서는 본 파의 명예를 말하셨지만, 그에 못지않게 사천대전 이후의 실리에 관심이 많으실 것이라 생각되네. 어쩌면 이번 사천대전을 전후로 해서 본 파가 사천무림의 주도권을 쥘 수 있게 될지도 모르니까.]

[그렇다면 역시…….]

[우리는 지금부터 오단의 주변을 돌며 위험 요소를 제거하는 데 주력함이 옳을 것이라 사료되네. 사천대전이 벌어지기 전까지는.]

[현명하신 판단이십니다.]

은연중에 무기 도장을 자신의 의견에 따르도록 조종한 무화 도장이 탄복했다는 듯 고개를 끄덕였다. 말 잘 듣는 어린아이에게 사탕을 쥐어주듯 칭찬해 준 것이다.

그러자 얼굴의 홍조를 조금 더 짙게 만든 무기 도장이 늠름한 표정으로 다시 오단의 진지를 살피고 명령을 내렸다.

[바로 움직이도록 하세. 저 아이들이 어찌 될지 모르니.]

[사형의 명에 따르겠습니다.]

[사형의 명에 따르겠습니다.]

무기 도장이 신형을 날리자 그 뒤를 두 사제가 얼른 따라붙었다. 오단 주변의 위험 요소를 제거하기 위해서.

'흠, 역시 늙은이들이 움직이기 시작했구만.'
진자운은 눈을 반개하고 주변의 동정을 살피던 중 입가에 득의만면한 미소를 떠올렸다.

그는 오단이 청성파를 출발하고 얼마 되지 않아 뒤를 따라붙는 절정고수들의 존재를 눈치챘다. 아무리 행적을 은밀하게 감춘다 한들 그가 이끄는 일류급 고수들과 절정고수들이 발출하는 기의 움직임에는 많은 차이가 있었다.

그때부터 진자운은 뒤따르는 절정고수들과의 술래잡기를 벌이기 시작했다. 운남에서 천마무적대에게 집요한 추격을 당하며 자연스레 익히게 된 사항들을 준수하며 추격자들의 정체를 탐문하기 시작한 것이다.

결국 추격자들의 정체를 정확하게 파악하게 된 현시점에서 진자운은 한 가지 결단을 내렸고, 이를 시행하는 중이었다. 그러니 그의 의중대로 움직이기 시작한 추격자들의 모습에 만족을 느끼는 건 당연했다.

'그럼 오늘밤쯤엔 만독문 선봉의 대대적인 암습을 기대해 봐야 하는 건가?'

철가면 뒤에 감춰진 진자운의 얼굴이 다시 웃음을 지어 보였다. 그런 그의 모습을 바라보며 불만과 의혹의 시선을 감추지 않고 있는 모용휘 등의 부글부글 끓고 있는 내심을 아는지 모르는지.

*　　　　*　　　　*

사흘이 빠르게 흘러갔다.

염시량이 이끄는 시독살단이 계속 허탕을 치고 암습에 실패하는 동안, 명산 앞에는 무림맹과 사천정의련의 정예가 집결을 완료했다.

전방의 무림맹 오단, 좌우에는 정파 명숙들과 사천정의련의 정예가 집결해 있었다. 총군사 제갈효의 계책대로 세 무리의 세력은 거의 한날한시에 명산 앞에 도착할 수 있었다. 조금의 전력 누수도 없이.

"제갈효는 요괴란 말인가! 도대체 무슨 요술을 부렸기에 저 많은 세력을 한날한시에 집결시킬 수 있는 거냐!"

염시량이 오단을 야습하러 끌고 갔던 시독살단의 전력 삼분지 일을 잃은 부단주 지한령에게 울화통을 터뜨렸다. 이대로 가면 문주 갈홍경의 문책을 면할 길이 없었기 때문이다.

그러자 안색이 이미 사색이 되어 있던 지한령이 고개를 푹 숙여 보였다.

"아무래도 여우 같은 제갈효와 옥성 중년에게 당한 것 같습니다."

"그러니 어떻게 당했냐는 거야!"

"그게……."

지한령이 말끝을 흐리자 염시량이 대뜸 수장을 들어올렸다가 억지로 내려놨다. 대전을 앞두고 자신의 가장 유능한 수하를 죽일 수는 없다는 판단이었다.

"어차피 엎질러진 물. 내 자네를 지금 와서 문책한들 뭐 하겠는가? 조금 있으면 독존께서 본 문의 대군을 이끌고 오실 터인즉, 어서 자네는 가감없는 보고를 하게나."

"예……."

조금 끄는 목소리로 대답한 지한령이 그동안 자신이 당한 고난과 고초, 그에 대한 대응에 대해 장황하게 늘어놨다. 일단 자신이 결코 최선을 다하지 않은 게 아님을 강조하기 위함이었다. 그러나 그가 최후로 내놓은 답은 염시량을 어이없게 만들었다.

"뭐라구?"

"…저들은 이미 명산 부근에 집결하고서 계속 몸을 숨기고 있었습니다."

다시 지한령이 똑같은 말을 반복하자 염시량의 신형이 가볍게 휘청거렸다. 너무 기가 막혀 일시 기혈이 역류했기 때문이다.

"단주!"

크게 놀란 지한령이 얼른 염시량을 부축했다. 필시 지옥의 불길보다 더 뜨거울 게 분명한 갈홍경의 분노로부터 자신을 보호해 줄 유일한 방패막이가 없어져선 곤란했다.

'단주가 지금 쓰러진다면……'

지한령은 일순 등줄기로 흘러내리는 식은땀을 느꼈다. 과거 갈홍경과 한차례 눈을 마주쳤다가 기혈이 끓어올라 주화입마에 빠질 뻔했던 일이 생각난 것이다.

그때 다행히 염시량이 자세를 바로잡았다. 잔뜩 엉클어졌던 이성을 되찾은 것이다. 아무리 상황이 암담하다 해도 그에겐 만독문 최강 정예 중 하나인 시독살단을 이끄는 자로서의 자부심이 있었다.

"그렇다면 자네 생각에 정파 무림맹이 이런 짓을 한 까닭이 어디에 있는 것 같은가? 내가 병법에 그리 밝은 편은 아니지만, 적의 주력이 모이기 전에 각개격파를 하는 것이 최상이란 것은 알고 있네만?"

"확실히 지금과 같은 대전에 있어선 각개격파 이상 가는 전술이 있을 수 없습니다. 하지만 그건 어디까지나 무림의 싸움이 아닌 일반 국가와 국가 간의 대전일 뿐입니다. 무림의 싸움에 있어서 가장 중요한 건 자잘한 전술 전략이 아니라 절대고수의 유무와 일반 고수들의 숫자라고 봅니다."

"절대고수의 유무와 일반 고수들의 숫자라… 그렇다면 저들이 대군 대 대군의 싸움으로 사천대전을 몰아간 건 자신이 있다는 뜻인가?"

"그것도 확고한 자신이 없고선 있을 수 없는 일이라 봅니다. 이렇게 완전히 양군이 모든 걸 드러낸 상태에서의 싸움이란 건 그냥 승부를 내는 게 아니라 한쪽을 완전히 전멸시키고자 할 때 쓰는 것이니까요."

"확고한 자신을 가지고 모아냈다? 한꺼번에 만독문을 전멸시키기 위해서?"

지한령의 말을 몇 차례 곱씹은 염시량의 코에서 뜨거운 콧김이 뿜어져 나왔다. 콧방귀였다.

"흥, 우리에겐 위대한 독존께서 계신다! 마정쌍선이 없는 이때에 감히 누가 있어 독존을 상대할 수 있단 말인가!"

"그건 그렇습니다만……."

"됐다!"

뭔가 더 말하려 하는 지한령에게 손을 휘저어 보인 염시량이 품 안에서 신호용 폭죽을 끄집어냈다. 문득 갈홍경의 분노를 피할 방법이 떠오른 것이다.

슈우— 펑!

태양이 중천에 떠오른 때였다. 성능 좋은 폭죽이라 해도 밝은 빛을 보일 순 없었다. 그저 귀를 울리는 폭음과 함께 하얗고 긴 꼬리를 허공 중에 남겨놓을 뿐이었다.

"선봉으로 나간 시독살단으로부터 신호가 왔습니다."

최전방까지 진출해 있던 척후로부터 전달된 보고는 단숨에 만독문 본영의 중심까지 도착했다.

그러자 사인교 위에 몸을 절반쯤 뉘인 채 앉아 있던 갈홍경의 눈에서 섬뜩한 녹광이 일어났다.

"흐흐, 계책 쓰는 것에만 열중하는 정파의 쓰레기들이 정면 승부를 걸어왔단 말인가?"

사인교 옆에 바짝 붙어서 있던 진육담이 얼른 목소리를 높였다.

"정파 무림맹의 총군사인 제갈효는 언제 어느 때나 잔머리 굴리기를 좋아하는 자입니다. 정면 승부를 걸어왔다면 필시 다른 준비를 해놓은 게 분명합니다."

"흥, 당연히 그랬을 테지."

나직이 냉소한 갈홍경의 눈에 담긴 녹광이 조금 더 짙어졌다.

"하지만 과연 각원 땡중이 감히 본좌의 상대가 될 수 있겠느냐? 설혹 그동안 그 땡중이 대단한 깨달음을 얻었다 해도 본좌는 전혀 두렵지 않다!"

'웃!'

일시 갈홍경이 발출한 기파에 진육담의 안색이 잠시 흙빛으로 변했다. 최근 색혼독공을 대성해 무공이 일취월장한 그였으나 여전히 갈홍경이 뿜어내는 기파조차 감당키 힘들었다.

그 같은 점은 주변의 다른 오대고수 역시 마찬가지였다. 그들은 자신도 모르게 갈홍경으로부터 몇 걸음 물러서며 그냥 버티고 서 있는 진육담을 새로운 시선으로 바라봤다. 만독문 내 최고의 개차반이자 색마라 불리던 그의 달라진 면모에 놀란 것이다.

'요 근래 색혼독공을 대성했다더니!'

'역시 후대를 이을 자란 말인가!'

만약 다른 때 같았으면 진육담은 자신에게 쏠리는 이 같은 시선을 흐뭇하게 여겼을 것이다. 그가 오래전부터 꿈꿔왔던 일이기 때문이다.

그러나 현재 그의 신경은 온통 갈홍경이 앉아 있는 사인교를 떠받치고 있는 네 명의 독인에게 쏠려 있었다.

그들은 진육담 이하 오대고수조차 간신히 견뎌낸 갈홍경의 압도적인 기파 앞에서도 한 점의 흐트러짐도 보이지 않고 있었다. 믿기 힘들지만 최소한 진육담 이상의 고수들이란 뜻이다.

'불사천독강시(不死天毒殭屍)!'

진육담은 만독문 내에서 절대독경과 거의 비슷하게 회자되는 전설의 이름을 떠올리곤 해연히 놀랐다.

본래 갈정립이 데리고 다니다 진육담이 수습한 십대독인은 불사천독강시를 만들려고 실험하다 실패한 것들이었다. 최후에 혼백을 불어넣는 데 실패한 탓에 반드시 조종자가 심력을 소모해야지만 움직일 수 있다.

그럼에도 십대독인 개개인의 무력은 웬만한 절정고수 이상이었다. 죽음을 두려워하지 않는 독강시이자 무적의 방수라 할 만했다.

그런데 완성품인 불사천독강시의 위력은 얼마만큼일까?

진육담은 감히 절대독경과 비견되는 전설의 크기를 재려는 무모한 도전을 포기했다. 전혀 경험해 본 바 없는 일을 예단하는 것만큼 멍청한 짓은 없다고 생각했기 때문이다.

'제기랄, 이런 꽁수를 숨기고 있었다니, 역시 사부님은 대단하다!'

진육담은 강퍅하다라는 말로밖엔 표현이 불가능한 갈홍경의 옆 얼굴을 두려움과 경외가 교차하는 표정으로 바라봤다. 다른 때와는 달리 조금쯤 진심을 담아서.

"위대한 독존이시여! 독존께서는 무적이십니다! 그리고 무적인 독존께서 앞장을 서신다면, 만독문의 앞을 가로막는 건 아무것도 없을 것입니다!"

"……."

"제자가 앞장설 터이니, 독존께서는 대국을 주재하소서!"

진육담이 그 자리에 부복해 목소리를 높이자 주변의 오대고수가 역시 그 뒤를 따랐다. 그들 또한 잠시 잠깐 사이에 진육담과 비슷한 생각을 하고 대동소이한 결과를 도출해 낸 것이다.

문득 갈홍경의 강퍅한 얼굴 전체로 흐릿한 미소가 번져 나왔다. 과거 천하제일인인 마선 담천위에게 도전하러 갔을 때와 비슷한 흥분이 그의 늙은 가슴을 가득 채웠다.

'크크크, 인생의 황혼에 이런 것도 그리 나쁘진 않지 않은가!'

갈홍경이 사인교 위에서 천천히 신형을 바로 하고 손을 들어올렸다.

느릿느릿하지만 강인한 손끝의 움직임.

일순 진육담을 비롯한 오대고수의 신형이 압도적인 힘에 의해 자리에서 일으켜 세워졌다. 갈홍경의 평범한 손짓이 만들어낸 기적이었다.

"그냥 싸움일 뿐이다."

"......."

"본좌가 앞장설 테니, 너희들은 그냥 따라오기만 하면 되느니라!"

갈홍경의 손끝이 천천히 명산을 향했다.

대진격의 시작이었다.

◆ 第五十三章 ◆

정파의 싸움! 마도의 싸움!

정파의 싸움! 마도의 싸움!

펄럭!

하늘거리는 부들부채의 움직임은 여유로움 그 자체였다. 부채의 움직임만으로 보자면 산골 마을 툇마루에 앉아 한가롭게 장기나 바둑을 두는 노인네가 연상될 정도였다.

그러나 부들부채를 손에 쥐고 한 대의 그럴듯한 수레에 앉아 있는 사람은 무림맹 총군사 제갈효였다. 결코 평범한 산골 마을의 늙은이가 될 수 없는 사람이다.

일보천계(一步千計)!

한 걸음에 천 개의 계책을 낼 수 있는 사람. 현인이란 존경 어린 별호 외에 제갈효를 일컫는 말들 중 하나였다. 권모술수와 지략에 살고 죽는 백여성상을 보낸 사람이 바로 그였다.

그런 그가 마치 무후(武后) 제갈량의 현신과 같은 모습을 하고 전장의 중심에 모습을 드러냈다. 주변의 이목이 집중되는 건 지극히 당연한 일이었다.

"허허, 재미있는 진세가 아닌가……."

제갈효는 눈앞에 보이는 만독문의 진세를 살피며 입가에 흐릿한 미소를 담았다. 여전히 세상은 그의 손바닥 위에서 벗어나지 않은 조화롭고 아름다운 법칙 위에 존재하고 있었다.

그때 제갈효의 주변에 늘어선 무림맹 고수들이 움찔거리며 좌우로 물러서기 시작했다. 무시무시한 검기와 더불어 맹주 각원 대사와 동행했다고 알려진 모용진천이 모습을 드러냈기 때문이다.

차차창!

질풍노도와 같이 움직이던 모용진천의 앞을 가로막은 건 제갈세가의 유룡검풍대(遊龍劍風隊)였다.

당대 유룡검풍대의 대주를 맡고 있는 질풍파랑검(疾風波浪劍) 제갈기가 눈빛을 번뜩이며 말했다.

"모용 가주는 예의를 지키기를 바라오!"

"예의?"

냉랭한 반문과 함께 모용진천이 가볍게 손끝을 내리그었다. 검이 들리지 않은 채 펼쳐진 무의미해 보이는 동작.

그러나 순간 제갈기의 전신이 크게 흔들렸다. 무형의 검기가 이미 강습해 들어왔기 때문이다.

그와 더불어 제갈기 주변에 포진해 있던 유룡검풍대 전원의 검이 공중으로 떠올랐다. 모용진천의 일수가 만들어놓은 변화였다.

그나마 검을 손에서 놓치지 않는 데 성공한 제갈기는 몇 걸음이나 뒤로 물러서야만 했다. 검을 놓치지 않은 것에 대한 대가였다.

'큭!'

목젖까지 치밀어 오른 울혈을 제갈기가 억지로 삼키려 할 때였다. 마치 이형환위라도 펼친 듯 어느새 코앞까지 다가선 모용진천이 손끝을 가볍게 움직였다.

타탁!

모용진천의 일음지가 심장 어림을 건드린 순간, 제갈기의 허리가 급격하게 앞으로 굽혀졌다. 삼키려 했던 울혈이 엄청난 구토기와 함께 터져 나왔기 때문이다.

"우웩! 웩!"

검붉은 핏덩이가 섞인 토사물이 제갈기의 발치로 쏟아져 내렸다. 더할 나위 없이 망신스러운 모습이었다.

"으……."

아침에 먹었던 음식의 종류를 만천하에 까발겨 보인 제갈기의 눈에 독기가 서렸다. 지금 당장 눈앞의 모용진천과 목숨을 걸고 싸우고 싶었다.

그때 시의적절한 제갈효의 제지가 있었다.

"기아야, 모용 가주께 감사드리거라."

"노가주님……."

"모용 가주는 네가 억지로 울혈을 삼켜서 체내에 화(禍)를 심는 걸 모면케 해주신 거란다."

"……."

제갈기는 순간적으로 내식을 돌려봤다. 자신의 체내에 정체된 기가 있는지를 확인해 본 것이다.

'깨… 끗하다…….'

제갈효의 말은 언제나와 마찬가지로 옳았다. 그러니 그의 명에 따르는 게 당연했다. 그러나 제갈기는 평생 처음으로 제갈효의 명령에 따르길 잠시 머뭇거렸다. 무인의 자존심이 걸린 문제였기 때문이다.

그런 제갈기의 내심을 읽은 모용진천이 그의 어깨를 손으로 툭 치고는 앞으로 나섰다. 무인의 자존심이 달린 상황에서 다른 말은 필요치 않았다.

"설명해 주셔야 하지 않겠습니까?"

단도직입적인 모용진천의 질문에 제갈효가 얼굴을 절반쯤 가리고 있던 부들부채를 무릎에 내려놨다.

"모용 가주, 노부에게 어떤 대답을 원하시는가?"

"합당한 변명을 듣고 싶습니다."

"변명이라……."

제갈효가 말끝을 흐리자 모용진천의 손이 검파에 닿았다. 대답 여하에 따라 발검이라도 하겠다는 의지의 표명이었다.

'허허, 역시 아직 어린 아해로다!'

내심 귀엽다는 듯 미소 지은 제갈효가 모용진천을 향해 천천히 손짓해 보였다.

"조금 가까이 와주시게나."

"……."

모용진천이 제갈효의 수레로 다가갔다. 검파에서 손을 뗐으나 이미 검을 빼 들고 있는 것이나 다름없었다. 기세를 거두지 않았음이다.

"역시 좋은 검기로구만. 검제라 불리는 데 조금의 부족함이 없어."

제갈효가 고개를 끄덕여 보이자 모용진천이 검미를 살짝 치켜올렸다.

"그게 변명입니까?"

"허어! 모용가의 피는 세월이 지나도 변함이 없구만. 흡사 자네 부친을 보는 것 같아. 하지만 이런 곳에서 자네 부친과의 친분을 내세운다면 노부가 너무 실없는 사람이 될 테지."

"……."

"갈홍경과 싸우기 싫은 건가?"

모용진천의 눈 깊숙한 곳에서 일순 이글거리는 불덩이가 떠올랐다. 눈빛만으로 눈앞의 제갈효를 불태우기라도 할 것 같다.

"만약 제가 갈홍경과 싸우고 싶지 않았다면 어찌 이곳 사천까지 왔겠습니까?"

"싸우고 싶다는 뜻이구만."

다시 고개를 끄덕여 보인 제갈효가 의뭉스런 표정을 지어 보였다.

"그렇다면 무엇이 문제인가? 노부가 모용 가주를 위해 이렇게 화려한 전장을 마련해 줬는데."

말을 끝낸 제갈효가 손가락으로 눈앞에 펼쳐진 평원을 가리켰다. 그러자 만독문 쪽 군진 속에서 천지가 진동하는 듯한 함성이 터져 나왔다. 드디어 갈홍경이 사인교에 몸을 맡긴 채 모습을 드러낸 것이다.

'갈… 홍경……!'

자신도 모르게 제갈효의 손가락이 가리킨 쪽으로 시선을 돌린 모용진천의 손이 다시 검파에 닿았다. 아니, 이번에 그의 손은 검파를 쥐는 것만으론 부족해 보였다.

우웅!

어느새 검갑에서 절반쯤 모습을 드러낸 검신이 용음(龍音)을 토해냈다. 자신의 주인이 평생 다시 보기 힘든 호적수를 만났음을 알고 있는 듯한 모습.

순간적으로 신형을 날리려는 모용진천을 제갈효가 제지했다.

"지금 가봤자 갈홍경은 모용 가주를 상대해 주지 않을 것이네."

슉!

모용진천은 신형을 날리려던 발끝을 축으로 삼아 제갈효 쪽으로 신형을 돌려세웠다.

"각원 대사님과 함께 손을 써야지만 갈홍경이 상대해 줄 것이란 궤변을 늘어놓고 싶은 것입니까?"

"절반은 그렇다고 할 수 있지."

"절반?"

제갈효가 목소리를 살짝 낮췄다.

"어쩔 수 없이 나서게 되는 것이지. 모용 가주와 맹주가 함께 손을 쓴다면 만독문에 아무리 불사천독강시가 존재한다 해도 전세에 커다란 영향을 줄 수 없을 테니까."

"불사천독강시?"

"만독문뿐 아니라 천하 독문의 지보 중 지보로 알려진 괴물을 말함이네. 아주 고약한 것들이지."

"그래 봤자 강시가 아닙니까?"

"불사천독강시는 만독불침이나 독에 면역이 된 독인들이 아닌 일반 무림인들로선 근처에 가기만 해도 중독되고 마는 몹쓸 괴물이라네. 숨결만으로 평범한 물을 독수로 바꾸고, 웬만한 도검으론 흠집조차 낼 수 없단 말야. 그러니 그런 녀석들을 대전 중에 풀어놓는다면 어찌 될 것 같은가?"

"……."

모용진천의 눈매가 가늘어졌다. 제갈효의 설명이 꽤나 그럴듯하긴 하나 몇 가지 의혹이 있다는 생각이 들었다.

"설명하신 대로라면 필경 불사천독강시는 이번 사천대전에서 만독문 측의 비밀 병기일 겁니다. 그런데……."

"그런데 어떻게 그 존재를 노부가 미리 간파했는지 궁금한 것인가?"

"그렇습니다."

"흠, 그건 노부가 무림맹의 총군사라는 말로밖엔 설명할 수 없겠구만. 노부의 휘하엔 세상엔 알릴 수 없는 몇 가지 비밀 조직이 있고, 그들은 지금 이 시간에도 목숨을 걸고 마도 세력을 비롯한 전 무림적 위험 요소를 색출하기 위해 분신쇄골하고 있다네."

제갈효는 말을 끝내고 한쪽 눈을 찡긋해 보였다.

"그러니 지금 모용 가주와 나눈 말은 모두 우리 둘만의 비밀이 되어야 할 것이네. 자네도 알다시피 노부가 천하에 조그마한 위명을 얻고 있는데, 이런 비밀이 바깥으로 샌다면 곤란해지지 않겠는가."

"비밀은 지키겠습니다. 하지만……."

"고맙네."

의도적으로 모용진천의 뒷말을 끊은 제갈효가 다시 시선을 만독문 측 군세로 던지며 혼잣말하듯 중얼거렸다.

"맹주가 갈 노괴를 감당하지 못하면, 무림맹을 비롯한 정파연합 전체가 위험해져."

"……."

모용진천은 제갈효의 신선 같은 얼굴이 일순 야비한 소인배처럼 변하는 환상을 봤다. 그 정도로 그가 행하는 일이 마음에 들지 않았다.

'하지만 제갈 선배의 말이 완전히 틀린 것도 아니다. 만독문에서 전설의 독강시마저 끌고 나온 이상 각원 대사님이 갈홍경에게 밀릴 경우를 대비하지 않을 수 없다. 각원 대사님이 갈홍경에게 패하면 그 순간 내가 나서면 되는 것이야.'

모용진천에게서 뿜어져 나오던 검기가 일순 거짓말처럼 잦아들었다. 한 사람의 무인이 현실과 타협을 보는 순간이었다.

'허허허, 구주 이십오성이라고 사람이 아니라던가! 모두 다 똑같지, 똑같고 말고!'

만독문의 군진을 살피는 척하며, 몰래 모용진천을 곁눈질하던 제갈효가 내심 파안대소했다. 구주 이십오성 중 한 명인 모용진천을 방금 자신의 뜻대로 회유하는 데 성공한 것이다. 기쁘지 않을 까닭이 없었다.

그 시각, 오단을 이끌고 정파 연합군의 중군(中軍)을 맡은 진자운은 재회의 기쁨을 만끽하고 있었다. 항주 무림맹에 홀로 내팽개쳐 됐던 현음이 검을 빼 들고 달려온 이후의 일이다.

"아하하하하……!"

철가면을 들썩이며 웃는 진자운을 냉랭하게 바라보던 현음이 한마디 탁 쏘아붙였다.

"혼자 놀러 다니니 좋더이까?"

"……."

진자운은 얼른 웃음을 멈췄다. 현음이 당장 수중의 검으로 가슴을 찔러올 것 같았기 때문이다.

"사질, 말속에 가시가 좀 과하게 들어간 것 같네."

"가시라……."

현음은 잠시 지난날을 떠올리며 주먹을 부르르 떨었다. 진자운의 실종 이후 그가 당한 고초란 이루 말하기 참담한 바가 있었다. 말속에 가시쯤 들어갔다는 말 정도로 풀릴 성질의 것이 아니었다. 할 수만 있다면 지금 당장 진자운과 사생결단을 벌이고 싶은 심정이었다.

그래도 세상에는 배분이란 게 존재한다.

특히 무당파 같은 명문정파에서 배분의 높낮이란 일반 민가의 부자지간의 관계와 비슷했다.

부친이 아들에게 까라면 까는 게 옳은 것처럼 배분이 높은 자에게 낮은 자는 어떤 반항도 보일 수 없었다. 그게 소위 무림 중 명문정파에서 말하는 사회적인 정의였다.

'게다가 지금 주변에는 이목이 너무 많다. 이런 곳에서 무당파 내부의 갈등을 보여선 안 되니, 분하지만 참자.'

어금니를 살짝 깨문 채 터져 나오려는 분노를 꾸역꾸역 가슴속에 구겨 넣은 현음이 호흡을 조절하며 말을 이었다.

"…그런 말은 소사숙께는 어울리지 않는 것 같소이다. 그리고 아직 이 사질의 질문에 대답하지 않으셨고요."

"무슨 질문?"

"혼자 놀러 다니니 좋더냐고 물었잖소이까!"

현음의 목소리가 살짝 올라가자 진자운이 어깨를 살짝 으쓱해 보였다.

"그다지 재미없었어. 역시 소주와 항주가 좋더라구."

"흥, 그런데 어째서 그리 좋은 항주를 떠나셨는지요?"

"흠, 가시에 이어 비꼼인가? 그동안 현음 사질도 나이가 들어 잔소리만 늘었구만."

"잔소리가 아니라……."

"운엽 사형은 무탈하시겠지?"

진자운의 느닷없는 질문에 현음의 삐딱한 입술이 살짝 처졌다. 더 이상 진자운을 몰아붙일 수 없게 됐기 때문이다.

"신체는 강녕하십니다만……."

"…만?"

현음의 목소리가 갑자기 진자운의 뇌리 속에서 울려 퍼졌다. 주변의 이목을 의식해 전음으로 전환한 것이다.

[운엽 사숙께서는 마음의 상처를 받으신 것 같습니다.]

[마음의 상처?]

[며칠 전 사천정의련을 도와 만독문의 독인들과 꽤 크게 싸웠는데, 그때부터 진지도 잘 못 드시고, 한숨을 쉬는 일이 많아지셨습니다. 주변의 이목이 있어 저희 칠성검수들 사이에선 쉬쉬하고 있는데, 많이 걱정이 됩니다.]

[그렇구만.]

진자운은 무당파를 떠나오기 전 운진자가 했던 신신당부를 떠올리며 쓴 입맛을 다셨다.

본래 그가 중간에서 담화연을 찾으러 무림맹을 떠나지 않았다면, 심약한 운엽자가 칠성검수를 이끌고 사천대전에 참가할 일은 없었다. 신경이 쓰이는 건 당연하다.

'마음이 착한 것도 병이라…….'

내심 운엽자의 진중한 모습을 생각하며 진자운은 고개를 가로저었다. 그러자 고개를 옆으로 삐딱하게 뉘인 채 바라보고 있던 현음이 대뜸 말했다.

"소사숙, 운엽 사숙님께 인사하러 가셔야 하지 않겠소이까?"

"그건……."

잠시 염두를 굴린 진자운이 고개를 가로저었다.

"운엽 사형께는 이번 사천대전이 끝난 후 인사하러 갈 예정이야. 지금은 딸린 식구가 좀 많거든."

"……."

진자운이 엄지손가락으로 뒤에 도열해 있는 오단을 가리키자 현음이 얼굴 근육을 꿈틀거리며 입을 다물었다. 진자운이 하는 말의 의미를 알 수 있었기 때문이다.

그때 철가면 안쪽에 숨은 얼굴을 빙글거리고 있던 진자운의 눈 깊숙한 곳에서 이채가 일었다.

이변을 예감한 것인가?

그에 답하듯 정파 연합군 쪽을 향해 묘족어와 한어가 섞인 야유와 욕설을 연신 쏟아내고 있던 만독문 측 군진이 갑자기 잠잠해졌다.

슥!

만독문의 뭇 독인들을 쥐 죽은 듯 조용하게 만들며 정파 연합군 앞에 모습을 드러낸 이는 시독귀마 염시량이었다. 선봉의 역할을 제대로 수행하지 못한 것에 대한 속죄로 대전의 개시를 선포하는 임무를 자처한 것이다.

'썩을, 하늘 한번 맑구만!'

잠시 사천에선 보기 드물게 맑은 하늘을 올려다본 염시량이 유창한 한어로 소리쳤다.

"무도한 정파의 잡것들아! 용기가 가상하구나! 감히 위대한 독존께서 거하고 계시는 마도의 맹주, 만독문에게 정면 승부를 걸려 하다니!"

"마도의 맹주?"

"푸하하! 언제부터 운남의 만독문이 마도의 맹주가 됐었던가?"

"염시량, 죽은 시체나 파먹고 시독을 빨다가 머리까지 독에 중독된 게 아니냐?"

염시량의 호전적인 외침에 정파 연합군 여기저기에서 거센 비난과 조롱의 목소리가 터져 나왔다. 대부분 운남과 가까운 사천에서 활동하는 사천정의련 쪽 인사들의 목소리였다.

그러나 염시량은 처음부터 이런 일이 있을 줄 충분히 예상하고 있었다는 듯 나직한 냉소로 대답을 대신했다. 그는 이곳에 나오기 전 목숨을 걸었다. 이 정도 야유쯤에 기가 꺾일 리 만무했다.

"천마신교의 교주인 마선 담천위가 죽은 후 마도제일인은 어디까지나 본 만독문의 문주님이시다! 어찌 본 문이 마도의 맹주가 될 수 없단 말이냐!"

"흥, 그렇게 마도에 인재가 없더란 말이냐? 마교에 아직 오마가 건재한 것으로 아는데……."

개방을 대표해 정파 연합군에 포함된 북개방의 장로 마면개(馬面丐)의 냉소에 주변 군웅들이 분분히 소리쳤다.

"마면개께서 좋은 지적을 하셨소이다. 오마를 제외하더라도 언제 만독문이 마교를 제압했다고 마도의 맹주를 운운할 수 있겠소이까?"

"맞소이다! 마교를 제압하지 않고서 어찌 만독문이 마도 맹주를 논할 수 있겠소이까!"

"그야말로 헛소리지!"

그때 염시량이 발끝에 힘을 모아 진각을 일으켰다. 자신이 준비해

놓은 말을 끝까지 내뱉을 시간을 벌기 위함이었다.

콰!

"크하하, 우습구나! 우스워!"

"뭐가 우습다는 거지?"

마면개가 질문을 던지자 염시량이 입가에 회심의 미소를 매달았다. 드디어 그가 목숨을 걸고서 이곳에 나온 목적을 달성할 때가 온 것이다.

"크흐흐. 그럼 우습지 않단 말이냐? 너희 정파의 떨거지들이 어떻다는 건 마도의 영웅들이라면 다 알고 있는 바이다만, 이렇게 부끄러움을 모르다니……."

"뭐가 부끄러움을 모른다는 것이냐!"

"너희들은 방금 전 본 만독문이 마도의 맹주가 아니라고 했다. 그런데, 그러면 마도의 맹주도 아닌 일개 만독문을 상대하기 위해 한꺼번에 몰려온 너희 정파 녀석들은 뭐냐? 뭐가 되겠느냔 말이다!"

"그, 그건……."

"왜? 이 상황에서도 입이 있어 말을 내뱉고 싶단 말인가? 자랑스런 정파의 싸움을 앞두고서?"

"……."

평생 입담에 있어선 누구한테도 져본 일이 없음을 자랑스러워하던 마면개가 말과 같은 상판을 와락 일그러뜨렸다. 확실히 그가 생각하기로도 염시량의 말이 틀리지 않단 생각이 들었기 때문이다.

'됐다!'

염시량은 자신의 목숨을 건 모험이 성공을 거뒀음에 쾌재를 불렀다. 한 방에 정파 연합군을 바보로 만드는 데 성공했다는 자체 판단이었다.

그때 술렁거리기 시작한 정파 연합군의 중군 쪽에서 한 사람이 걸어 나왔다. 그러자 득의만면한 표정을 짓고 있던 염시량의 눈이 가늘어졌다.

'철가면? 정파에 저런 녀석이 있었던가……'

정파 연합군 측에서 나온 사람의 정체는 철가면을 쓴 진자운이었다. 그는 염시량의 한마디에 용기백배하던 기세가 절반이나 꺾여 버린 오단의 후기지수들을 살피고 자신이 나설 때란 판단을 내린 것이다.

"재밌군. 일개 만독문이라……."

진자운이 묘하게 말끝을 흐리자 염시량이 두 눈 가득 살기를 담고 소리쳤다.

"뭐가 재밌다는 것이냐!"

진자운이 고개를 옆으로 살짝 까닥여 보이며 대답했다.

"당신은 방금 전에 만독문을 마도의 맹주라 했소이다. 그런데 지금은 정파인들이 일개 만독문을 상대로 전력을 다하는 걸 조롱하고 있소이다. 한 사람의 말이 이렇게 앞뒤가 다르니, 어찌 재미있지 않겠소이까?"

"만독문이 마도의 맹주가 아니라 한 건 너희 정파 떨거지들이 아니냐!"

"그럼 당신은 정말 만독문이 현재 마도의 맹주가 될 자격이 없다고 보는 것이오? 내가 알기로 만독문이 새롭게 개파를 선언하고 운남무림을 병탄한 건 마도 맹주가 되기 위함이라고 하던데, 이렇게 자신감이 없어서야……."

"그건 그렇지……."

"당신이 한 말이오! 이제 와서 또다시 말을 바꾸려는 건 아닐 테지요?"

"큭!"

염시량은 진자운의 한마디에 자신의 의도가 반격당해 뒤집혔음을 깨닫고, 시선을 만독문 진영 쪽으로 던졌다. 자존심 강한 갈홍경이 어떤 반응을 보일지 두려워졌기 때문이다.

그 순간적인 반응을 진자운은 정확하게 포착했다. 그리고 내심 이를 드러내며 미소 지었다. 자신의 예상이 옳았음을 직감한 것이다.

'역시 자존심이 하늘을 뒤덮는다는 갈홍경이 스스로 그런 명령을 내렸을 리 없지!'

승기를 잡았음을 알고 여유로워진 진자운을 향해 염시량이 이를 갈며 소리쳤다.

"이 녀석, 정체를 밝혀라!"

"정체? 그런 게 중요하오?"

"나 염시량은 무명지배 따위와는 겨루지 않는다!"

"안됐구려, 난 무명지밴데……."

"이 녀석!"

염시량이 결국 참지 못하고 진자운에게 달려들었다. 또다시 자신이 내뱉은 말을 지키지 못하게 된 것이다.

"옳거니!"

느닷없이 염시량과 맞대면한 진자운을 보고 제갈효는 부들부채로 자신의 무릎을 때렸다. 그의 조화롭고 아름다운 세상의 한 축을 혼란으로 물들이고 있는 악의 축이 스스로 자신을 드러냈기 때문이다.

'그동안 맹주의 명을 받고 만독문의 서열 십위 안에 드는 고수들을

쓰러뜨리고 다녔다고 호언장담했으렷다!'

제갈효는 별도의 명령을 기다리는 전령들의 시선을 슬며시 외면했다. 일단 진자운이 만독문 서열 십일위의 강자인 염시량을 어떻게 처리하는지를 지켜보는 게 우선이란 판단이었다.

그런데 그때, 제갈효 주변을 철통같이 지키고 있던 유룡검풍대의 일각이 크게 흐트러졌다. 모용진천 때에 이어 두 번째 벌어진 급변이었다.

"누가 감히!"

노성과 함께 시선을 돌리던 유룡검풍대주 제갈기의 얼굴에 움찔 놀란 기색이 떠올랐다.

유룡검풍대의 진세가 흐트러진다고 느낀 순간, 어느새 잿빛 그림자 하나가 그의 코앞에 도달해 있었다. 그동안 행방이 묘연하던 무림맹주 각원 대사였다.

"매, 맹주님?"

제갈기의 신음 섞인 한마디에 화급히 검을 빼 들던 유룡검풍대가 일제히 바닥에 부복했다.

그들이 아무리 총군사 제갈효의 호위라곤 하나 맹주 앞에서조차 뻣뻣함을 유지할 순 없었다.

"허허, 꽤나 삼엄한 경계가 아닌가?"

담담히 미소 짓는 각원 대사에게 모용진천이 가볍게 허리를 숙여 보였다. 이미 대기 중에 퍼진 각원 대사 특유의 기세를 느끼고 있었던 만큼 그다지 크게 놀란 표정은 없었다.

"맹주, 어디서 놀다가 이제사 모습을 드러내신 게요?"

제갈효의 점잖은 비꼼에 각원 대사가 모른 척 시치미를 뗐다.

"빈승이야 총군사의 명을 받아 지금까지 적진을 탐색하고 왔지 않은 가?"

"적진을 탐색하셨다?"

"허어. 그리 세상에 전한 건 어디까지나 총군사가 아니시오? 어찌 얼굴에 의심의 기색을 품을 수 있단 말이오?"

"말을 여전히 잘하시는 걸 보니, 그동안 무탈하셨던 게지요?"

"무탈하기야 했소만, 총군사와 입방정을 떨 수 없어 꽤 심심했다 오."

각원 대사의 마지막 말은 결국 제갈효의 얼굴에 미소를 짓게 만들었다. 그의 장난스런 한마디가 결코 허언이 아님을 알고 있었기 때문이다.

"이 사람 역시 맹주의 존안을 볼 수 없어 적적했소이다."

"그러니 우리 두 늙은이는 멋진 짝인 게지."

각원 대사가 흐뭇하게 고개를 끄덕이자 모용진천이 슬쩍 질문을 던졌다.

"선배님, 얼마 전부터 대기의 요동이 점차 심해지고 있습니다."

"패도(覇道)인 게지."

"절대독경이 패도까지 이룰 수 있는 겁니까?"

"노독물이 절대독경에 도달한 게 이미 수십 년 전이야. 이제사 패도를 이뤘다 한들 놀랄 일은 아니겠지. 같은 무학을 연마하는 사람으로서 조금 질투가 나긴 하지만 말야."

"……."

두 사람의 대화에 귀 기울이고 있던 제갈효가 눈살을 살짝 찌푸렸다.

"맹주, 갈홍경이 이미 과거 마선과 같은 경지에 도달했다고 말하고 싶은 거요?"

"설마?"

각원 대사가 노구를 가볍게 흔들며 웃어 보였다. 매우 가당치 않은 농담을 들었다는 태도다.

"마선은 인세에 다시없을 괴물이었다네. 빈승을 비롯한 당시 정파 십대고수의 합공에도 패하지 않았고, 검선께서 오시고서야 결착을 낼 수 있었어. 어찌 노독물을 마선과 비교할 수 있겠는가?"

"그렇지만 방금 맹주는 패도라 하지 않았소이까?"

"패도에도 고하가 있는 게지."

"이 우인에게 가르침을 주시기 바라오."

제갈효가 얼른 자신을 낮춰 말하자 각원 대사의 입이 비죽한 미소를 만들어냈다. 천하에 모르는 것이 없다고 알려진 제갈효를 잠시나마 겸손하고 겸양의 미덕을 아는 사람으로 만든 자신이 자랑스러운 것이다.

"이 늙은 중이 보기에 노독물은 이제사 패도의 초입에 도달한 것 같네. 아직은 기세를 내뿜을 줄만 알지 그 기세를 다스릴 역량은 없다는 걸세. 그렇다 해도 다른 구주 이십삼성보다 반 발짝 정도 앞섰다고 할 수 있겠지만 말야."

"반 발짝 앞섰다……."

제갈효는 나직이 중얼거리며 유현한 기운이 가득한 눈빛을 살짝 흐렸다.

백척간두(百尺竿頭)에 진일보(進一步).

구주 이십오성과 같은 절대지경의 고수들에게 있어 반 발짝 앞섰다는 의미가 어떠한 것인가는 자명한 것이었다.

각원 대사가 입가의 미소를 지우고 말했다.

"그래서 말인데, 이번에 노독물은 빈승이 단독으로 맡도록 하겠네."

"맹주, 그게 무슨……."

"그래도 빈승이 정파의 무림맹주가 아닌가? 마도에서 이렇게 당당히 싸움을 걸어온 만큼, 진정한 정파의 싸움을 보여줘야겠다는 말이야."

"그런 의미없는……."

"아니야, 의미없는 게!"

제갈효의 반박을 중간에서 자른 각원 대사의 눈 깊숙한 곳에서 맑은 기운이 흘러나왔다.

"지금 이곳에는 후일 정파무림을 이끌어갈 동량들이 모두 모였다고 할 것이네. 그런데 그들 앞에서 당당한 정파의 싸움을 보여주지 않는다면, 어찌 후대를 기약할 수 있겠는가? 천하에 떳떳하고 말고의 문제가 아니라 정파의 의기를 후대에 전할 수 있는가 없는가가 걸려 있다는 걸세."

"그렇다 해도 방금 맹주는 갈홍경이 이미 패도에 들었다고 했소이다!"

"물론 이 늙은 중은 아직 패도에 이르지 못했네. 필시 노독물에게 맞아 죽겠지. 하지만 그것 역시 의미있는 일이 아니겠는가?"

"그런 것에 어찌 의미를 부여할 수가……."

"가끔은 멍청한 일도 할 만하다네."

"그렇지만……."

"이미 이 늙은 중은 마음을 정했네. 총군사는 명을 받들도록 하게나."

"이……."

제갈효의 안색이 드물게 붉게 물들었다. 내심의 울화를 억지로 참고 있는 듯한 모습.

그때 두 사람의 언쟁에서 한 걸음 물러서 있던 모용진천이 각원 대사에게 슬며시 포권해 보였다.

"두 분의 말씀 중에 죄송합니다만, 후배가 한마디 해도 되겠습니까?"

순간, 서로 얼굴까지 붉히며 싸우던 각원 대사와 제갈효의 시선이 빠르게 오고 갔다. 수십 년간 남들 모르게 심기 싸움―별거 아닌 걸 가지고 다투기―을 벌인 두 사람만이 느낄 수 있는 감정의 교류.

'걸렸다!'

'걸렸다!'

오랫동안 기다려 왔던 월척에 환호하는 강태공의 심정이 된 두 사람의 시선이 일제히 모용진천을 향했다. 그러자 모용진천이 각원 대사를 향해 열기 넘치는 표정으로 말했다.

"후배가 각원 선배님과 선두를 다툴 순 없음을 잘 알고 있습니다. 각원 선배님께서 앞장서시면 후배가 그 뒤를 따르겠습니다."

"자네……."

"각원 선배님께서는 정파의 싸움을 마도에 보여주겠다고 하셨습니다만, 저는 단지 한 사람의 무인입니다. 일생 다시 오지 않을지도 모를 패도에 오른 자와의 싸움을 포기하고 싶지 않으니, 부디 허락해 주시길 바랍니다."

모용진천이 정중히 허리까지 숙여 보이자 각원 대사가 가볍게 고개를 가로저었다. 대놓고 즐거운 기색을 숨기지 않고 있는 제갈효와는 대조적인, 난감하면서도 복잡한 심사가 엿보이는 모습이었다.

'얌체 같은 땡중 같으니!'

'그동안 쌓아온 인격일세! 인격이야!'

제갈효의 시선 속에 잠시 야유의 기색이 스쳐 갔으나 각원 대사는 이를 유연하게 받아넘길 뿐이었다. 두 사람의 노련한 강태공에게 낚여 기운차게 펄떡거리고 있는 모용진천으로선 전혀 짐작할 수 없는 공방전이었다.

바로 그때였다. 정파 연합군 여기저기에서 갑자기 엄청난 함성이 터져 나왔다. 열심히 말싸움을 벌이고 있던 진자운과 염시량이 서로를 향해 달려들었기 때문이다.

파파파파!

염시량은 처음부터 전력을 다했다. 생각했던 대로 일이 풀리지 않은 이상, 단숨에 진자운을 제압해 상황을 반전시키기 위함이었다.

물론 세상일이란 뜻대로 안 되는 것이 대부분이다.

재수없는 사람에겐 연속적으로 안 좋은 일이 벌어지기도 한다.

오늘 염시량이 바로 그러했다.

염시량이 자랑하는 시독귀혼장(屍毒鬼魂掌)이 막 진녹색 독기를 뿜어내며 진자운의 전신을 휘감으려 할 때였다.

거의 무방비 상태나 다름없이 서 있던 진자운이 반보 앞으로 신형을 이동시키며 검지를 앞으로 내뻗었다.

평범하고, 어쩌면 어이가 없을 정도의 대응!

그러나 진자운이 앞으로 내뻗은 검지에는 염시량의 상상을 초월하는 강력한 기운이 담겨 있었다.

무형검기!

지검무 태극을 바탕으로 펼쳐진 단천일검은 단숨에 염시량의 시독귀혼장을 꿰뚫었다.

찌릿!

염시량은 오른쪽 장심이 찢어지는 듯한 고통을 느끼고 얼른 신형을 옆으로 물리며 왼쪽 수장을 내쳤다. 방어와 더불어 공격을 병행하려는 의도.

그 순간 염시량의 오른쪽 어깨가 풀썩 주저앉았다. 장심을 파고든 무형검기가 단천일검의 검경처럼 회오리를 일으키며 어깨까지를 날려 버린 것이다.

"크헉!"

염시량은 무공에 입문한 후 처음으로 입을 벌려 비명을 토해냈다. 오른팔이 통째로 분쇄되어 날아가는 고통을 어찌 말로 표현할 수 있겠는가.

그에 따라 앞으로 내뻗어졌던 왼손이 자연스레 밑으로 처졌다. 고통을 참기 힘들었기 때문이다.

진자운은 그 순간을 놓치지 않고 염시량의 안쪽으로 파고들었다. 일단 승기를 잡은 이상 싸움을 질질 끄는 건 그가 바라는 바가 아니었다.

콰쾅!

파산경에 정통으로 얻어맞은 염시량의 신형이 공중으로 들썩 하고 튀어 올랐다가 모래성처럼 허물어져 내렸다. 단 이 초식 만의 결착이었다.

"크… 허헉…….."

당장이라도 숨이 끊길 것 같은 염시량을 내려다보며 진자운이 슬쩍 눈살을 찌푸려 보였다.

"당신의 말도 한 가지는 옳다고 할 수 있겠군."

"쿨럭… 쿨럭……."

"확실히 정파의 싸움과 마도의 싸움은 다른 바가 있어."

진자운은 말을 끝내고 천천히 염시량을 뒤로했다. 이미 폐가 박살난 그의 대답 따윈 처음부터 기대도 하지 않았던 것이다.

그렇다면 그의 뇌까림의 이유는?

"단주를 구하라!"

"우와아!"

단주인 염시량이 쓰러진 것과 동시였다. 본래 염시량의 명을 받고 대기하고 있던 부단주 지한령의 부르짖음과 함께 시독살단 전체가 진자운을 향해 달려들었다. 만독문주 갈홍경의 명령을 따르지 않고 독자적으로 결정을 내린 것이다.

"정파… 마도……?"

"우와아! 죽여라!"

"싸움이란 본래 이런 것이지."

자신을 향해 거대한 해일처럼 밀려드는 시독살단을 바라보며 픽 웃은 진자운이 단천뢰심강을 전신에 둘렀다. 이미 마교 최정예인 천마무적대와 싸워본 바 있는 그에게 시독살단 따윈 문제가 되지 않았다.

"뭐, 와보라구!"

시독살단을 향해 검지손가락을 까닥거려 보인 진자운의 전신에서 수십 개가 넘는 푸른색 기파가 회오리처럼 뿜어져 나오기 시작했다. 어느새 유형화할 수 있게 된 단천뢰심강을 잘게 쪼개 사방으로 쏘아 보내기 시작한 것이다.

"크헉!"

외마디 단말마와 더불어 최선두에 섰던 지한령이 단천뢰심강에 폭발하듯 날아갔다. 그리고 이어진 피의 폭풍.

　바람같이 시독살단을 향해 뛰어든 진자운이 피에 굶주린 늑대처럼 날뛰기 시작했다. 엉뚱하고 예상치 못했던 방식으로 사천대전이 시작되는 순간이었다.

◆ 第五十四章 ◆　초전(初戰)

"허허, 진정 멋진 선봉이 아닌가!"

한 마리 늑대가 되어 시독살단 속으로 뛰어든 진자운을 보고 가장 기뻐한 건 제갈효였다. 단숨에 염시량을 제압한 진자운의 무위는 다소 예상 밖이었으나, 대국에 커다란 영향을 줄 정도는 아니란 판단이었다.

기껏해야 천하를 두고 벌이는 장기에 쓸 말 하나가 더 생긴 정도랄까?

물색없이 벙긋거리고 있는 제갈효에게 각원 대사가 한마디 핀잔을 늘어놨다.

"무후는 그렇게 실없는 표정을 짓지 않는다네."

"커험, 험."

제갈효는 갑자기 사레라도 든 듯 몇 차례 잔기침을 내뱉고 얼른 얼굴을 부들부채로 가렸다.

성이 똑같다는 걸 제외하면 제갈세가와 전혀 관계없는 제갈량은 제갈효 평생의 우상이었다.

단지 머리만으로 난세의 수많은 영웅거효들을 바보로 만들었던 촉의 천재 재상을 자신과 빗대며 인생의 지락으로 삼곤 했다.

그러니 제갈효는 평생 앞으론 다시 오지 못할지도 모를 대전을 주재하며 실없는 늙은이 같단 소리를 들을 순 없었다. 그것이 비록 각원 대사일지라도 말이다.

'아직은 괜찮다. 땡중 말고는 노부의 낯빛을 살필 겨를이 없을 것인즉.'

재빨리 평소처럼 얼굴에 가면을 쓴 제갈효가 수레 옆에 준비해 둔 형형색색의 깃발 중 녹색 깃발을 들어올렸다. 공격 진세를 갖추라는 명령을 내린 것이다.

"벌써 공격하려는가?"

질문의 심각성과는 달리 각원 대사의 얼굴은 마치 집 안의 툇마루를 긁으며 소일거리를 찾는 중늙은이와 같았다. 전혀 긴장감이 보이지 않았다.

"이미 저질렀으니, 그 기세를 타는 게 옳지 않겠소이까?"

"저질렀다?"

"맹주처럼 평생 무공에만 골몰해 온 분은 잘 모르겠지만, 병법이란 본시 임기응변이 중요한 법이외다. 완벽한 포진을 하고 적정을 살피는 것에 못지않게 공격의 시기를 적당히 조절해야만 되는 것이오."

"그래서 지금이 공격의 시기다?"

"적의 예봉이 확실히 꺾였잖소."

제갈효가 부들부채로 피의 폭풍을 만들어내고 있는 진자운 쪽을 가리켰다.

여전히 정파 연합군 측에선 진자운에 대한 지원이 없었다. 제갈효의 명령이 떨어지지 않았기 때문이다.

그러나 압도적인 병력의 시독살단에 맞서 진자운은 전혀 물러섬이 없었다. 보는 사람들로 하여금 그냥 놔둔 채 결과를 지켜보고 싶다는 마음이 들게 만드는 분전이었다.

제갈효 역시 그런 마음이 들었다. 진자운의 무위가 어느 정도인지 이번 기회에 정확히 파악할 가치를 느꼈기 때문이다. 만약 그가 대국를 주재하는 위치가 아니었다면 분명 그리했을 터였다.

'아쉽지 아니한가!'

제갈효는 내심 고개를 가로저으며 다시 주황색 깃발을 들어올렸다. 중군의 오단으로 하여금 진격하게 한 것이다.

"청룡단, 앞으로!"

오단의 으뜸인 청룡단의 선두에 선 모용휘의 일갈이 터져 나온 순간, 가슴에 청룡을 수놓은 백 명의 무사가 일제히 검을 뽑아 들었다.

차차차차창!

쏟아지는 햇빛을 백 개의 장검이 산란시켰다.

쉽사리 볼 수 없는 일대 장관.

검의 파도였다.

그리고 이어진 건 청룡단의 총진격이었다.

그 뒤를 따라 주작단과 현무단, 백호단이 연달아 사방진의 형태를 구축하고 앞으로 진군하기 시작했다. 청룡단만큼 일사불란하진 않으나 엄정한 기풍과 기도는 명문의 후기지수들임을 여실히 보여주는 모습이었다.

그러나 홀로 시독살단에 맞서 싸우던 진자운과 가장 먼저 합류한 건 최후방의 불사단이었다.

무림맹에서의 엄격한 훈련대로 진세에 맞춰 움직이느라 다소 속도가 늦어진 사단과 달리 불사단은 단주 철무한을 좇아 마구잡이로 진자운에게 몰려갔다.

무림맹 내의 무사들로부터 창칼받이로 인식되는 불사단은 진세를 이뤄 피해를 최소화하는 것에 익숙한 명문정파 출신의 사단과는 달랐다.

성난 황소처럼 달려와 진자운 주변의 시독귀 셋을 구환대도로 쓸어버린 철무한이 크게 소리쳤다.

"총단주, 나 철무한이 왔소이다!"

"난 오라고 한 적 없는데?"

"그런 말이 어딨소! 총단주를 도우러 부랴부랴 달려왔는데……."

"귀찮단 말야!"

진자운은 퉁명스레 말하곤 철무한 쪽은 돌아보지도 않고 연달아 무형검기를 쏟아내 시독귀를 쓸어버렸다. 명문정파의 창칼받이로 뽑힌 불사단이 최전방에 서는 게 그로선 탐탁지 않았기 때문이다.

그런 진자운의 내심을 철무한이 이해할 리 없다. 모처럼 도와주러 왔는데 박대하는 진자운의 태도에 그의 두툼한 입술이 크게 꿈틀거렸다.

'젠장할, 무공 조금 높다고 잘난 척하기는! 다른 정파의 위선자들과는 다른 줄 알았더니, 총단주도 다르지 않구나!'

만약 진자운이 모용청려의 사형이라는 걸 몰랐다면 철무한은 바로 그에게서 손을 뗐을 것이다. 그만큼 기분이 상했다.

그러나 격전 중이었다. 철무한으로서도 녹림 출신답게 실전 경험이 다른 정파 후기지수들보다는 많지만, 이런 대규모 살육전은 처음이었다. 무를 익힌 남아로서 피가 끓지 않을 수 없었다.

"제기랄, 모두들 알아서 살아남아라!"

무책임한 한마디를 불사단에 남긴 철무한은 곧 마음을 되돌리고 구환대도를 전력으로 휘두르며 혈전 속으로 자신을 내던졌다. 뜨겁게 달아오른 피를 살육이란 이름의 향연으로 식히기 위해서.

"벌써 오단을 냈는가?"

광독살단 단주 무정광독마(無情狂毒魔) 엽일랑은 평범한 중키에 회색 무복을 걸친 사십대가량의 장년인이었다.

겉모습만으론 누구도 만독문 삼단 중 최강이라 불리는 광독살단을 이끄는 운남 최고의 미치광이로 보진 않으리라. 오히려 그보다는 마음씨 좋은 호남아 같다고 할까?

그러나 아는 사람은 다 안다, 엽일랑이 진짜 완벽하게 미친 인간이라는 것을.

그가 익힌 광독마공은 만독문 삼대독공 중 하나로, 대성할 경우 그 위력은 만독지존공보다 못하지 않다고 전해진다. 파괴력 면에선 덜할지 몰라도 인체에 미치는 독의 위력이 더욱 지독하기 때문이다.

일단 중독되면 해약이 없는 광독!

약간의 잠복 기간을 거쳐 점차 중독자를 미치게 만드는 광독마공의 광독은 만독문 내에서도 공포 그 자체였다. 광독마공의 광독은 익힌 당사자마저도 반드시 미치게 만들기에 더욱 그러했다.

원인은 한 가지!

광독마공을 익히기 위해선 광견(狂犬)에게서 추출한 독기를 체내에 흡수해야 하는데, 그 과정 중 광독이 움직이는 걸 막을 방도가 전무하기 때문이다. 광독에 중독된 상태로만 광독마공은 완성될 수 있었다.

그래서 광독마공은 한동안 만독문 내부에서도 금기의 무공이었다. 아무리 위력이 대단하다 한들 스스로 미치광이가 되고 싶어 하는 사람은 없는 게 당연하다.

그 금기를 몇백 년 만에 깨뜨린 자가 엽일랑이었다.

사천의 무수히 많은 무가 중 하나인 신룡엽가(新龍燁家)의 셋째 아들이었던 엽일랑은 근동에서 유명한 파락호였다. 어줍잖은 가문의 무력과 세력을 등에 업고 개망나니 짓을 서슴지 않는 고만고만한 치들 중 하나였다. 그리 별다를 건 없었다.

다만 그의 인생 중 별다른 일이 생긴 건 한 여인에게 반했다는 것이었다. 신룡 근동에서나 어깨에 힘을 줄 수 있는 엽가로선 하늘의 거위와 같은 당가의 여식에게…….

엽일랑은 평생 처음으로 파락호인 자신이 부끄러웠다. 한창 근골을 단단히 하고 무공의 기본을 쌓아야 할 나이에 주색에 빠져 산 걸 후회하게 됐다. 한 명의 여인이 그를 그렇게 바꾸었다.

엽일랑은 뒤늦게 노력하기 시작했다. 단호하게 그토록 좋아하던 주색을 끊고, 근동의 파락호 친구들과도 의절했다. 비슷한 또래들보다 한참이나 늦게 시작한 만큼 무학을 익힘에 있어 부단한 노력이 따랐음은 물론이었다.

그 침식을 잊은 노력이 기적을 만들었다.

하늘 위의 거위가 땅바닥을 기어다니고 있던 버러지에게 관심을 갖기 시작했다. 그에 버려지는 꿈틀대며 흙바닥을 박차고 나무를 타고 하늘로 기어오르기 시작했다. 자신의 몸속에 담긴 모든 걸 짜내어 고치를 만들고, 다시 화려한 날개를 펄럭이는 나비가 되기 위해서.

그러나 어렵게 고치에서 벗어난 엽일랑은 일순 절망해야만 했다. 고치를 벗어난 그의 등에 돋아난 건 나비의 아름답고 화려한 날개가 아니었다. 여전히 사람들에게 혐오를 받을 뿐인 나방의 추레한 날개였다.

사천의 후기지수들이 자신의 무위를 뽐내는 사천무술대회의 결승이 벌어지기 바로 전날 밤이었다.

그토록 사모해 왔던 여인이 전해준 연서를 받고 밤중에 처소를 몰래 빠져나온 엽일랑은 가슴에 세 차례나 되는 칼을 맞고 차가운 땅 위에 쓰러졌다. 다음날 그와 결승에서 맞붙을 상대를 사랑하던 여인의 흉계에 걸리고 만 것이다.

그 순간 나방의 날개를 달았을망정 하늘을 자유롭게 날아다녔던 엽일랑은 다시 흙바닥으로 떨어져 내렸다.

날개는 이미 갈가리 찢겨 있었다.

다시 돋아날 가망성이 없도록 여인은 잔혹하게 엽일랑을 짓밟았다. 그리고 그를 꼬여내기 위해 지어 보였던 미소가 얼마나 가식적인 것이었던지에 대해 지껄여 댔다. 모멸감이 깃든 한 모금의 침과 더불어.

양팔의 근맥이 절반이나 끊긴 채 엽일랑은 울었다. 날개를 잃어버린 고통 때문이 아니었다. 그를 하늘로 날아오르고 싶게 만들었던 여인에 대한 환상이 깨진 것이 그를 죽도록 괴롭게 만들었다.

엽일랑은 집으로 돌아가지 않았다.

신룡엽가, 자신의 가문의 힘으론 사천에서 당가에게 반역을 꿈꿀 수 없었기 때문이다.

그는 거의 절반쯤은 기다시피 하여 만독문으로 찾아갔다. 그리고 기꺼이 자신의 몸을 저주받은 광독마공에 던지기를 주저치 않았다. 이미 그의 마음속에서 하늘은 시커멓고 추한 공간에 지나지 않았다.

'찢어 죽일 계집년은 찢어 죽이고, 씹어 먹을 사내놈은 씹어 먹어 밭에 거름으로 만들었다. 내가 그렇게 했다. 그러나 태워 없앨 당가를 태운 건 내가 아니다. 그런데 이번엔 내가 씨를 말리고 싶어 하는 당가 녀석들의 씨를 말리는 걸 저 버러지만도 못한 오단의 후레자식들이 가로막겠다는 건가? 그래선 안 되지 않겠는가?

홀로 늑대처럼 날뛰고 있던 진자운의 뒤를 따라 앞으로 나선 정파 연합군의 중군, 오단을 살피던 엽일랑의 입매무새가 살짝 뒤틀렸다.

주변인들로부터 매우 합리적이고 이성적이며 제대로 미쳤다는 평가를 받는 그가 광기를 드러내기 전에 보이는 유일한 변화였다.

그는 광독마공의 연마가 끝나자마자 이런 표정을 하고서 운가장(雲家莊)으로 시집간 여인과 그 남편인 운가장주 무극창(無極槍) 운기추를 산 채로 늑대밥으로 만들었다. 운가장의 식솔 백여 명과 더불어.

그 결과 십 년 전 신룡엽가는 사천무림의 공적이 되어 당가에게 멸문당했다.

가문의 사람이 당하면 그 열 배로 되갚아주기로 유명한 당가이니만치 당연한 일이었다. 합리적이며 이성적이지만 제대로 미친 인간으로선 결코 용납할 수 없는 일이었지만 말이다.

"퉤엣!"

엽일랑이 침 한 모금을 바닥에 내뱉었다.

근처에 대기하고 있던 부단주 쌍극도살마(雙戟屠殺魔) 우이이가 얼른 한 쌍의 일월쌍극을 빼 들었다. 제대로 미친 상관 밑에서 살아남기 위해 극한까지 눈치를 살펴온 그다운 빠른 반응이었다.

"칠까요?"

엽일랑은 우이이에게 바로 주먹을 휘둘렀다.

퍼억!

결코 가볍지 않은 일격을 우이이는 안면으로 고스란히 받았다. 결코 그는 눈매 한 점 흐트러뜨리지 않았다. 그랬다가는 이제 몇 개 남지도 않은 이가 몽창 빠질 수도 있었다.

"친다."

엽일랑의 명이 떨어지자 우이이는 재빨리 소매로 피가 줄줄 흘러내리는 코끝을 훔치고 오른손의 일극(日戟)을 하늘로 들어올렸다. 공격에 나서라는 신호였다.

일극이 공격 신호, 월극(月戟)이 퇴각 신호.

매우 간단하면서도 합리적인 광독살단만의 신호 체계였다.

'저 미친놈⋯⋯.'

은연중에 후대의 경쟁자로 생각하는 엽일랑의 광독살단이 제멋대로 진격에 나서자 진육담은 이맛살을 크게 찌푸렸다. 같은 삼 단의 반열이라 하나 광독살단의 위치는 앞의 두 단과는 확연히 달랐다.

만독문 서열 칠위, 무공은 오위 안에 든다고 알려진 엽일랑이 단주이며, 다른 이 단의 단주급인 우이이가 부단주였다. 그만큼 막강하다는 뜻이었다.

그런 광독살단의 전력을 내심 탐내고 있던 진육담이 엽일랑을 싫어하는 건 어쩌면 당연한 일이었다. 자신의 색혼독공을 위력 면에서 능가한다고 알려진 광독마공의 소유자가 꺼림칙하고 두려운 것이다.

진육담의 불만 섞인 눈빛을 읽은 갈홍경이 사인교 위에서 무심하게 말했다.

"엽일랑은 미친개이다. 주인조차 물어뜯을 수 있는 놈이야. 그래서 립아조차도 녀석만큼은 자신의 휘하에 두는 데 실패했다. 미친개는 오로지 자신을 힘으로 찍어누를 수 있는 자 앞에서만 독니를 감추는 법이니까."

"……."

"육담, 너는 어떠느냐?"

"무얼 말씀하시는 건지……."

"미친개가 독니를 감추게 할 수 있겠느냐는 말이다."

진육담의 얼굴 근육이 가벼운 경련을 일으켰다. 갈홍경이 한 말의 의미를 눈치챘기 때문이다.

'이건 기회인가, 죽음으로 향하는 지옥문인가?'

진육담의 머리가 온통 혼란스럽게 뒤엉켰다. 그러나 그에겐 많은 시간이 허락되지 않았다. 그를 비롯한 만독문의 독인들 모두의 신인 갈홍경이 대답을 기다리고 있었다.

불룩!

배로 숨을 한 모금 들이마신 진육담이 얼굴에 경련이 일려는 걸 참으며 말했다.

"미친개는 단지 미친개일 뿐입니다. 그 이빨이 아무리 단단하다 한들 입에 재갈을 물리면 된다고 생각합니다."

"재갈을 물리면 된다……."

"그렇습니다."

"그러나 미친개가 쓰임을 받을 수 있는 건 어디까지나 독니를 드러냈을 때뿐이다. 입에 재갈을 물릴 바에는 그냥 죽여 버림만 못하지 않겠느냐?"

진육담이 엽일랑에 대해 가장 곤란해하는 일 중 하나였다. 그 역시 만독문 내에서도 손꼽히는 엽일랑의 무력을 봉하고 싶은 마음은 없었다. 가장 좋기로는 그 미친 엽일랑을 자신의 수하로 거둬들이는 것이었다.

'하지만 그러기 위해선 대사형을 능가하는 무력이 필요하다. 사부님의 질문은 분명 그 점을 지적하는 것이야.'

진육담은 이쯤에서 승부를 걸 시점이라 생각했다. 갈정립의 죽음을 접한 순간부터 가지게 된 욕망을 이제는 드러내야만 했다.

"지금 미친개는 본 문을 위해 열심히 독니를 사용하고 있습니다. 그의 입에는 재갈 따윈 채워져 있지 않습니다."

"그게 너의 대답이더냐?"

"그렇습니다."

진육담은 기왕 엎질러진 물이라 생각하며 고개를 살짝 숙여 보였다.

이미 자신의 욕망을 드러냈는데, 이제 와 발뺌할 순 없었다. 이젠 죽음 아니면 영광된 삶뿐이었다.

'립아는 줄곧 엽일랑의 일에 대해 함구해 왔다. 그래서 나는 녀석에게 만독지존공을 전수하지 않았다. 아직 때가 안 됐다고 생각했기 때문이다. 그런데 놀랍게도 육담, 이 녀석이 이미 준비가 되어 있을 줄이야……'

갈홍경은 냉정한 눈빛으로 진육담의 뒤통수를 내려다봤다. 그의 눈앞에 진육담의 천령개가 그대로 드러나 있었다. 마치 잘 익은 수박과 같이 두 쪽으로 갈라달라고 호소하는 것 같았다.

'립아가 살아 있었다면, 지금 바로 손을 쓰는 게 옳을 것이다 만……'

갈홍경은 무공일로에 들어선 후 처음으로 자신이 늙었다는 생각이 들었다. 정파 연합군 측에 나타난 두 개의 강력한 기운에 연달아 압박 당하던 중 진육담과 나눈 대화가 그를 그리 만들었다.

"엽일랑이 익힌 광독마공을 압도할 수 있는 건 만독지존공뿐이다. 육담, 너는 만독문주가 되고 싶은 것이냐?"

"……."

진육담은 순간 자신의 심장이 가슴을 뚫고 튀어나오지 않은 것에 의혹을 느꼈다. 여태까지 그가 상상해 왔던 것과는 달랐기 때문이다.

갈홍경을 향해 천천히 고개를 들어 보인 진육담의 안색은 믿을 수 없을 정도로 고요했다.

"독존께서 명하신다면 제자는 그저 따를 뿐입니다."

"허허……."

갈홍경의 입을 뚫고 평소 본 적이 없는 부드러운 미소가 흘러나왔다. 오직 아들이자 후계자였던 갈정립에게만 간혹 보이곤 했던 얼굴이 된 것이다.

"너는… 네 양 어깨가 만독문을 감당할 수 있겠느냐?"

"감당해 보려 합니다."

"……."

갈홍경의 눈 깊은 곳에서 일순 무시무시한 녹색의 광망이 뿜어져 나왔다. 절대독경에 든 자만이 보일 수 있는 절대독안이 극한까지 전개 된 모습.

'크헉!'

진육담은 순간적으로 눈을 감으려 했다. 동공이 단숨에 녹아내리는 듯한 고통을 참을 수 없었기 때문이다.

갈홍경이 준엄하게 말했다.

"눈을 감는 걸 허락치 않겠다!"

"……."

진육담은 갈홍경의 명에 따랐다. 단숨에 동공이 확장되고 모세혈관이 터져 핏빛으로 변했음에도 그는 눈을 감지 않았다.

혈루(血淚)!

진육담의 핏빛 동공이 검붉은 피눈물을 줄줄 흘렸다. 눈이 멀기 직전의 모습이었다.

그때 당장이라도 쓰러질 듯 휘청이는 진육담의 뇌리로 갈홍경의 음산한 목소리가 울려 퍼졌다.

[만독이란 만 가지 독이란 뜻이 아니다. 하나가 아니란 뜻이다. 독이란 두 가지가 섞여 더욱 커다란 힘을 발휘하는 게 아니라 여러 가지가 각자 다른 작용을 함으로써 위력을 증폭시키기 때문이다. 그러니 만독이란 둘일 수도 있고, 백일 수도 있으며, 천이나 만, 수천만이 될 수도 있다. 종수로 논할 수 있는 것이 아니란 뜻이다. 따라서 만독의 으뜸이란 상극(相剋)이 아닌 상생(相生)을 말한다. 사독(死毒)이 아니라, 생독(生毒)이 되어야만 비로소 모든 독 중 지존이 될 수 있는 것이다.]

'만독… 모든 독 중 으뜸…….'

진육담은 처절한 고통 중에서도 뇌리에 마치 얼음 송곳처럼 아릿한 통증과 함께 박혀드는 구결과 해석에 전율을 느꼈다. 그 역시 평생을 독공에 바쳐 온 고수인지라 총론으로 시작되어 점차 세세한 부분으로 접어들기 시작한 구결과 해석이 뜻하는 바를 금세 눈치챌 수 있었다.

만독지존공의 전수!

갈홍경은 자신의 절대독안으로 진육담의 잠재력을 극한까지 끌어올린 후 만독문 최강의 독공인 만독지존공의 구결을 일러주기 시작한 것이다. 생뚱맞게도 만독문과 정파 연합군 간의 생사존망을 건 사천대전의 와중에 말이다.

그러나 이미 완벽하게 절대독안에 제압된 진육담으로선 그런 데 의문을 품을 여력이 없었다.

그의 모든 잠재력은 지금 천하에서 가장 난해하고 막강한 위력을 지녔다고 알려진 독공의 지존, 만독지존공을 받아들이는 데 모조리 동원되어 있었다.

당연한 일이겠지만, 일시 갈홍경과 진육담의 주변은 엄중한 경계가 펼쳐졌다. 어떤 자도 만독지존공의 전수에 끼어들어선 안 되기 때문이다.

'허어, 결국 저렇게 되는 것인가……'

'만독문의 후대가 색정마 진육담이라니……'

갈홍경의 특별한 요청에 의해 만독문의 은퇴 고수들이 여생을 보내는 와룡독림(臥龍毒林)에서 나온 여섯 명의 노독마(老毒魔)가 고개를 가로저었다.

일찍부터 워낙 막강한 신위를 떨친 단 한 명의 존재!

갈홍경이란 거대한 벽 때문에 노독마들은 꽤나 젊은 나이에 이미 만독문 내에서 어떤 종류의 야망도 갖기를 포기하고 있었다.

그들은 아무리 노력을 기울여도 처음 시작부터 무수히 많은 사형제들 중 가장 특출났던 갈홍경이 이룬 독의 경지에 근접조차 할 수 없음을 알고 있었다.

그런 그들의 관심은 갈홍경을 이어 만독문을 이을 게 확실시되던 갈정립에게로 모아졌다.

갈홍경에 비견될 만한 재질에 완벽한 주변 환경.

놀랍게도 그 모든 걸 갖춘 갈정립을 대용품 삼아 까맣게 잊어버렸던 갈홍경과의 승부를 가름하고 싶었다. 자신들의 손에 의해 키워진 갈정립이 갈홍경이 이룬 독의 경지를 능가하는 걸로 일찍이 꺾여 버린 야망에 대한 자위를 삼으려 했다는 뜻이다.

그 결과 갈정립은 갈홍경에 버금갈 정도로 빨리 절대독경에 들었다. 만독문 역사상에 기록될 만한 놀라운 성취였다.

그러나 노독마들은 곧 절망해야만 했다. 갑자기 갈정립의 독공이 제자리걸음을 하기 시작했고, 사천대전에 앞서 놀랍게도 정파의 이름 모를 애송이에게 목숨마저 잃어버렸기 때문이다.

허탈과 분노.

그 다음을 채운 건 격렬한 복수심이었다.

따로 만독문의 육독종(六毒宗)이라 불리는 노독마들은 애제자 갈정립의 복수를 위해 사천대전에 참가했다. 만독문의 전력에 한 명 한 명이 갈정립에 버금가는 독중지신(毒中之神) 여섯 명이 합류한 것이다.

그들의 합류는 잇따른 십대고수의 사망으로 위기에 봉착해 있던 만독문으로선 천군만마를 얻은 격이라 할 수 있었다. 당연히 그들을 아예 전력 외로 포함하고 있던 갈홍경은 매우 기뻐했다. 육독종 역시 갈정립의 복수란 한 가지 대의명분을 내세우며 갈홍경과의 오랜 불화를 일신하고 사천대전에 전력투구하기로 맹세했다.

하지만 그들은 갑자기 갈정립의 자리를 대신하게 된 진육담이란 존재에 매우 큰 곤혹스러움을 느꼈다.

진육담이 본래 갈홍경의 몇 안 되는 제자 중 여태까지 살아남은 유일한 존재이며, 얼마 전 색혼독공을 완성했다는 걸 모르는 바는 아니었다. 극히 익히기 어렵다는 색혼독공을 완성한 건 충분히 높이 살 만한 일이라 생각하기도 했다.

다만 그들이 납득할 수 없는 건 만독문의 사활이 걸린 이 중요한 시기에 갑자기 후계자를 정한 갈홍경의 태도였다.

갈홍경에게 도전했다 패배한 이후, 평생 와룡독림에서 벗어나지 않겠다고 작심하고 있던 자신들 육독종이 자존심을 굽히고 나섰다. 당연히 필승을 자신해야 하건만 갈홍경이 미리부터 패배를 염두해 두고 있으니, 의혹이 생기지 않을 수 없는 것이다.

[대형, 대체 이게 어찌 된 일이오?]

육독종의 막내이자 민활한 머리를 자랑하는 쌍뇌기독(雙腦奇毒) 찰루이의 질문에 대형, 독노야(毒老爺) 만인류가 백태 낀 눈을 꿈벅거렸다.

찰루이는 만인류가 아는 한 천하에서 가장 머리가 좋은 사람 중 한 명이었다.

머리 쓰는 것 때문에 독공의 진전을 보지 못한 그가 몸 전체에 퍼진 독기를 억누르느라 눈마저 거의 실명한 자신에게 의견을 묻는다는 건 매우 우스운 일이란 생각이 들었다.

[막내의 의견을 먼저 듣고 싶구나.]

만인류가 내놓을 수 있는 최상의 대답이었다. 역시 그와 같은 대답을 기대하고 있었던 듯 찰루이가 얼른 전음으로 말했다.

[싸우기도 전에 후대를 대비하는 건 있을 수 없는 일입니다. 병가의 금기이지요. 그런데도 자존심 강한 독존이 만독지존공을 전수한 데는 중대한 이유가 있을 것입니다.]

[그 이유를 설마 내가 모를 거라 생각하는 것이냐?]

[당연히 대형께서는 알고 계시겠지요. 하지만 그 속에 담긴 중대한 이유가 있는데…….]

[그 이유만 말해 줄 수 없겠느냐?]

진짜 눈이 거의 보이지 않는지 의혹을 느낄 정도로 만인류는 찰루이를 빤히 쳐다봤다. 거의 노려보는 수준이었다.

그러자 주변에 대충 편한 자세로 모여 있던 다른 사독종이 눈치를 채고 두 사람을 바라봤다.

그동안 와룡독림에서 찰루이의 잘난 척에 당한 게 많은 만큼 다른 사독종의 시선 역시 그리 호의적이지 않았다. 절대적인 지지가 만인류에게 쏟아진 것이다.

눈치 빠른 찰루이가 이와 같은 사실을 모를 리 없다. 사실 눈치가 매우 없는 사람이라도 알아차릴 정도로 만인류를 비롯한 오독종의 시선은 노골적이었다.

"콜록!"

자신도 모르게 손을 입에 대고 기침을 토한 찰루이가 내심 '본래 천재는 군중 속에서도 고독한 법'이라 중얼거리곤 만인류를 비롯한 오독종 모두에게 전음을 날렸다.

[이곳에 오기 전 연달은 패배에도 불구하고 독존은 자신만만했습니다. 오랜 연구 끝에 성공한 불사천독강시와 우리 육독종을 믿었던 것이지요. 하지만 정파의 군세를 곁눈질로 살핀 후 독존의 기색이 꽤나

어두워졌습니다.]

[그건 또 언제 염탐했누?]

만인류의 표정은 전혀 변함이 없었다. 그래서 찰루이는 방금 전의 말이 칭찬인지, 야유인지 판단을 내릴 수 없었다. 그는 여태까지처럼 그냥 자기 편한 대로 생각하기로 했다.

'역시 대형만은 내 재능을 알고 있다!'

찰루이가 설명을 이었다.

[그래서 저는 그때부터 정파 측 군진을 열심히 살폈습니다. 다른 사람들에겐 그들의 허실을 탐색하는 것처럼 보였겠지만, 실은 독존의 시선이 향한 곳만을 집중적으로 살핀 것입니다.]

[뭘 발견했느냐?]

[그게…….]

찰루이는 창피하단 표정을 지어 보이며 고개를 가로저었다.

[독존은 이미 무공이 천인합일에 이르러 하늘과 대지에 통한 분입니다. 저로선 결코 그분의 발치라 한들 따라잡을 수 없는 게 당연하지요.]

[결국 아무것도 알아낸 게 없다는 뜻이더냐?]

여전히 만인류의 얼굴은 아무런 표정을 담고 있지 않았다. 다만 다른 사독종의 얼굴에 다소의 야유와 조소가 떠올랐을 뿐이었다.

그러자 찰루이는 굴하지 않고 자신의 의견을 피력하기 시작했다.

[예, 저는 아무것도 알아낸 게 없었습니다. 그러나 그로 인해 알아낸 게 있었습니다.]

[꼬지 말고 말하거라.]

[형님들, 천지와 통한 독존의 심경에 영향을 끼칠 만한 일이 천하에 몇이나 있겠습니까? 아니, 그게 본 만독문의 명운을 건 사천대전 중의

일로 축소시킨다면 말입니다.]

일순 영원히 변함이 없을 것 같던 만인류의 안색이 가볍게 변했다. 찰루이의 말에 뭔가 뇌리를 스치는 생각이 있었기 때문이다.

[설마 막내가 말하고 싶은 게, 정파 측에 각원 땡중 외에 독존과 자웅을 겨룰 만한 절대고수가 나타났다는 것이냐?]

[그 외에 다른 일이 있겠습니까?]

[그렇지만 구주 이십오성의 자존심과 자부심은 하늘에 닿아 있다. 어찌 그런…….]

[과거 마정대전에서 그들은 마선에게도 그런 짓을 했지 않습니까!]

[마선은…….]

만인류는 뭐라 반박하려다 침묵에 빠져들었다. 구주 이십오성 중에서도 최정상에 군림하던 이선이 특별한 심리적 함정에 빠져 있었음을 인정하지 않을 수 없었기 때문이다.

'확실히 막내의 의견은 일리가 있다. 정파 놈들은 본래 마도의 강자를 합공하는 걸 즐겨왔으니까. 하지만 그렇다면 이번 사천대전에서 만독문의 승산은 전혀 없다고 할 수 있다. 우리 육독종이 한꺼번에 달려든다 해도 독존을 이길 수 없으니…….'

만인류는 고개를 절레절레 흔들었다.

솔직히 그는 동생들과 함께 와룡독림을 빠져나오며 그리 심각한 생각을 하지 않았다.

본래 마도쟁패를 논할 만하던 전력을 구축한 만독문에 은거했던 자신들이 한팔 거든다면, 최소한 정파 무림맹 전체의 무력에 뒤지지 않을 게 분명했다. 설혹 정파 무림맹을 싸움에서 압도하지 못한다 해도 갈정립의 복수를 끝낸 후 화평을 맺는 건 그리 어렵지 않게 생각되었다.

하지만 사천대전을 앞두고 목도한 정파 연합군의 군세는 결코 만만치 않았다.

처음 생각했던 전력의 두 배는 족히 되어 보였다.

그런데 거기에 구주 이십오성 중 한 명이 포함된다는 건 끔찍한 상상 정도가 아니었다. 이번 싸움은 단순히 무림의 주도권 쟁탈 정도가 아니기 때문이다.

'어쩌면 이곳에서 만독문과 우리 육독종 모두가 뼈를 묻게 될지도 모르겠구나!'

내심 탄식을 토하는 만인류의 귀에 찰루이의 속삭임이 파고들었다. 사독종은 제외하고 오직 만인류에게만 전음을 날린 것이다.

[우리 육독종은 독존을 따라 만독문과 운명을 함께할 수 있고, 따로 독립하여 대형을 독존으로 한 새로운 만독문을 만들 수도 있습니다.]

[만독문을 배신하자는 것이냐?]

[우리 육독종이 사랑했던 건 립아지, 독존이나 진육담이란 새로운 후계자가 아니지 않습니까?]

[독존에게 지킬 의리 따윈 없다?]

[바로 그렇습니다.]

찰루이의 속삭임이 꽤나 달콤하다고 만인류는 생각했다. 갈홍경의 일수에 일패도지한 후 완전히 꺾어버렸던 야망이란 달콤한 독즙이 목울대를 떨리게 만들었다.

'허어, 정녕 막내는 요물이다, 요물!'

만인류의 낙타처럼 굽어 있던 허리가 일순 뿌득 소리를 내며 곧게 펴졌다. 백태가 끼어 있던 두 눈에도 담담한 신광이 어리기 시작했다.

머리가 검게 변하지만 않았지, 갑자기 환골탈태(換骨脫胎)라도 한 듯한 모습이었다.

[대형, 마음을 굳히신 것입니까?]

찰루이의 이번 전음은 오독종 모두의 뇌리에 울려 퍼졌다. 만인류의 모습에서 확신을 느낀 것이다.

만인류가 지그시 찰루이를 바라보곤 시선을 나머지 사독종에게 던졌다. 인생을 패배 그 자체로 보낸 자들의 모습이 보였다. 바로 자신의 모습이었다.

[모든 결정은 그때그때를 봐서 내리도록 하겠다!]

'그때그때라……'

단아한 수염이 그럴듯한 미중년이나 눈을 이리저리 굴리는 버릇 때문에 얄팍해 보이는 찰루이의 입가에 흐릿한 미소가 떠올랐다. 전신으로 소리치고 있는 만인류의 변명 섞인 대답이 꽤나 귀엽게 느껴졌다.

문득 찰루이의 눈길이 광독살단의 투입으로 한층 격화된 전장으로 향했다. 그가 개인적으로 관심을 가지고 있는 제대로 미친놈, 엽일랑이 궁금했기 때문이다.

진자운은 열심히 손발을 휘둘러 연신 달려드는 시독마들을 박살 내며 눈살을 찌푸렸다.

그의 생각에 전투에서 가장 중요한 건 적의 우두머리를 없애는 것이다. 머리를 잃은 대군은 늑대에게 침범당한 양 떼나 다름없다고 생각했기 때문이다.

그래서 처음부터 독하게 손을 썼다.

시독살단의 단주인 염시량을 죽이고, 부단주인 지한령을 잔인할 정
도로 박살 냈다. 만독문의 선봉에 선 시독살단에 공포를 확산시켜서
도망갈 여지를 주기 위함이었다. 아무리 정파무림의 명운을 건 대전이
라 하나 도륙의 도구가 되는 건 그가 바라는 바가 아니었다.

그러나 진자운의 의도는 갑자기 그의 뒤를 따라 달려온 철무한과 불
사단에 의해 산산조각났다.

무림맹 오단 중 유일하게 진자운이 마음 쓰고 있는 건 불사단이었
다. 소속 인원들의 출신 내력이 진자운 자신과 그다지 다르지 않음을
알고 있어서였다.

어떻게든 무림에서 출세하고 싶어서…

명문정파가 아니라 군소문파에 소속된 까닭에…

하나밖에 없는 목숨을 아낌없이 내건 자들!

진자운은 불사단의 어리석음이 가여웠다. 그들의 맹목적인 용기가
사랑스러웠다. 그대로 대지에 얼굴을 박고 죽게 하고 싶지 않았다.

진자운은 애초의 생각을 포기했다. 상관을 잃고 광분하는 시독살단
의 시독마들에게서 불사단을 보호하기 위해 그는 더욱 매섭게 손을 써
야만 했다.

그가 아는 불사단의 전력은 오단의 최하위로 만독문이 자랑하는 삼
단 중 하나인 시독살단의 상대가 되지 않았다. 그저 창칼받이로 받아
들인 자들이기 때문이다.

'씨발놈들, 능력이 안 되면 그냥 대충 쌍박혀 있을 만한 머리라도 있
어야지…….'

진자운은 바람같이 시독마들을 휩쓸고 다니며 내심 연신 욕을 해댔
다. 바람처럼 자유롭게 살아온 그였다. 갑자기 한 떼나 되는 시큼한 냄

새 물씬 풍기는 사내들의 목숨을 감당하게 된 게 마음에 들지 않는 건 당연했다.

결국 진자운의 대활약으로 오단 중 유일하게 돌출해 있던 불사단은 커다란 피해 없이 시독살단을 압도하기 시작했다. 초전에서 확실한 전공을 세우게 된 것이다.

그런데 갑자기 전황이 급변했다.

엽일랑을 앞세운 광독살단이 전장에 뛰어들었다.

그들의 목표는 천천히 진세를 갖추고 움직이는 사단이었다.

애초에 진자운과 불사단은 단지 사단을 향해 가는 길목에 뛰어나온 돌멩이에 불과했다. 적어도 엽일랑은 그런 생각을 하며 철무한과 더불어 불사단을 이끄는 진자운에게 한 가닥 질풍이 되어 달려들었다.

콰릉!

진자운은 느닷없이 급습을 감행한 진녹색 장력을 나선 모양으로 회전하며 피해냈다. 여태까지 상대했던 시독마들과는 차원이 다른 살기를 그의 본능이 먼저 느꼈기 때문이다.

'암습이나 하는 놈이!'

진자운의 왼발이 가볍게 바닥을 찍었다.

파곽!

살짝 공중으로 뛰어오른 진자운의 양 발이 공중에서 현란한 변화를 만들어냈다. 모두 자신을 암습한 엽일랑에게 돌려주는 자오원앙각의 절초들이었다.

그러나 진자운은 자신의 뜻을 이루지 못했다. 엽일랑이 그대로 장력에 힘을 더 돋워 자오원앙각의 변화를 분쇄해 버렸기 때문이다.

'제법!'

진자운은 공중에서 반달 모양으로 공중제비를 돌았다. 엽일랑이 쏟아낸 장력의 힘을 신법으로 흩어버리려는 의도였다.

엽일랑은 그걸 그대로 내버려 두지 않았다.

파파파파팟!

엽일량의 양손이 쫙 펴지며 열 가닥이나 되는 진녹색 지풍이 진자운을 강습했다. 어떤 방향으로 방향을 전환하든 열 방향, 모두를 점령한 지풍의 영향권에서 벗어날 순 없을 듯 보였다.

슉!

진자운의 신형이 순간적으로 공중에서 분영을 만들어낸 건 바로 그때였다. 일반적인 신법이나 경공이 만들어내는 동선을 벗어난 초인적인 움직임.

콰득!

번개같이 파고든 진자운의 탄슬반추를 엽일량의 장력이 가로막았다. 압도적인 파괴력 모두를 단지 급작스레 뿜어낸 일장으로 막아내는 데 성공한 것이다.

진자운의 얼굴을 가린 철가면이 한차례 들썩거렸다.

'이것도 막아봐라!'

진자운이 탄슬반추가 풀리는 잠깐의 시간을 틈타 신형을 세 바퀴 회전시켰다. 그러자 그의 양 팔뚝이 순식간에 세력을 확장하며 엽일랑의 얼굴에 직격을 가했다. 어떤 특별한 초식이 아니라, 순간적으로 만들어낸 파산경의 변초였다.

"풰!"

충격을 받고 반걸음쯤 옆으로 물러선 엽일랑이 피 묻은 침을 바닥에 내뱉었다. 어금니 하나가 건들거리는 게 부러진 것 같았다.

"썅! 얼굴이나 가리고 다니는 자식이!"

"……."

엽일랑의 신형이 순간 쭈욱 늘어났다. 진짜 그의 몸 자체가 늘어난 게 아니라 방금 전 진자운이 지풍의 강습을 피할 때 사용한 이형환위를 펼친 것이다.

'지랄!'

진자운은 다시 발끝을 바닥에 찍었다. 이번에는 공중으로 뛰어오르기 위함이 아니라 파산경을 전력으로 펼치기 전의 준비 동작이었다.

쾨쾅!

발끝으로부터 시작된 강한 회전이 진자운의 어깨에서 등으로 이어지는 거센 폭발을 일으켰다. 엽일랑의 강습을 정면으로 막아낸 것이다.

진자운의 신형이 비틀거리며 옆으로 밀려났다. 놀랍게도 그의 파산경이 힘에서 밀렸다.

게다가 엽일랑의 공격은 거기에서 끝난 게 아니었다. 파산경의 폭발 속에 잠깐 뒤엉킨 틈을 타 그가 갑자기 입을 크게 벌렸다. 진자운의 목젖을 노리고서.

따닥!

진자운은 그야말로 간발의 차이로 엽일랑의 이에 깨물리는 걸 피할 수 있었다. 그는 진짜 진자운의 목젖을 물어뜯으려고 했다.

"씨발, 뭐 하는 거냐!"

진자운이 추동여각으로 엽일랑을 걷어차고 반걸음 뒤로 물러섰다. 그러자 추동여각에 얻어맞은 자리를 손으로 쓰다듬으며 엽일랑이 새하얀 이를 드러내며 웃어 보였다.

"깨물려는 거다!"

"그러다 이 전체가 거지새끼한테 걸린 옥수수처럼 빠지면 앞으로 밥 먹고 사는 데 지장이 많을 텐데?"

"오래 살아서 좋을 것도 없다!"

"미친놈!"

진자운은 엽일랑의 유일한 별명을 부르짖곤 전신으로 단천뢰심강을 일으켰다. 문득 자신이 상대하고 있는 게 만독문의 독인이라는 자각이 들었다.

진자운의 몸 주변에서 번져 나오는 흐릿한 뇌전의 기운을 눈으로 살핀 엽일랑의 눈에 광기가 감돌았다.

"강기를 사용하는구나, 강기를 사용해!"

"그래, 사용한다!"

'…그래서 어쩔 테냐!'

진자운은 뒷말을 속으로 소리치며 지검무 태극의 보법에 따라 엽일랑에게 파고들었다. 단천뢰심강을 사용한 이상 단번에 승부를 결해야만 했다.

쩌릉!

진자운의 식지와 검지를 따라 단천뢰심강의 뇌전이 엽일랑을 직격했다. 그의 몸이 순간 두 쪽으로 갈라진 듯한 환상이 보였다.

물론 진자운의 눈에만 나타난 환상이다.

슥!

진자운은 또다시 두 개의 그림자를 만들며 귀신같이 파고들어 온 엽일랑의 새하얀 이를 보며 진저리쳤다. 강기의 갑옷을 걸친 걸 뻔히 알면서 무는 걸 포기하지 않는 집념에는 서늘한 한기를 느낄 수밖에 없었다.

그렇다고 도망을 치는 건 자존심 상하는 일이다.

진자운은 단천뢰심강을 더욱 끌어올리고서 이빨을 앞세운 채 쇄도하는 엽일랑에게 박치기를 가했다. 그의 이빨을 모조리 박살 내려는 의도였다.

콰득!

이번만은 엽일랑도 피하지 못했다. 아니, 어쩌면 처음부터 피할 생각이 없었을지도 모른다.

후욱!

진자운은 얼굴에 충격을 받고 뒤로 튕겨져 나가면서도 자신의 귓불로 소름 끼치는 숨결을 불어넣은 엽일랑에게 장권을 연달아 쏟아냈다.

모조리 지근거리에서 박치기를 당하고 얼굴이 피투성이가 된 엽일랑의 안면을 노린 강격이었다.

퍼퍼퍽!

엽일랑의 안면에서 무수히 많은 핏물이 터져 나왔다. 진자운의 양손은 일시 핏물 속에 담가졌다 끄집어내진 것처럼 새빨갛게 물들었다. 그리고 느껴진 격통.

치이이이이!

마치 염산 속에 담겨졌다 끄집어내진 것처럼 진자운의 피에 젖은 양손에서 독연이 뿜어져 나왔다. 엽일랑의 핏속에 담긴 광독이 숨구멍을 타고 진자운의 체내에 침투한 것이다.

"크하하, 당했다! 당했어!"

"쓰……."

진자운은 생각할 것도 없이 벼락같이 엽일랑의 가슴을 발로 걷어찼다. 일단 눈앞의 대단히 위험한 상태로 미친놈과의 간격을 벌려놓을 필요가 있었다.

'내 몸속에 독이 침투했다고?'

진자운은 고통을 참기 위해 이를 악물었다.

이런 곳에서 비명을 터뜨리는 건 그의 주의와 맞지 않는 일이었다. 게다가 싸움 중에 대장이 약한 모습을 보이는 건 절대 안 될 일이기도 했다.

파파파!

진자운은 단천뢰심강을 양손에 모았다. 침투한 독을 단천뢰심강의 불꽃으로 태워 버릴 심산이었다.

그러자 고통이 더욱 심해졌다.

광독마공의 광독을 태우는 건 절세의 강기공인 단천뢰심강으로도 그리 쉬운 일이 아니었다. 최소한 가부좌를 틀고 앉아 반나절 정도는 내공을 운기해야 가능성의 여부를 타진할 수 있을 것 같았다.

"제길!"

진자운의 입에서 자연스레 욕설이 터져 나왔다.

그때 연달아 그에게 얻어맞고 바닥에 쓰러진 엽일랑을 어느새 일월쌍극을 들고 달려온 우이이가 부축해 뒤로 물러섰다. 진자운과 엽일랑이 싸우는 잠깐 사이 그는 광독살단을 이끌고 불사단의 전력을 거의 절반 이하로 줄여놓은 상태였다.

'저놈도 고수구나!'

진자운은 오히려 엽일랑보다 침착해 보이는 우이이를 쏘아보고 불사단을 살펴봤다. 이쯤에서 퇴각 명령을 내려야겠다는 생각이 들었다.

그와 엽일랑이 동시에 부상을 당한 이상 초전은 이쯤에서 끝내는 게 옳았다.

그때 뒤에서 진세를 구축한 채 싸움 구경에만 빠져 있던 사단이 그제야 천천히 움직이기 시작했다. 그들의 임무는 처음부터 초전에 나선 진자운과 불사단이 확보한 영역에 진지를 구축하는 것이었다.

◆ 第五十五章 ◆ 절대지경의 그림자

"허어!"

제갈효는 복귀하는 진자운과 불사단을 바라보며 나직이 혀를 찼다. 초전에서 진자운이 보인 무위와 활약은 그의 예상을 상당 부분 뛰어넘고 있었다.

'시독살단의 최고수인 염시량과 지한령을 이긴 것도 놀라운데, 무정광독마 엽일랑을 가지고 놀다니!'

제갈효는 일찍부터 만독문에 꽤나 많은 간세를 침투시켜 놓은 상태였다. 그가 아는 독효 갈홍경은 언제가 됐든 반드시 천하를 향해 야욕을 드러낼 사람이었다. 천하를 경영하는 자로서 미리 대비함은 당연한 일이었다.

덕분에 꽤나 상세히 만독문 내부 사정을 알게 된 그가 독중독인 갈정립과 더불어 손꼽은 인물이 엽일랑이었다.

그가 익힌 광독마공의 위험천만함은 상상을 초월할 정도였고, 나이 또한 꽤 젊은 축이었다. 제갈효가 관심을 갖게 된 건 어쩌면 필연적인 일이라 할 만했다.

제갈효는 꽤나 많은 간자들의 죽음을 담보로 엽일랑에 관한 정보를 모았다. 그리고 그가 만독문 내에서 실력에 비해 경원시되고 있다는 걸 알고 내심 환호했다. 드디어 그의 심계가 발휘될 때가 왔기 때문이다.

제갈효는 엽일랑을 회유하려 했다. 거의 십 할 정도 자신을 가지고 있었다. 엽일랑은 그의 소매 속으로 들어와 후일 만독문과 정파무림이 대결전을 벌일 시 꽤나 유용한 병기가 될 게 분명했다.

그렇게 제갈효는 믿고 있었다.

그러나 엽일랑은 미친놈이었다. 아주 침착하고 냉정하며 제대로 미친놈이었다. 겉으로 보기엔 꽤 멀쩡해 보이긴 하지만 뼛속까지 미친놈인 것이다.

그것이 만독문 내에서 그가 경원당하고 있는 이유임을 사전에 몰랐던 게 제갈효의 실수였다.

순순히 제갈효의 손아귀 속으로 들어올 것 같았던 엽일랑은 결정적인 순간에 배신을 때렸다. 제갈효가 만독문 내에 침투시켜 놓은 간자의 대부분이 그때 싸그리 소탕당했다. 평생 경험해 보지 못한 대실패.

그 일로 인해 제갈효의 뇌리에 엽일랑이란 존재는 꽤 깊숙이 각인되어 있었다. 언제고 뒤통수를 친 적절한 대가를 치러줄 작정이었다. 어떻게든 회유에 성공한 후에.

'그런데 이젠 그것도 물 건너간 것인가?'

피에 젖은 채 자신에게 배정된 막사로 향하는 진자운을 바라보는 제갈효의 눈 깊숙한 곳에서 기광이 번뜩였다. 역시 진자운은 자신의 관심을 끌기에 충분하단 생각이 든 것이다.

그때 제갈효의 수레로 다가선 제갈기가 나직이 고했다.

"이미 중군의 사단이 초전이 벌어졌던 지역, 백여 장을 점령하고 전초 진지를 구축했습니다."

"만독문의 선봉은?"

"일단 삼백 장 밖으로 물러섰습니다."

"완전한 퇴각은 아니로군, 만독문 측 진지가 사백 장 밖에 있으니."

"그렇습니다."

"흠."

잠시 백염을 부들부채를 든 손으로 쓰다듬은 제갈효가 바로 명령을 내렸다.

"일단 전초 진지에 방책을 세우고, 좌군의 사천정의련으로 하여금 별동대를 조직하여 적의 갑작스런 습격에 대비시키도록."

"존명!"

제갈기가 명령을 수행하기 위해 자리를 이탈했다.

진자운은 회군과 동시에 초전부터 상당한 피해를 입은 불사단에 대한 처리를 철무한에게 맡기고 혼자 막사에 틀어박혔다. 한시바삐 양손을 통해 체내로 파고든 광독을 해소해야만 했다.

'큭!'

가부좌를 틀고 앉자마자 태극심공으로 진기를 운용하기 시작한 진자운의 얼굴이 가볍게 일그러졌다. 단천뢰심강에도 강한 저항을 보이던 광독이 태극심공이라 하여 고분고분할 리 없다.

잠시 잠복해 있던 광독이 다시 펄펄 날뛰기 시작했다.

그러나 단천뢰심강이 강의 성질이라면 태극심공은 부드러움의 극치에 달한 호심공이었다.

단천뢰심강에 격하게 부딪치던 광독은 태극심공의 부드러운 기운에 몇 차례 저항을 보이다 점차 감싸여 움직임을 멈추기 시작했다. 힘으로 부딪치는 것보다 회유를 택한 진자운의 선택이 성공을 거둔 것이다.

'그렇다곤 해도 정말 지독한 독이다! 이미 만독불침이나 다름없는 날 중독시킨 것도 모자라 단천뢰심강으로도 태워지지 않다니…….'

진자운은 태극심공으로 에워싼 광독을 천천히 손 밖으로 밀어내며 나직이 혀를 찼다. 아무리 생각해도 엽일랑의 광독에 당한 게 꽤나 분했다. 그만 없었다면 초전에 만독문의 선봉을 모조리 박살 낼 수 있었고, 불사단 역시 큰 피해를 입지 않을 수 있었으리란 생각을 떨칠 수 없었다.

그때 골똘히 생각에 잠겨 있던 진자운의 눈꼬리가 슬쩍 치켜 올라갔다. 광독을 밀어내느라 평소보다 내력을 집중하다 보니, 평소보다 이목이 크게 증가했고, 미세한 인기척을 감지할 수 있었다.

슥!

진자운은 아무런 예비 동작도 없이 손가락을 막사 밖으로 튕겼다. 딱히 내력을 집중해 지풍을 쏘아 보낸 게 아니라 단지 손가락 끝을 통해 빠져나오기 시작한 광독 한 방울을 튕겨냈을 뿐이다.

치직!

막사를 뚫고 광독을 머금은 피 한 방울이 사라졌다.

'큭!'

얼굴에 복면을 쓴 제갈상은 느닷없이 날아든 붉은 피 한 방울을 손등으로 막아낸 후 안색을 크게 일그러뜨렸다. 거의 본능적으로 손을 들어올린 건 나쁘지 않은 선택이었으나 뒤따른 고통은 거의 살인적이었다.

해약조차 없다고 알려진 광독에 중독되어 버린 것이다.

팍!

제갈상은 자신의 잘못을 눈치챈 것과 동시에 바로 손을 썼다. 스스로 자신의 중독된 팔을 잘라 버린 것이다.

그때 철가면을 벗고 막사에서 모습을 드러낸 진자운이 제갈상 앞에 떨어져 내렸다. 고통을 참고 막사에서 멀어지려 노력했으나 진자운을 떨궈내기엔 무리였다.

진자운이 갑자기 외팔이가 된 제갈상을 바라보며 고개를 옆으로 삐딱하게 뉘어 보였다.

"중독을 풀 방도가 없는 것도 아닐 텐데……."

제갈상이 눈에 서늘한 기운을 담았다.

"적을 걱정하는 건 미련한 짓이다."

"적이라……."

"내 정체를 짐작하고 있었군."

제갈상이 진자운의 흔들림이 전혀 보이지 않는 얼굴을 보고 눈매를 가늘게 했다. 어떻게 진자운이 자신의 정체를 눈치챘는지 짐작조차 할 수 없었기 때문이다.

진자운이 그 의문을 풀어줬다.

"나 역시 정파 연합군 진지 내에 만독문의 간자가 숨어 있을 수 있다는 생각을 하지 않은 건 아니오. 전쟁이란 본래 그런 것이니까. 하지만 만독문의 간자라면 오늘 내가 상대한 미친놈이 익힌 지랄맞은 독의 위험성을 모를 리 없을 테지."

"곧 죽을 자에게 간자가 붙을 일은 없다는 뜻이군."

"하마터면 진짜 독에 중독되어 죽을 뻔했으니까."

"그건……."

제갈상은 뭐라 말하려다 입을 다물었다. 갑자기 떠오르는 생각이 있었다.

"방금 전의 독은 진짜 지독한 것이었다. 그 정도 독에 중독되고도 스스로 해독할 수 있기 위해선 최소한 초절정 이상의 고수여야만 할 것이다."

"내가 바로 그 초절정고수요."

진자운이 평소와 달리 극히 정직하게 대답하자 제갈상이 미미하게 고개를 끄덕였다. 감히 초절정고수를 염탐하려 했다면, 팔 하나쯤 잃는 건 각오해야 할 터였다.

'최소한 노가주님이 인정할 만한 자격이 있는 자라는 걸 확인할 수 있었으니 됐다. 하지만 무인으로서의 나는 또 다른 확인을 원하고 있다.'

제갈상이 옆으로 반걸음 이동했다. 진자운을 향해 발검하기 전에 간격을 조정하는 행동.

진자운이 경고하듯 말했다.

"이미 당신은 팔을 잃었소. 이미 내 진신절학을 염탐하는 데 성공했으니, 오늘은 족한 줄 알고 물러나는 게 좋을 거요."

"족한 줄을 알라……."

"오늘은 무척 피곤한 날이었다는 뜻이오."

"⋯⋯."

진자운은 제갈상의 대답을 듣기도 전에 신형을 돌렸다.

꿈틀!

제갈상의 손이 순간적으로 검파에 닿았다. 당장에 절세의 쾌검술을 펼쳐 신형을 돌린 진자운의 목을 가르고 싶었다. 그런 충동을 느꼈다.

하지만 제갈상은 끝내 발검하지 못했다. 돌아선 진자운에게서 느껴지는 강한 기운에 기세 자체가 꺾이고 말았다. 싸워보기도 전에 패했음을 자인할 수밖에 없었다.

'휴우!'

진자운은 막사로 돌아가며 내심 한숨을 내쉬었다.

방금 전 그는 체내의 광독을 채 해소하지 못한 상태로 제갈상을 쫓았다. 그의 정체를 확인하고 싶은 마음에 무리를 한 것이다.

무리는 탈을 낳는다.

제갈상과 말을 나누는 사이 진자운이 태극심공으로 간신히 잠재워났던 광독은 다시 활동을 보이기 시작했다. 도저히 남과 싸울 수 없는 상태가 됐다는 뜻이다.

부들부들⋯⋯.

진자운의 양손이 가벼운 떨림을 보였다. 고통이 뼛속까지 파고들고 있었다.

털썩!

결국 자신의 막사까지 가는 걸 포기한 진자운이 흙바닥에 아무렇게나 주저앉았다. 일단 급한 불부터 꺼놓고서 다음 일을 생각해야겠다는 심산이었다.

'호법 하나 없이 내공운기를 해야 하는 신세라니!'

진자운은 내심 한탄하며 몰래 태극심공을 운기하기 시작했다. 남들이 보기엔 그냥 바닥에 주저앉아 아무렇게나 늘어져 있는 것 같은 모습이나 실상은 극히 위험한 행동이었다. 현 상태에서라면 이, 삼류의 무인이라 해도 진자운을 때려 피를 토하게 할 수 있었다.

그런 위험을 감수한 진자운의 행동은 효과를 거뒀다. 거의 기절할 만큼 고통스럽던 양손의 통증이 점차 완화되기 시작했다. 태극심공이 다시 광독을 제압하는 데 성공한 것이다.

그러니 이젠 광독을 모조리 체외로 배출하는 일만 남은 상태.

문득 진자운의 뇌리를 스치는 생각이 있었다. 태극심공이 능히 광독을 제어할 수 있다는 것과 미친개 같던 엽일랑의 모습이 동시에 떠올랐다.

'제기랄, 그 미친놈한테 선물할 정도는 남겨놔야겠다!'

진자운은 열 손가락 끝에 몰아넣은 광독의 일 푼가량을 일부러 남겼다. 언젠가 다시 엽일랑과 맞붙을 시 반드시 자신이 당했던 고통을 그대로 돌려주리란 심산이었다.

그때 진자운의 귓전을 때리는 고운 목소리가 있었다.

"이런 곳에서 운공을 하다니, 제정신이 아니군요."

"천하에서 가장 어여쁘고 믿음직한 호위를 뒀으니 괜찮지 않을까?"

"아, 알고 계셨나요?"

"운공에 들어가고 얼마 되지 않아서 사매의 향긋한 내음을 맡았지."

"흥."

나직한 코웃음과 함께 진자운 앞에 백의에 면사를 한 모용청려가 모습을 드러냈다.

진자운이 그녀에게 서슴없이 손가락질했다.

"그 면사는 뭐야!"

모용청려의 아름다운 눈동자가 살짝 흘기는 모양이 됐다.

"각원 사부님은 쓰지 말라 하고, 아버지는 쓰라 하셔서 일단 쓰기로 했어요."

"역시 부친의 명이 사부의 명보다는 위란 말이군?"

"그냥 각원 사부님의 느끼한 시선이 싫었을 뿐이에요."

"아하하!"

진자운은 각원 대사의 독특한 면모를 떠올리곤 크게 웃었다. 여타의 중이나 도사와 달리 술을 좋아하고 여인 역시 마다하지 않는 땡중이 모용청려 같은 절세의 미녀를 제자로 삼았으니, 그 뒤의 일은 쉽사리 짐작이 가는 바였다.

모용청려가 눈매를 살짝 굳혔다.

"그렇게 웃지 말아요. 오랜만에 호위까지 서줬는데……."

진자운이 웃음을 멈췄다.

"그 점은 정말 고맙게 생각하는 바야. 진짜 사매가 적절한 때 나타나주지 않았으면 곤란할 뻔했어."

"평소와 달리 꽤나 정직한 태도군요?"

"뭐, 손해 보지 않을 상황이니까."

"역시!"

진자운은 거의 절반쯤 야유에 가까운 모용청려의 지적에 어깨를 한 차례 으쓱해 보였다.

그는 다른 여타의 정파무림인들과 달리 명예나 명성에 크게 구애받지 않았다.

과거에는 그런 걸 동경한 때도 있었다. 무당파에 들어가 천하제일의 무공을 익히고 천하에 명성을 크게 울려 퍼지게 하고 싶었다. 대협이 되길 꿈꿨던 것이다.

하지만 무당파에서 어린 시절을 보내며 그런 생각은 완전히 변해 버렸다. 남들보다 조금 더 실리적인 사람이 된 자신이 진자운은 전혀 부끄럽지 않았다.

그런 진자운이 모용청려는 별로 싫지 않았다.

그녀 역시 무림의 다른 세가나 명문정파의 제자들에 비해선 괴팍한 성격이다. 특이한 걸 좋아하고 고지식하거나 너무 바른 것에는 금세 흥미를 잃어버렸다.

'진 사형과 있으면 이래서 재밌단 말야.'

한마디로 진자운과 자신이 자꾸 얽히는 까닭에 대한 정의를 내린 모용청려가 본론을 끄집어냈다.

"각원 사부님이 부르세요."

"각원 대사님이?"

"왜, 가기 싫으신가요?"

모용청려의 말이 그저 농임을 모를 리 없음에도 진자운은 펄쩍 뛰어올랐다.

"가기 싫긴, 누가 싫다고 그랬나!"

"안내할 테니 따라오세요."

모용청려가 앞서 걸어가자 진자운이 얼른 그 뒤를 따르며 말했다.

"사매, 철 단주는 만나본 거야?"

"아뇨."

"그는 이번에 무진장 힘든 싸움을 했는데……."

"자꾸 철 소협에 대해 말을 늘어놓으면, 앞으로 각원 사부님을 만날 생각은 포기하시는 게 좋을 거예요."

"내 철 단주로 하여금 반드시 사매를 포기하게 만들지."

"좋아요."

모용청려가 미미하게 고개를 끄덕이자 진자운이 살짝 고개를 흔들어 보였다. 이리 냉정한 모용청려에게 반한 철무한의 앞날이 참으로 암담하단 생각이 들었다.

각원 대사는 정파 연합군의 진지에서 서쪽으로 오 리가량 떨어진 잣나무 위에 누워 있었다.

그가 누워 있는 가지는 자그마한 새조차 위태로워 내려앉지 못할 정도로 가늘었다. 훈풍이나 다름없을 바람에도 이리저리 흔들리는 모양새를 보면 누구든 짐작할 수 있으리라.

그 위에 느긋이 누워 코까지 드렁드렁거리며 골고 있는 늙은 땡중을 올려다본 진자운의 눈에 이채가 스쳐 갔다. 불가사의하기조차 한 각원 대사의 모습에서 깊은 현기를 느낄 수 있었기 때문이다.

'유능제강(柔能制剛)을 말하고자 함인가?'

말이 없는 진자운 대신 모용청려가 목소리를 높였다.

"진 소협을 모셔왔습니다!"

"쿠우! 응?"

각원 대사가 모용청려 쪽으로 고개를 돌리다 신형을 가볍게 휘청거렸다. 그녀의 얼굴을 가린 면사에 심적인 충격을 먹은 것이다.

"아려야, 어째서 그런 꼴이 된 것이냐!"

버럭 화를 내는 각원 대사에게 모용청려가 아무렇지도 않은 표정으로 대답했다.

"소녀는 그저 가친의 명에 따랐을 뿐입니다."

"가친? 모용 가주가 네게 그런 꼴을 하라고 시켰더란 말이냐?"

"예."

"이, 이런!"

각원 대사의 왜소한 신형이 순간적으로 모용청려 앞에 떨어져 내렸다. 아니, 그보다는 느닷없이 공간 이동을 한 것 같달까?

모용청려의 섬세한 교구가 순간적으로 움찔거렸다. 각원 대사의 놀라운 신법 앞에 그녀가 보일 수 있는 유일한 반응이었다.

슉!

바로 손을 뻗어 모용청려의 면사를 거두려던 각원 대사가 재빨리 뒤로 몇 걸음 물러섰다. 진자운의 단천뢰심강이 그를 직격했기 때문이다.

후욱!

순간적으로 매케하게 공기가 탄 내음이 모용청려의 코끝을 스쳤다. 그와 함께 불어닥친 엄청난 반진력.

모용청려가 거의 절반쯤 굳어 있던 신형을 얼른 뒤로 물렸다. 단천뢰심강에 의해 일어난 반진력에 자연스레 그녀의 몸이 반응을 보인 것이다.

진자운이 슬그머니 각원 대사에게 포권해 보였다.

"대사님, 이제야 만나주시니, 후학으로선 정말 광영일 따름입니다."

"광영?"

각원 대사는 나직이 반문하더니, 진자운을 지그시 바라봤다. 여전히 뭘 생각하는지 알 수 없는 얼굴이나 예전처럼 기도 자체에 압도당하진 않았다. 적어도 진자운은 그런 생각을 하며 입가에 미소를 만들어냈다.

"예전에 대사님께서는 강기공을 자유자재로 펼칠 수 있어야 진정한 고수라고 하셨습니다. 후배의 단천뢰심강이 어떻습니까?"

"허헐헐······."

각원 대사가 나직이 웃음을 터뜨렸다. 느닷없이 강기로 암습을 가하고 진자운이 댄 변명이란 게 꽤나 유쾌했기 때문이다.

웃음을 멈춘 각원 대사가 말했다.

"단천뢰심강은 훌륭한 무공이야. 만약 완성할 수만 있다면 능히 천하제일을 다툴 수 있을 정도이지. 하지만 네 어설픈 실력 가지곤 사문인 무당파의 얼굴에 먹칠을 하는 꼴이 되지 않겠느냐?"

"지적해 주시면 감사하겠습니다."

"공짜루?"

"오늘 무림맹과 정파무림에 커다란 공을 세웠는데요."

"무림맹이나 정파무림 따위 어찌 되든 이 늙은 중과 무슨 상관이 있다던가!"

"맹주시잖습니까!"

"그건 늙어갈수록 여우 같아지는 제갈 늙은이가 씌워준 감투고. 이 늙은 중은 그저 한 명의 풍류남아일 뿐이야."

"풍류 땡중이겠지요."

사부인 각원 대사로부터 면사가 벗겨지는 수모를 당할 뻔했던 모용청려가 퉁명스레 말했다. 급박한 상황을 진자운 덕분에 모면하자 내심 화가 치밀어 올랐던 것이다.

각원 대사가 모용청려에게 손가락 하나를 들어 미미하게 흔들어 보였다.

"아려야, 이 사부는 단지 네가 그 어여쁜 얼굴을 면사로 가리고 다니는 걸 모면케 해주려고 한 것이란다."

"그건 또 무슨 변명이시죠?"

"천하에 모용 가주가 명령한 걸 거두게 할 사람이 몇이나 있겠느냐. 아마 이 사부 정도를 제외하곤 그 고집 센 사람으로 하여금 마음을 돌리게 할 사람이 없을 것이야."

"그건 그렇지만……."

"그래서 이 사부는 지옥에 스스로 들어간 관세음보살(觀世音菩薩)과 같은 마음을 품은 것이야. 내 사랑하는 제자가 사내 하나 만나지 못하고 늙어 처녀귀신이 되게 하고 싶진 않았던 것이지."

'헛소리!'

모용청려는 내심 각원 대사에게 크게 소리쳤다. 그의 뻔한 거짓말은 한두 번 들은 게 아니었기 때문이다.

그때 진자운이 빙글거리며 말했다.

"이미 모용 소저에겐 목을 매달고 있는 사내들이 꽤 됩니다. 대사님께서는 그런 걱정을 하실 필요는……."

"목을 매달고 있는 사내들?"

'웃!'

진자운은 순간적으로 자신을 엄습한 엄청난 기세에 밀려 엉덩방아를 찧을 뻔했다.

그가 방금 느낀 기세는 처음 각원 대사에 맞서 정신을 잃었을 때와 비교해도 결코 못하지 않을 정도였다. 거의 살기라 해도 과언이 아니었다.

진자운이 자신이 쏘아 보낸 무형지기를 건네내자 각원 대사의 눈에 흐릿한 광채가 떠올랐다. 자신의 생각보다 진자운의 성취가 더욱 대단하단 생각이 들었기 때문이다.

'도대체 어찌 된 녀석이기에 무공의 성취가 이리 빠르단 말인가?'

진자운이 변명하듯 말했다.

"물론 모용 소저는 여태까지 어떤 사내에게도 눈길을 준 일이 없습니다. 백옥같이 깨끗하죠."

"누가 백옥같이 깨끗하단 거예요!"

모용청려가 화를 내자 진자운이 다시 변명했다.

"그래, 모용 소저는 백옥 같진 않아. 목덜미에 점도 있구, 손도 그다지 예쁜 편이라고는……."

"죽어버려요!"

모용청려는 진자운에게 왈칵 화를 내고 자리를 떠났다. 더 이상 각원 대사와 진자운이란 못 말리는 두 사내와 함께 자리를 하고 싶지 않았기 때문이다.

"허어, 말만한 계집애가 저리 성격이 격해서야……."

"그래도 얼굴은 예쁘잖습니까."

"성격이 나빠."

"얼굴도 안 예쁘고 성격도 나쁜 것보다는 낫잖습니까."

"그렇긴 하지."

각원 대사가 미미하게 고개를 끄덕여 보였다. 그러자 진자운이 은근슬쩍 질문했다.

"제 단천뢰심강의 단점이 뭐라고 생각하십니까?"

"자네……."

"예."

"여자 얘기를 하다 갑자기 화제를 바꾸는 건 비겁한 짓이라네."

"제가 본래 좀 그렇습니다."

"뻔뻔한 것 하나는 맘에 드는군."

각원 대사의 마지막 말에 진자운이 히죽 웃어 보였다. 그 역시 자신의 그런 점을 좋아하고 있었기 때문이다.

'희한한 녀석……'

각원 대사가 고개를 가볍게 혼들자 진자운이 웃음을 멈추고 말했다.

"귀찮은 방해꾼이 사라졌으니, 이젠 절 부른 목적을 말해 주십시오."

"아려가 듣는다면 무척 화를 낼 말이로군."

"안 들으니까 상관없습니다."

"그렇구만."

미미하게 고개를 끄덕인 각원 대사가 진자운 쪽으로 한 걸음 내딛었다. 빠르지도 않고 느리지도 않은 평범한 움직임.

그러나 각원 대사는 어느새 진자운 바로 코앞까지 다가서 있었다. 그로 하여금 불패신권이란 명예로운 명호를 얻게 만든 삼대절기 중 하나인 금강부동신법(金剛不動身法)!

눈앞에서 펼쳐진 불문의 절대신법과 맞닥뜨린 진자운의 신형이 움찔하며 뒤로 세 걸음 물러섰다. 육박전에 있어선 어떤 상대를 만나든 반보만으로 족하던 그로선 놀라운 변화.

각원 대사의 입가에 비죽한 미소가 떠올랐다.

"어째서 뒤로 물러선 것이지? 예전에 이 늙은 중과 비무를 할 때는 맞아 죽더라도 앞으로 달려들더니."

"잘 모르겠습니다."

"본능이 위험을 감지할 정도가 되었단 말이로군."

"본능……"

"자네의 본능이 이 늙은 중의 기세에 위협을 느끼고 자연스레 반응을 보였다는 거야. 초절정에 오른 고수들에겐 일종의 초능력이 생기거든. 그래 봤자 두려움에 질린 축생들과 비슷한 정도에 불과하지만 말야."

"……"

진자운의 얼굴에서 미소가 사라졌다. 각원 대사가 한 말의 의미를 정확히 이해했기 때문이다.

'결국 내가 겁을 먹고 뒤로 물러섰다는 의미인가?'

진자운의 안색을 살피고 그 내심을 눈치챈 각원 대사가 능글맞게 웃어 보였다.

"그래도 참 빠른 진보야. 이대로 잠심연무를 계속한다면, 후일 반드시 구주 이십오성과 같은 경지에 오를 수 있을 거야. 무당에서 세 번째 절대고수가 나오는 게지."

"그 후일이란 언제입니까?"

"한 삼십 년이나 사십 년쯤?"

진자운이 크게 소리쳤다.

"늦습니다!"

"늦다?"

각원 대사의 반문에 진자운이 눈에 힘을 담고 말했다.

"저는 내년이 오기 전에 제 무공 수준을 한 단계 더 높은 곳까지 끌어올리고 싶습니다."

"그건 어째서 그렇지?"

"약속을 했기 때문입니다."

"비무 약속인가?"

"그렇습니다. 뭐, 딴 약속도 하나 더 있지만……."

진자운은 문득 담화연을 떠올리며 말끝을 흐렸다. 그녀의 눈에 맺혀 있던 눈물을 생각하자니 갑자기 미칠 것 같은 기분이 들었다.

그런 진자운 내부에서 이뤄진 감정의 흐름을 각원 대사는 방관자가 되어 바라봤다. 꽤나 재밌다는 생각이 들었다. 자신이 생각했던 이상의 어떤 걸 눈앞의 진자운은 경험하고 행하려 하고 있기 때문이다.

'세존께서는 사람의 삶은 고해라 하셨으나, 그럼으로 인해 눈앞의 어린아이는 빛나고 있으렷다! 이 어찌 가엽고 사랑스럽지 아니한가!'

각원 대사는 더 이상 질문하지 않고 천천히 좌수로 상구수(上鉤手)를 만들고, 우수로 하구수(下鉤手)의 형을 취했다. 좌수의 다섯 손가락을 맞추고 손끝으로 물건을 잡듯이 둥그스름하게 모아 위로 향했으며, 똑같은 모양을 한 우수는 손가락을 아래로 향한 것이다.

평생 단 하루도 연마를 쉬어본 일이 없는 나한권(羅漢拳)을 펼치기 전의 준비 동작!

과거 항주 무림맹에서 진자운에게 비무를 가장한 구타를 하기 전에 종종 보이곤 했던 모습이다.

"또 질문에 대답해 주는 대신 몸으로 느끼게 해주시려는 겁니까?"

"강기공을 사용하게 됐지 않아?"

"그렇긴 합니다만……."

"그렇다면 뭘 그리 두려워하는 건가? 이 늙은 중이 설마 자네같이 까마득한 후학을 때려죽이기야 하겠는가?"

"골병이 들게 만들긴 하겠지요."

진자운은 곱지 않은 대답과는 달리 얼른 지검무 태극의 보법을 밟으며 자세를 바로잡았다. 각원 대사와의 비무가 몇 번의 생사지간에서 펼친 싸움보다 훨씬 효과적임을 경험을 통해 알고 있었기 때문이다.

"늙은 중의 성격은 잘 알 것이야!"

"뭐, 저도 사정이 급하니까, 인정사정 봐주지 말고 부탁드립니다!"

"그럴 작정이었네."

각원 대사의 주변에서 처음 진자운을 진저리 치게 만들었던 무시무시한 기세가 일어나기 시작했다. 과거 오로지 초식만으로 진자운의 전력을 받아낼 때완 사정이 달라졌음을 각원 대사 역시 알고 있다는 의미였다.

밤.

하루 동안 벌어진 크고 작은 전투에 대한 기록을 정리하고 있던 제갈효의 노안이 가볍게 흔들렸다. 그의 앞에 갑자기 흐릿한 그림자가 어른거리더니, 하룻새에 외팔이가 된 제갈상이 떨어져 내렸다.

"팔을 잃어버렸구나!"

제갈효의 탄식 섞인 말에 제갈상이 부복한 자세 그대로 고개를 바닥에 가져다 댔다.

"면목없습니다."

"그만큼 그 무당파의 어린아이가 강했던 것이겠지. 뒷정리는 확실히 했으리라 믿는다."

"예."

제갈상의 대답을 들은 제갈효가 미미하게 고개를 끄덕여 보였다. 비록 무력으로 이름을 날리진 못한다 해도 눈앞의 제갈상은 제갈세가가 낳은 제일의 고수였다. 그가 손대지 못할 정도라면 진자운에 대한 처리는 조금 뒤로 미루는 게 옳을 터였다.

"네 복수는 생각해 놓겠다."

"복수는……."

"너나 제갈세가를 위한 복수가 아니라 노부가 계획해 놓은 앞으로의 무림정세를 헝클어놓은 것에 대한 처리니라."

"예."

제갈상은 조용한 대답과 함께 뒤로 물러섰다. 제갈효가 이미 결정을 내렸다면, 천하에서 그것을 되돌릴 사람은 없었다.

'허공 진인만으로 충분해! 제갈세가가 될 수 없다면, 무당파에 다시 천하제일이란 이름을 쥐어줄 순 없다!'

제갈효는 내심 고개를 흔들었다. 진자운이란 존재가 자꾸 가시가 되어 가슴 한 켠을 찔러대고 있었다. 깊은 밤 잠 못 들고 있는 늙은 효웅의 가슴을.

*　　　*　　　*

만독문 진영.

초전에서 간신히 패만 면하고 돌아온 광독살단은 하루 사이에 만독문의 후방으로 이동됐다. 단주인 엽일랑이 진자운에게 얻어맞아 의식을 잃어버리는 바람에 발생한 상황이었다.

광독살단은 미친놈인 엽일랑을 따르는 부대답게 꽤나 거칠고 제어가 안 되는 골칫덩이의 집합소였다.

하나같이 엽일랑이란 존재가 없으면 아군 측에 있어서도 득이 될 게 없을 정도의 개망나니들이었다. 전군의 원활한 명령 체계를 위해 광독살단을 뒤로 돌린 건 합리적인 결정이었다.

그래서 갑자기 광독살단은 그 엄청난 무력에도 불구하고 지난 며칠간 연달아 벌어진 정파 연합군과의 지역전투에서 완전히 배제됐다.

단주 엽일랑의 부상 덕분에 불안한 휴가를 보내게 된 셈이랄까?

그렇게 사천대전이 사흘째 접어들 무렵이었다.

엽일랑이 틀어박힌 막사를 중심으로 아무렇게나 형성된 광독살단의 진중에 문사 차림의 중년인이 모습을 드러냈다. 육독종 중 막내인 찰루이였다.

'역시 엽일랑이란 아이가 없는 광독살단은 전혀 쓸모가 없구나!'

찰루이는 머리 굴리길 좋아하는 사람답게 전혀 체계가 보이지 않는 광독살단의 진영을 보고 눈살을 찌푸렸다.

그는 다른 오독종을 비롯한 만독문의 정예들이 정파 연합군의 별동대를 막기 위해 진중을 비운 사이 오래전부터 점찍어뒀던 엽일랑을 회유하기 위해 나선 터였다. 그에 따른 부산물이라 할 수 있는 광독살단에 신경이 쓰이는 건 당연한 일이었다.

찰루이의 방문 소식을 듣고, 우이이가 달려왔다.

찰루이를 비롯한 육독종은 만독문에서의 직위가 장로에 버금가는 호법이다. 일개 광독살단의 부단주인 우이이가 성심성의껏 맞아야 하는 신분이란 뜻이다.

그러나 모습을 드러낸 우이이의 안색은 가히 좋지 않았다. 비단 살기 어린 표정을 얼굴에 노골적으로 드러내고 있을뿐더러, 애병인 일월쌍극까지 양손에 나눠 쥐고 있었다. 본래 만독문의 상층부에서 홀대받아 왔던 상관 엽일랑이 중상을 입자 크게 위기감을 느낀 까닭이다.

'쯔쯧, 그 상관에 그 부하라더니…….'

내심 나직이 혀를 찬 찰루이가 얼굴에 부드러운 표정을 지어 보이며 말했다.

"엽 단주의 부상의 정도가 어떠한가?"

찰루이의 살가운 물음에 우이이가 힘이 넘치는 표정으로 대답했다.

"단주님이 익힌 광독마공은 사지육신이 끊기지 않는 이상 어떤 상처도 스스로 치유할 수 있습니다. 얼마 전 잃었던 의식을 되찾으셨으니, 걱정할 바 없다고 생각합니다."

"부상이 그리 심각하지 않다는 뜻이군."

"그렇습니다. 하지만 단주님을 상대했던 정파의 선봉은 이미 광독에 중독됐으니, 살아남지 못할 겁니다."

"광독에 중독됐다면, 그렇겠지."

찰루이는 미미하게 고개를 끄덕여 보이곤 우이이에게 명령하듯 말했다.

"본 호법을 엽 단주에게 안내해 주시게."

"그 명령은… 따를 수 없습니다!"

"명령을 따를 수 없다?"

"그렇습니다."

단호한 대답과 함께 찰루이가 수중의 일월쌍극에 예기를 일으켰다. 살기를 보여 자신의 뜻이 확고하다는 걸 나타낸 것이다.

찰루이는 내심 기가 막혔다.

그는 겉으로 보이기엔 사십대 중반쯤 되어 보이지만 실제 나이는 팔십이나 됐다. 눈앞의 우이이나 엽일랑과는 두 배분 이상 차이가 나는 신분이었다. 그리고 성격 역시 그다지 좋지 못했다.

'그냥 죽여 버릴까?'

찰루이는 우이이의 손에 들린 일월쌍극을 지그시 바라보며 내심 살기를 일으켰다. 순간적으로 그의 마음속에서 우이이는 몇 번이나 천참만륙되었다.

하지만 찰루이에겐 목적이 있었다. 우이이의 건방진 모습 정도는 조금쯤 참아줄 만한 인내력 역시 있었다.

촤륵!

손에 든 채 언제든 사신의 춤을 출 준비가 되어 있는 독문병기 철죽선(鐵竹煽)을 펼쳐 든 찰루이가 입가에 미소를 담았다.

'이미 눈앞의 철없는 녀석은 죽었다!'

내심 중얼거린 찰루이가 말했다.

"우 부단주는 오해하지 마시게. 본 호법은 독공 외에 의학에도 꽤 조예가 있기에 엽 단주의 상세를 살피고자 함이었으니."

"육 호법님의 관심에 단주님을 대신해 감사드립니다. 하지만 앞서 말했다시피 현재 단주님은 스스로 광독마공을 운기해 부상을 치료하고 계십니다. 따로 육 호법님의 도움이 필요하진 않으리라 봅니다."

"허허, 그런가?"

찰루이는 가볍게 헛웃음을 터뜨리곤 펼쳐 들었던 철죽선을 도로 접었다. 그리고 앞으로 내뻗어진 검은 기파.

파곽!

우이이는 미처 어떤 반응을 보이기도 전에 찰루이의 철죽선에 제압되었다. 그냥 혈도만 제압된 게 아니었다. 철죽선 속에 장치된 독침이 그의 혈도를 뚫고 파고들었다.

"끄으……."

찰루이는 가벼운 신음과 함께 신형을 휘청거렸다. 어떻게든 주변의 광독마들에게 명령을 내려 찰루이의 발목을 잡아끌려는 의도였다.

그런 예상쯤 못했을 찰루이가 아니다.

그는 한걸음에 우이이에게 다가갔다.

그의 철죽선이 다시 움직이자 우이이의 아혈이 점혈되었다. 거의 한 호흡도 되지 않는 순간에 벌어진 일이었다.

'와룡독림의 육독종 모두가 불세출의 고수라더니, 이 정도일 줄은 몰랐구나!'

우이이는 내심 자신의 방심에 탄식을 토해냈다. 설마 하니 광독살단의 진영 내에서 암습을 당하리라곤 상상치도 못했기 때문이다.

그때 찰루이가 우이이의 어깨를 다정히 끌어안으며 속삭였다.

"우 부단주, 점혈된 곳이 꽤나 따끔거리고 아프지 않은가?"

"……."

"본 호법의 철죽선에는 와룡독림에서 기생하는 독물 중 가장 독성이 강한 청밀독봉(淸蜜毒蜂)의 독이 발라진 독침이 장치되어 있다네. 와룡독림에 은거하던 중 심심해 만들어본 것이지. 하지만 그걸 당한 사람이 당할 고통은 결코 본 문의 삼십삼형(三十三刑)보다 못하지 않다는 걸 내 장담하지."

삼십삼형이란 만독문에서 죽을죄를 진 문도에게 가하는 서른세 가지 끔찍한 독형을 말한다. 그 독형에 당한 자는 서른세 번 죽는 것과 같다는 말이 떠돌았다. 그만큼 사람의 상상을 뛰어넘는 고문이란 뜻이다.

그래서 만독문의 문도들은 삼십삼형이란 말만 들어도 공포에 온몸을 벌벌 떨었다. 차라리 죽는 게 나았다. 죽지도 살지도 못하는 상태로 서른세 가지나 되는 독형을 받는 건 진짜 끔찍한 일이었다.

과연 찰루이의 입에서 삼십삼형이란 말이 나오자 우이이의 안색이 변했다. 삼십삼형보다 못하지 않은 고통이 앞으로 닥친다는 말에는 철석간담 같은 그조차도 두려움을 느끼지 않을 수 없었다.

'이 녀석아, 그 삼십삼형을 고안한 사람이 바로 나란다.'

찰루이는 내심 잔혹한 웃음을 지어 보이곤 말을 이었다.

"자네는 그저 본 호법을 엽 단주에게 안내하기만 하면 되네. 그리만 해주면 바로 중독을 풀어주도록 하지."

"……."

"물론 본 호법은 결코 엽 단주에게 어떤 위해를 끼치기 위해 찾아온 것이 아니네. 오히려 엽 단주에게 좋은 일을 하기 위해 왔다고 할 수 있어. 앞서 말했다시피."

"……."

우이이는 대답 대신 고개를 미세하게 끄덕여 보였다. 그의 엽일랑에 대한 충성심은 그 정도에 불과했던 것이다.

'육 호법이 광독살단주 엽일랑을 찾았다?

사흘 전부터 광독살단을 몰래 감시하고 있던 흑색 일색의 복면인이 눈에 이채를 띠었다. 드디어 지난 사흘간 인간이라면 누구나 느끼는 생리 현상마저 참고 한자리를 지키고 있던 보람을 얻게 되었기 때문이다.

그러나 복면인은 바로 자리를 뜨지 않았다. 사실 엄밀히 말해 자리를 뜨지 않은 게 아니라 뜰 수가 없었다.

아무리 상당한 거리를 유지하고 있다곤 하나 광독살단 진영에 모습을 드러낸 찰루이는 초절정의 고수였다. 약간의 기척만으로도 특별히 잠영술만 뛰어난 복면인은 목숨을 내놓을 수밖에 없었다.

'조심해야 한다!'

복면인은 스스로에게 몇 번이나 다짐을 하며 숨죽이기에 전념을 다했다. 요 근래 만독문의 차기 문주가 확실해진 진육담에게 확실한 눈도장을 받을 일이 생겼음을 되뇌이며.

막사 내부에 들어서자마자 찰루이는 코를 찌르는 악취에 코를 몇 차례 벌름거렸다.

냄새를 들이마시기 위함이 아니었다.

그는 온갖 종류의 독물을 이용해 독공을 연마하던 어린 시절 우연찮게 연마한 냄새에 초연해지는 심공을 운용한 것이었다.

'그래도 속이 약간 미식거리다니⋯⋯.'

찰루이는 눈앞에 가부좌를 틀고 앉아 있는 엽일랑을 괴물 보듯 바라봤다. 자신의 심공조차 뚫고 들어오는 광독을 품고도 나름대로 정상적으로 보이는 엽일랑이 신기했기 때문이다.

그때 엽일랑이 갑자기 감고 있던 눈을 떴다.

번뜩!

엽일랑의 눈 깊은 곳에서 광기가 번들거렸다. 그 광기의 목적지는 물론 찰루이였다.

"우이이!"

엽일랑의 부름에 우이이는 대답할 수 없었다. 그는 스스로 자신의 머리를 내려쳐 기절한 상태였기 때문이다.

엽일랑이 고개를 살짝 까닥여 보였다.

"역시 멍청한 놈은 아니란 말야."

찰루이는 엽일랑의 혼잣말치고는 다소 큰 중얼거림이 뜻하는 바를 바로 눈치챘다.

'우이이가 내 협박에 굴복했음을 알고 있단 말이지?'

찰루이가 살짝 미소 짓자 엽일랑이 역시 이를 드러내며 웃었다. 진자운에게 얻어맞아 몇 개 남지 않은 이를 드러낸 것이다.

"이사이로 바람이 세는군."

"상대를 광독에 중독시키기 위해 일부러 피를 쏟았다고?"

"꼴불견이란 건가?"

"적절한 판단이었다고 해주지."

"크큭!"

엽일랑이 나직이 키득거렸다. 자신의 광독을 두려워하는 주제에 뭔가 있는 척 유세를 떨고 있는 찰루이가 가소로웠기 때문이다.

그 점을 눈치챈 찰루이가 입가의 미소를 거뒀다.

"광독은 무서운 독이지만, 절대독경을 능가할 순 없다네."

"절대독경? 그런 거 능가해서 뭘 하게?"

"지금 이대로 만족한다는 건가?"

"만족하지 못할 것도 없지. 어쨌든 나는 내 하고 싶은 대로 살고 있으니까."

"그렇지도 않은 것 같네만?"

찰루이는 놀랍게도 시커멓게 악취를 뿜어내고 있는 엽일랑 옆에 앉았다. 그의 망가진 육신을 복원시키기 위해 절정에 달한 광독이 전혀 두렵지 않은 듯한 모습이었다.

"그러다 광독에 중독되면 후회할 텐데?"

"광독마공의 광독은 대단하지만 약점이 많은 독공이야. 그중 가장 큰 약점은 익힌 자의 심맥을 망가뜨리는 것과 스스로 광독의 광기를 제어할 수 없다는 점이지."

"뭘 말하고 싶은 거지?"

"본래 자네는 자신의 가문인 신룡엽가를 몰살하고 싶지 않았다는 뜻일세. 과거 사랑했던 여인을 산 채로 찢어발겨 들개의 먹이로 주고 싶지도 않았고."

"이 녀석!"

엽일랑은 부상을 아랑곳 않고 찰루이의 양 어깨에 쌍수를 박아 넣었다. 아니, 박아 넣으려다 실패했다.

카캉!

엽일랑의 쌍수가 떨어져 내린 찰루이의 어깨에서 쇳소리와 함께 불꽃이 일었다. 그의 쌍수는 찰루이가 항상 몸에 걸치고 다니는 천은마갑(天銀魔甲)을 뚫지 못했다.

파팟!

그 순간을 틈타 찰루이의 철죽선이 엽일랑의 목젖에 가 닿았다. 살짝 손가락 끝에 힘을 주면 엽일랑의 목에 구멍이 뚫릴 게 분명했다.

"엽 단주 자네한테 독존이 광독마공을 전수한 건 사천무림을 혼란에 빠뜨리기 위함이었다네. 당연히 완벽한 광독마공을 전수해 줄 리가 없는 일이었지."

"내 광독마공이 완벽하지 않다고?"

"그래, 완벽하지 않아. 그래서 자네는 광기에 빠져 운가장을 몰살하고 신룡엽가를 몰살한 후 당가에 그 화를 전가한 거야. 자신의 의지와는 전혀 관계없이."

"그럴 수가……."

"그러니 내가 자네의 불완전한 광독마공을 완성시켜 주겠네. 다시 자네에게 인생과 미래를 되찾아주겠다는 것이야."

"……."

엽일랑의 눈에 담겨 있던 광기가 일순 크게 흔들렸다. 운가장과 신룡엽가의 몰살은 그의 인생에 있어 가장 감추고 싶은 일이었다. 후회스럽기 짝이 없는 일이었다.

그런데 그것이 불완전한 광독마공의 구결 때문이었다니!

엽일랑은 갑자기 자신의 머리를 양손으로 붙잡고 온몸을 부들부들 떨었다. 심맥을 끊임없이 침범하는 광독의 광기와 찰루이가 말해 준 '꼭 믿고 싶은' 진실 사이에서 그는 태풍을 만난 일엽편주마냥 흔들렸다. 의미 모를 미소를 입가에 매달고 있는 찰루이가 보는 앞에서.

'인간이란 항상 자신이 믿고 싶은 것만을 진실이라 부르곤 하지.'

찰루이는 엽일랑의 회유를 확신했다. 사형들 앞에서 장담했던 바와 같이.

절대지경을 이룬 자의 곁에는 항상 그림자가 존재했다.

중천에 뜬 태양의 광휘가 닿지 않는 곳이 있는 것처럼.

찰루이는 갈홍경이란 태양의 빛이 미치지 않는 곳에 웅크리고 있던 엽일랑이란 그림자를 끄집어냈다. 그리고 이제 그 그림자를 어찌 사용할지는 오직 그의 손에 달려 있었다.

◆ 第五十六章 ◆

평생에 한 번뿐인 싸움!

파창!

모용휘의 노도 같은 검기는 앞을 가로막고 있던 강철대도를 단숨에 날려 버렸다. 병기 간의 중량 차를 감안하면 대단한 신위였다.

그러나 모용휘는 강철대도의 주인을 제압하는 데는 실패했다. 어느새 그의 양옆으로 시퍼런 삼지창 두 개가 파고들어 왔다. 강철대도의 주인을 구하기 위한 위위구조의 수법.

모용휘는 강철대도의 주인을 찔러가던 검봉을 되돌려 양옆으로 번개 같은 이검을 뿌려냈다. 그러자 삼지창 두 개가 두 동강 나 땅에 박혔다.

그리고 휘둘러진 여섯 개의 검광!

삼지창을 들이댔던 독인 둘이 피를 뿌리며 쓰러졌다. 단말마마저 그들은 내뱉지 못했다.

꿈틀!

모용휘는 검봉을 휘저어 강철대도의 주인을 살피다 볼살을 가볍게 실룩거렸다. 어느새 그는 뒤로 물러서 삼십이나 되는 독인의 비호 속으로 숨어들어 가 있었다.

"만독문에는 이다지도 호걸이 없더란 말인가!"

모용휘의 부르짖음은 사자후와 같았다. 그러자 그를 좇아 만독문의 기습 부대를 맞아 접전을 펼친 청룡단의 무사들이 일제히 소리를 질러 댔다. 단주의 용맹에 대한 화답이었다.

그때 별동대를 이끌고 새벽을 기해 야습해 온 잔인독도(殘忍毒刀) 지인주가 앞으로 쑥 나섰다. 다시 한 번 모용휘와 자웅을 결하기라도 하려는 듯한 모습이었다.

모용휘가 그에 응하듯 앞으로 나섰다. 갑자기 끼어든 방해꾼들로 인해 결하지 못한 지인주와의 싸움을 끝내고 싶었기 때문이다.

'저자를 쓰러뜨리면 단번에 전세를 우리 쪽으로 끌어들일 수 있다!'

모용휘의 검이 주인의 내심을 읽은 듯 가는 울음을 토해냈다. 전의는 이미 하늘을 찌르고 있었다.

그때 가슴을 온통 드러낸 묘한 복장을 한 지인주가 가슴의 북실거리는 털을 손으로 긁적거리며 소리쳤다.

"중원에도 영웅이 있더란 말이냐!"

"운남보다는 많을 것이오!"

"그렇다면 다시 통쾌하게 싸워보자!"

"목숨을 내놓아야만 할 것이오!"

지지 않고 소리친 모용휘가 지인주를 향해 검봉을 겨눴다. 단숨에 그를 죽이고 적을 토멸할 생각이었다.

한데 그때였다.

당장에라도 모용휘에게 달려들 듯하던 지인주에게 누군가가 다가왔다. 그가 한참 전부터 기다리고 있던 신호가 발빠른 전령을 통해 전해져 온 것이다.

'드디어 육독종 호법님들이 나서셨구나!'

만독문 서열 이십오위인 지인주의 오늘 임무는 거짓으로 패하는 것이었다. 오 단의 중심인 모용휘와 청룡단을 정파 연합군의 전초 진지로부터 빼내오기 위함이었다.

그사이 육독종을 앞세운 만독문의 대군은 나머지 삼 단이 남아 있는 전초 진지와 사천정의련의 방진을 박살 내기로 합의되어 있었다. 아주 빠른 시간 안에.

"푸하하!"

지인주는 갑자기 수중의 대도를 바닥에 꽂고 대소를 터뜨렸다.

이제 더 이상 그로선 힘에 부친 상대였던 모용휘와 목숨을 걸고 싸울 이유가 없어졌다. 기쁘지 않다면 오히려 그게 이상한 일일 터였다.

그러나 그는 너무 일찍 술병을 열었다.

그가 대도를 바닥에 꽂는 잠시 잠깐의 사이, 이미 전의에 충만해 있던 모용휘는 바람같이 신형을 날렸다. 치열한 전쟁터에서 강호의 비무 대회와 같이 상대의 사정까지 다 봐줄 순 없는 노릇이었다.

푹!

지인주는 대소를 채 끝맺기도 전에 모용휘의 검에 가슴이 관통됐다. 당연히 그의 옆에 서 있던 전령으로선 어안이 벙벙할 따름.

"크학!"

지인주의 입에서 숫구치는 핏물이 얼굴에 튀는 걸 아랑곳 않고 모용휘는 가전의 일음지를 근처의 전령에게 내찔렀다. 전후의 사정은 모르지만, 그가 꽤나 중요한 사항을 지인주에게 전했음을 직감적으로 눈치챘기 때문이다.

파팟!

전령은 벌렸던 입을 닫을 사이도 없이 제압당했다.

"말해라!"

지인주의 가슴에서 뽑아낸 검봉이 전령의 인중에 대어졌다. 대답이 없을 시 바로 목숨을 앗겠다는 굳은 의지를 모용휘는 전신으로 뿜어냈다.

"그, 그게……."

잠시 눈알을 굴리던 전령이 입을 연 순간, 모용휘를 향해 뿌연 흙먼지가 쏟아졌다.

'독암염(毒巖鹽)!'

전령을 향하고 있던 모용휘의 검이 순간적으로 성광밀밀을 만들어 냈다. 자신에게 뿌려진 흙먼지가 만독문의 독인들이 동귀어진할 때 사용하는 독암염임을 알고 있었기 때문이다.

검막!

검강조차 막아낸다고 알려진 검막이 모용휘의 전신을 에워쌌다. 다만, 그의 검은 바로 앞의 전령까지 독암염 세례로부터 방어해 주진 못했다.

"크아악!"

독암염에 노출된 전령이 비명과 함께 바닥에 무너져 내렸다. 살인멸구(殺人滅口)를 당한 것이다.

"동료까지 죽이다니!"

"이 지독한 것들!"

모용휘의 뒤를 쫓아온 청룡단의 입에서 신음에 가까운 분노성이 터져 나왔다. 명문정파의 제자들로 구성된 그들의 눈에 동료의 입을 봉하기 위해 기꺼이 독수를 쓰는 만독문의 행태가 금수처럼 느껴졌음이다.

모용휘는 달리 생각했다.

'그 정도로 중요한 정보란 뜻이다!'

모용휘의 신형이 앞을 박찼다. 그리고 독인들을 향해 내뻗어진 별무리와 같은 검광의 물결.

먼저 산화한 동료들의 뒤를 쫓아 독암염을 뿌리려 준비하고 있던 독인들의 입에서 연신 비명이 터져 나왔다. 모용휘의 검이 단숨에 여섯 개의 팔을 잘라 버렸기 때문이다.

피보라!

그 속을 뚫고서 다시 눈부신 검광을 일으키며 모용휘가 청룡단을 향해 소리쳤다.

"청룡단은 지금부터 전초 진지로 복귀한다!"

"복명!"

청룡단이 모용휘의 뒤를 따랐다.

그들의 검이 사력을 다해 앞을 막아서는 독인들의 독수를 잘라내고 있었다.

*   *   *

단단히 구축되어 있던 전초 진지의 나무 방책은 거진 절반이 넘게 박살나 있었다. 모용휘와 청룡단을 지인주의 결사대가 끌어낸 사이, 육독종 중 다섯이 오백 명의 독인들을 이끌고 급습을 감행했기 때문이다.

"이, 이렇게 강하다… 니!"

백호단의 단주이자 오룡에 속한 청성파의 기재 사일검패 유청경은 피를 토하며 자신의 부러진 검을 바라봤다.

그는 젊어서 최고의 기재인 오룡삼봉에 속했고, 요 근래 다시 특채로 오단 중 백호단의 단주가 되었다. 사천에 뿌리를 둔 청성파의 입김 덕분이었다.

이제 그는 사천대전에서 만독문을 물리치는 데 선봉장의 역할을 수행하면 되었다. 그리하여 원만하게 공을 세우기만 하면 오룡삼봉 중 으뜸이 될 수 있을 터였다. 오룡삼봉 중 사천대전에 참가한 사람이 그뿐이니 당연한 일이었다.

그러나 현실은 냉혹했다.

초전에서 총단주 진자운이 보여준 신위는 결코 유청경이 넘볼 수 없는 것이었다.

오히려 그는 유청경의 우상이나 다름없던 청룡단 단주 모용휘보다 더 대단해 보였다. 아니, 적어도 오단에 속한 무사들 중 청룡단을 제외한 모든 사람들이 그리 생각했다. 보여준 것이 있었기 때문이다.

그 점이 유청경에겐 굴욕적이었다.

오룡 중에서도 앞에 나서는 걸 좋아하는 칠절매화검 가진환이나 자전섬광도 팽무진에 밀리는 터였다. 삼봉 중 으뜸이라 불리는 철봉황 모용청려는 말할 것도 없었다.

그런데 그들을 훨씬 능가하는 절대기재가 그의 눈앞에 나타났다.

심정적으로 납득하고 싶지 않은 건 당연한 일이었다. 그것이 아무리 거역할 수 없는 현실이라 해도 젊은 피가 용납을 허용치 않았다.

내가 더 높은 전공을 세우리라!

유청경은 마음속에서 부르짖고 다짐했다. 그것만이 자신이 느낀 굴욕을 씻을 수 있는 유일한 기회라 생각했다.

'그래서 모용 단주의 명을 듣지 않고, 주작, 현무의 양단과 함께 방어 진세를 구축하지 않고 백호단과 앞으로 나섰던 것인데……'

유청경의 입에서 다시 핏물이 터져 나왔다. 이번에는 검게 죽어가는 핏물이었다.

단 오 수 만에 유청경의 검을 꺾어놓은 육독종 중 다섯째 귀면쾌독수(鬼面快毒手) 냉여중이 나직이 미소 지었다.

"허허, 청성파에서 아직 세기조차 제대로 가다듬지 못한 애송이를 전장에 내보내다니 뜻밖이로군."

"그……"

"너는 이미 노부의 독수에 얻어맞았다. 한 식경 내에 죽게 될 터인즉, 먼저 죽으려 용 쓸 필요가 없다."

'내가 죽는다고?'

유청경의 뇌리로 순간 꽃다운 비봉 은여설의 얼굴이 어른거렸다.

청성파와 같이 사천삼강에 속한 아미파의 장중보옥과 그는 항주에서 만남을 가진 후 어느새 깊은 내연의 관계를 맺은 사이가 됐다. 사천 대전이 끝나면 정식으로 매파를 보내 혼약을 맺을 작정을 유청경은 하고 있었다.

'그런데… 그런데……'

유청경은 절대로 자신에게 닥친 현실을 믿을 수 없었다. 믿고 싶지 않았다.

그는 절반으로 꺾인 검을 힘겹게 들어올렸다.

끝까지 냉여중과 싸우려 했다.

그러나 그 모습을 냉여중은 냉정하게 외면했다. 이미 목숨이 경각에 이른 까마득한 후배에게 다시 손을 쓴다는 건 그의 자존심상 할 수 없는 일이었다.

'다 늙어 이 무슨 짓이란 말인가!'

냉여중은 나직한 한숨과 함께 유청경 뒤에 포진한 백호단을 향해 뛰어들었다.

오늘 사단이 포진한 전초 진지를 치는 계획을 세운 사람은 육독종의 막내 찰루이였다. 머리 좋은 걸 항상 내세우길 좋아하는 버릇만 없다면 믿음직하기 짝이 없는 찰루이의 계획에 있어 그는 일부분에 불과했다.

삼단의 방진을 무너뜨린 첫 일격이 끝난 후 대형인 만인류와 둘째인 풍운독마(風雲毒魔) 량운해를 포함한 네 명의 독종은 다른 임무를 수행하러 떠나갔다.

큰 피해를 입은 백호단과 달리 아직 여력을 남기고 있는 주작, 현무 양단을 아직 처리하지 않은 이상, 원치 않는 살육이라 한들 머뭇거릴 여가 따윈 없었다.

"살고 싶은 자는 물러서라!"

최소한의 양심을 내비친 한마디를 내뱉고서 냉여중은 단주를 잃은 백호단을 도살하기 시작했다. 그의 뒤를 백여 명의 독인이 광란에 가까운 괴성을 토해내며 따랐다.

어둠과 피가 만들어낸 야성의 부르짖음!

"주작단은 백호단의 형제들을 구하라!"

"현무단은 백호단의 형제들을 구하라!"

냉여중의 뒤를 따라 피에 굶주린 악귀가 된 독인들을 막기 위해 간신히 전열을 추스른 주작, 현무 양단이 우레와 같은 함성을 토하며 달려들어 왔다.

난전(亂戰)!

그 시작이었다.

"다섯째만으로 괜찮겠습니까?"

새벽의 안개 속을 질풍처럼 가로지르는 사백여 명의 독인의 선두에 선 네 사람 중 입을 연 사람은 량운해였다.

육독종 중 대형인 만인류와 막내 찰루이와 함께 절정 삼독종에 속하는 자!

질문을 던진 량운해에게 만인류가 시선을 던졌다.

"다섯째는 이번 일의 무거움을 잘 알고 있다. 평소와 같이 손속에 인자함을 발휘하진 않을 것이다."

"그래도 오단은 정파 무림맹의 핵심 전력입니다. 그들로 하여금 정파 연합군의 중군을 맡게 하고, 전초 진지를 구축하게 한 것만 봐도 알 수 있는 일입니다."

"그래서 우리 다섯 형제가 평생 처음으로 한꺼번에 손을 쓴 것이다. 막내가 파악한 바 오단에서 다섯째와 맞상대할 무력을 지닌 자는 총단주를 맡은 정체불명의 철가면을 쓴 녀석과 모용세가의 모용휘란 아이뿐이다. 총단주인 철가면을 쓴 녀석은 지난번 광독살단과의 싸움에서 엽일랑의 광독에 중독되었으니, 필시 지금쯤 미쳐서 죽었을 테고, 모용휘는 청룡단과 함께 유인책에 걸렸다. 현재 오단에서 다섯째를 상대할 자는 없으니, 둘째는 걱정할 필요가 없다."

"……."

량운해는 평소 한 번도 본 적이 없는 만인류의 논리정연한 설명에 놀란 표정을 지어 보였다.

그가 아는 만인류는 평생 하고 싶은 대로 살았고, 무공과 독공에만 관심을 보였다. 이렇게 잔뜩 머리 복잡한 생각을 하는 것 따윈 딱 질색으로 여겼다. 막내인 찰루이에게 가끔 면박을 주는 건 그 때문이었다.

'막내가 대형을 완전히 구워삶았구나!'

량운해는 평생 처음으로 찰루이에게 경이를 느꼈다. 자신과 가장 극단적으로 다른 삶을 영위한 만인류를 설복시킨 그의 능력이 대단하단 생각이 들었기 때문이다.

"그리고 이번에 사천정의련을 치는 건 대단히 중요한 일이다. 그들의 전력을 팔 할 이상만 소진시킬 수 있다면, 이번 사천대전의 승패와 관계없이 우리 만독문은 사천무림을 접수할 수 있을 것이기 때문이다."

"팔 할입니까?"

"팔 할이다. 막내는 그렇게 말했다."

'역시!'

량운해는 만인류가 스스럼없이 찰루이의 이름을 거명하자 내심 탄식했다.

그가 아는 한 찰루이의 머리와 세 치 혀는 대단했다.

오랜 세월을 함께했음에도 믿음이 가지 않을 정도였다.

그런 요사스런 막내에게 이리저리 휘둘리게 된 만인류와 자신들의 운명이 한심스럽게 생각됐다.

그때 량운해와 대화를 나누던 중에도 안개 너머를 살피기를 게을리하지 않던 만인류의 노안에서 섬광이 일어났다.

찰루이가 앞서 이른 것과 한 치의 어김이 없는 모습.

전초 진지에서 일어난 불길을 보고 움직인 사천정의련의 정예가 드디어 모습을 드러내고 있었다.

"둘째!"

"예."

"자네의 독자가 사천정의련을 치러 나갔다가 실종됐다고 했지?"

하나밖에 없는 아들인 독수살단주 량패를 언급한 만인류를 량운해가 혈기 어린 눈빛으로 바라봤다. 그의 저의를 대충 짐작할 수 있었기 때문이다.

"대형, 무림에서 힘없는 자가 죽는 건 당연한 일입니다."

"둘째의 말이 맞네. 그러니 이번엔 자네가 힘없는 자들을 짓밟게나."

"대형……."

"둘째에게 선봉을 양보하겠다는 뜻이네. 자식의 복수를 하는 건 아비의 당연한 본분이 아니겠는가."

"……."

잠시 대답을 미루고 만인류의 표정을 살핀 량운해의 입가에 가벼운 주름이 일었다. 진득한 살기와 더불어.

"기꺼이 이 아우가 선봉에 서겠습니다!"

"믿겠네."

만인류의 믿음에 찬 목소리를 귓전으로 흘리며 량운해가 안개 저편으로 시선을 던졌다.

저 안개 너머!

어렸을 때부터 엄격하게 수련을 시키느라 다정하게 한 번 안아줘 본 일이 없는 아들의 원수들이 달려오고 있었다. 평생에 한 번뿐인 싸움이 시작되려 하고 있는 것이다.

*   *   *

'제기랄, 진짜 사단의 전력이 집결되어 있는 전초 진지가 습격을 당하다니. 그 총군사 늙은이가 정말 머리 하나는 끝내주게 좋구나!'

진자운이 갑작스런 제갈효의 호출을 받은 건 초저녁 무렵이었다. 요 며칠 계속된 각원 대사와의 비무 끝에 몇 가지 깨달음을 얻어 기분이 좋았던 그는 불사단 패거리들과 개라도 잡아 술판을 벌일 생각이었다.

아직 그는 초전에 당한 부상이 완쾌되지 않았다고 주변에 알려져 있었다. 그리고 불사단은 이미 전력의 절반 이상을 잃고 후방으로 물러나 있는 상황이었다.

이미 정파 연합군에서 전력 외로 구분된 것이다.

그러니 이 정도 난장판쯤은 벌여도 좋다는 판단이었다. '잘난 명문 정파 녀석들이 나머진 알아서 할 테지'란 심술이 작용한 것이다.

그래서 갑작스레 정파 연합군의 총사령부에 도착한 진자운의 옷차림은 다소 흐트러져 있었다. 인근 마을로 개를 잡으러 나갔다가 급히 되돌아왔기 때문이다.

그러나 제갈효는 진자운의 단정하지 못한 모습에도 인자한 미소를 던질 뿐이었다.

그는 자신의 계획에 꼭 필요한 사람 앞에선 언제든 신선과 동급인 미소를 던질 수 있었다. 완벽하게 자신의 내심을 숨긴 채로.

진자운은 그런 후덕한 미소를 머금은 제갈효의 명을 받고 전초 진지 근처에 매복했다. 그를 따라 개를 잡고, 술독을 짊어졌던 철무한 이하 불사단을 이끌고서.

그리고 상황은 보는 바와 같았다.

새벽 무렵 불의의 기습을 당한 전초 진지에서 청룡단은 빠져나갔고, 나머지 삼 단은 오독종의 무지막지한 괴력 앞에 초전부터 박살나고 있었다.

전초 진지 전체가 삼 단의 피와 시체로 뒤덮이기 직전에 놓여 있었다. 진자운과 불사단이 전장에 당장 뛰어들지 않는다면 말이다.

그러나 진자운은 전초 진지를 기습한 오독종의 무위를 눈으로 확인하고 결정을 잠시 뒤로 미뤘다. 오독종 모두가 강적 갈정립 수준의 고수임을 그는 이미 눈치채고 있었다.

'지금 불사단이 뛰어들면 전멸을 면할 수 없다!'

진자운은 자신도 모르게 고개를 돌렸다. 그의 예리한 시선이 매복을 위해 전원 칠흑 같은 복장을 한 불사단을 살폈다. 그들의 절대적인 믿음에 찬 초롱초롱한 눈빛을 보자 차마 공격 명령이 입에서 나오지 않았다.

그때 바로 뒤에 커다란 몸집을 웅크리고 있던 철무한이 최대한 목소리를 낮춰 말했다.

"총단주, 이런 급박한 상황에 무얼 망설이는 거요? 이러다간 삼 단 전체가 전멸하겠소!"

'곰 같은 놈!'

진자운은 두 번 생각할 것도 없이 주먹을 날렸다.

퍽!

철무한의 부리부리한 눈에 단숨에 커다란 멍이 생겨났다.

진자운은 약간 머리가 둔한 편인 철무한에게 현재의 사정을 설명할 수도 있었으나 하지 않았다. 그냥 주먹으로 입을 다물게 하는 편이 낫다는 판단이었다.

움찔!

단주가 한마디 했다가 얻어맞자 불사단 전체에 숙연한 기운이 감돌았다. 방금 전까지 눈앞에서 어른거리는 화염과 파공성에 불끈 힘이 들어갔던 어깨가 축 늘어졌다. 쓸데없는 힘이 빠진 것이다. 사실 그들은 철무한처럼 진자운에게 얻어맞고 싶지 않았을 따름이다.

덕분에 진자운은 잠시간 더 홀로 고독을 음미할 수 있었다.

수많은 생명.

인생을 양 어깨에 짊어진 자만이 가질 수 있는 고독.

진자운은 눈앞에서 속속 변화하는 전세의 추이를 살피다 눈에 이채를 띠었다.

초반에 맹공을 퍼부어 삼 단의 진세를 무너뜨린 오독종의 대부대가 갑자기 두 패로 나뉘었다. 선진의 냉여중 부대를 제외한 나머지가 빠르게 전초 진지를 빠져나가기 시작한 것이다.

급변한 상황.

잠시 적의 의도를 생각해 본 진자운이 슬며시 손을 들어올렸다. 드디어 불사단을 투입할 때가 왔다는 판단이었다.

눈앞에서 백호단이 허무하게 무너진 순간, 현황은 바로 현무단을 이끌고 구원하려 했다.

첫 번째 공방에서 이미 절반이 넘는 전력을 잃은 현무단이다. 하지만 아직 자신을 비롯한 무당의 칠성검수들이 남아 있었다. 적의 상당수가 물러간 이상 주작단과 함께 연합한다면 능히 현 상황을 타개할 수 있으리란 게 그의 판단이었다.

그런 그의 앞을 가로막아 선 건 우군 측, 무림명숙들 쪽에서 사부 운엽자를 따르는 칠성검수의 수장 현음이었다.

"현황, 백호단주 유 소협이 오 초식도 막지 못하고 당했다. 상대가 초절정고수란 뜻이지. 그러니 우리가 칠성검진을 펼친다 해도 승부는 장담할 수 없어."

"현음 사형, 그렇다고 이대로 백호단을 놔둘 순 없지 않겠소이까?"

"물론 그야 그렇지. 하지만 현황 사제는 앞으로 무당파의 미래를 짊어지고 갈 사람이야. 이런 곳에서 위험에 빠지게 할 수는 없다."

"그건……."

"칠성검진의 북두(北斗)는 내가 맡기로 할 테니, 현황 사제는 뒤로 물러서면 되는 거야."

북두란 칠성검진을 움직이는 가장 중요한 위치를 뜻한다. 즉, 현음은 현황 대신 칠성검진의 중심이 되어 위험을 감수하겠다는 의사를 내비친 것이다.

'현음 사형…….'

현황은 평소 조금쯤 깔보고 있던 현음을 향해 감격의 눈빛을 던졌다.

무공만 따진다면 현음은 과거 현 자 항렬 중에서도 세 손가락 안에

드는 사람이었다. 십여 년 전만 해도 장래 장문의 후보로까지 지목받고 있었다.

하지만 삼 년간의 폐관수련 이후 현음은 항상 말썽만 부려 웃어른들의 시야에서 벗어났다. 무당 일대제자의 중심에서 주목받지 않는 변두리로 밀려나 버렸다.

덕분에 현황은 지금 현음을 대신해 꽤나 많은 주목을 받고 있었다. 어쩌면 이번 사천대전에서 큰 전공을 세우고 무당파로 복귀하면 장문의 위치를 노리게 될지도 몰랐다.

그래서 그는 항상 매사에 조심 또 조심하고 있었다. 실패를 두려워하게 되어버린 것이다. 현음과 같은 꼴이 되지 않기 위해서 말이다.

그런데 그런 그에게 지금 현음은 뒤로 물러나라 말하고 있었다. 갑자기 도사답지 않은 개차반이었던 그의 진심을 조금이나마 엿본 느낌이랄까?

툭!

망설이는 현황의 어깨를 현음이 가볍게 두들겼다.

"어차피 세상이란 다 그런 거다. 한 사람이 영광스러워지기 위해선 다른 이들의 희생이란 당연한 거야. 그러니까 이곳은 내게 맡겨라."

"……."

미련없이 신형을 격전장 쪽으로 돌리는 현음을 잠시 물끄러미 바라보던 현황이 갑자기 어깨를 가볍게 떨었다. 소름이 돋는 기분과 더불어 지독한 혐오감을 느낀 것이다.

'도사인 내가 어찌 이리 타락했단 말인가! 한순간이나마 미래의 영광을 위해 사형제들을 버리려 하다니!'

현황은 깊은 반성과 함께 앞서 걷는 현음의 앞을 얼른 가로막아 섰다.

천리비선의 제자다운 경공 실력.

"현황 사제……."

현황이 고개를 가로저어 보였다.

"현음 사형의 말씀은 감사합니다. 이 현황, 진심으로 감복했습니다."

"……."

"하지만 현무단의 단주는 현재 미거한 이 사람입니다. 어찌 사형께 중책을 맡길 수 있겠습니까?"

"현황 사제, 하지만……."

"여태까지 저는 현음 사형의 진심을 곡해하고 있었습니다. 그래서 한때 좋지 않은 마음을 품은 적도 있었습니다만… 그건 어디까지나 오늘부터 과거가 되었습니다. 저는 현음 사형이야말로 후일 장문의 직위에 오르시기에 부족하지 않은 분이라 생각합니다."

"그런 말도 안 되는……."

현음은 고개를 절레절레 흔들며 속으로 터져 나오려는 미소를 간신히 억제했다.

사실 그는 눈앞에 펼쳐진 혈전을 보고 순간적으로 약삭빠르게 계산을 했다. 어쩌면 사는 것보다 죽을 확률이 훨씬 높아 보이는 혈전에서 멋지게 몸을 빼낼 수 있을지를.

그리고 실행한 도박!

현황의 평소 성격을 감안한 현음의 도박은 대성공을 거뒀다. 공치사까지 받으며 혈전에서 몸을 빼낼 수 있게 된 것이다.

'그래도 마지막까지 안심해선 안 된다!'

현음은 단단히 마음먹고서 몰래 내공을 운기했다. 싸우기 위해서가 아니라 얼굴 색깔을 붉게 물들이기 위해서였다.

"현황 사제, 자네는 지금 이 사형을 지금 비겁자로 만들려는 것인가? 정녕 그런 것인가?"

"현음 사형 그렇지 않습니다. 저는 단지……."

"단지 뭐! 응……."

절규하듯 목소리를 높이던 현음의 눈이 갑자기 몇 차례 깜빡여졌다. 대화를 나누던 중에도 열심히 혈전장을 곁눈질하는 걸 잊지 않고 있던 그의 시선에 꽤 눈에 익은 사람 한 명이 들어왔기 때문이다.

"소사숙?"

'제기랄, 다행히 모두 무사했구만!'

진자운은 불사단과 함께 싸움에 뛰어들자마자 거의 팔 할 이상 무너진 백호단이 아니라 현무단을 먼저 살폈다.

팔이 안으로 굽는다고 했다.

현황을 비롯한 칠성검수들이 포함되어 있는 현무단의 안위에 진자운의 관심이 집중된 건 당연한 일이었다.

덕분에 그는 싸움의 와중에도 아옹다옹 다투고 있는 현음과 현황을 한눈에 알아봤고, 내심 잔뜩 욕했다. 전투 시에 아군끼리 싸우는 것만큼 한심한 일은 없다는 게 그의 지론이기 때문이다.

"무당파의 칠성검수들은 모두 날 따르라!"

우렁찬 사자후와 함께 진자운은 불사단을 뒤로하고 독인들 사이로 뛰어들었다. 실력도 없는 불사단보다는 일당백이라 할 수 있는 칠성검수와 함께 싸우는 게 낫다는 판단이었다.

그러자 순간적으로 서로를 바라보고 낯을 붉힌 현음과 현황이 재빨리 사제들에게 손을 들어올렸다.

무당파가 낳은 불세출의 기재!

그 자신은 아직 잘 모르나 항주 군웅대회 이후, 무당파의 내외에서 진자운은 그렇게 회자되고 있었다. 군웅대회에서 보여준 강력함과 무당 속가제일인이라는 위치는 충분히 그런 소문을 가능케 했다.

그런 진자운이 싸움에 뛰어든 이상 무당파의 칠성검수들이 그 뒤를 따르는 건 지극히 당연한 일이었다.

차차차차창!

칠성검수들이 일제히 검을 뽑아 들었다.

이때까지 참고 있었던 만큼 그들이 빼 든 백련정강으로 된 검신에는 이미 시퍼런 검기가 잔뜩 맺혀 있었다.

당장 싸움터에 뛰어들어도 될 기세!

그들을 향해 목소리를 높인 사람은 현음이었다.

"사제들, 지금부터 전력으로 칠성검진을 펼쳐 소사숙을 호위한다!"

"예!"

현황과의 대화를 곁에서 똑똑히 들었던 칠성검수들이 일제히 복명했다.

과거 같으면 있을 수 없는 일.

내심 흐뭇하게 미소 지으며 현음이 현황을 향해 고개를 살며시 가로 저으며 말했다.

"현황 사제가 말했다시피, 자네는 현무단주야. 단원들의 목숨을 책임지는 것이 중요하니, 소사숙은 이 사형이 맡겠네."

"현음 사형……."

"그게 옳지 않겠는가?"

현황이 얼른 굳은 얼굴로 고개를 끄덕여 보였다.

"보중하시길."

"사제야말로."

짧게 화답한 현음이 다시 손을 들어 몇 가지 수신호를 만들어 보였다.

진세의 운용을 명령하는 수법(手法).

대뜸 현무단의 중추인 칠성검수들이 현음의 주변으로 모여들었다. 칠성검진에서도 가장 방어적인 천원을 철통같이 지키는 방진을 그는 천연덕스레 만들어낸 것이다.

그는 그 상태로 진세를 한차례 살피곤 이미 피투성이 싸움에 들어간 지 오래인 진자운에게 달려갔다. 되도록 엄중하면서도 느긋하게.

'지랄한다!'

진자운은 다시 이어진 현음과 현황의 대화를 똑똑히 들었다. 정신을 집중하자 격렬하게 울려 퍼지는 파공성과 비명성 속에서도 그들의 대화를 놓치지 않을 수 있었다.

그 결과 그가 내린 결론은 한 가지였다.

고지식한 현황이 현음이란 너구리한테 완전히 낚였다는 것이었다. 스스로 전혀 인식하지 못하는 사이에.

하지만 진자운은 딱히 현황에게 그 사실을 알려줄 필요를 느끼지 못했다. 다 팔자소관이란 생각이 들었기 때문이다.

대신 그는 싸움에 집중하기로 했다.

퍼퍼퍼퍼퍽!

지검무 태극의 보법을 밟으며 그는 양손을 풍차같이 돌려 미친 듯 달려들던 독인들을 산산조각 냈다. 그의 쌍수가 벼락같이 앞으로 뻗어나갈 때마다 대여섯 명씩의 독인들이 이리저리 날아갔다.

거의 폭풍과 같은 기세!

삽시간에 진자운 주변은 커다란 공터로 변했다.

처음부터 압도적인 무력을 선보인 진자운의 신위에 독인들이 겁을
먹고 좌우로 흩어져 버린 것이다.

그사이를 진자운은 오연하게 걸었다.

덤빌 자 있으면 나와보라는 모습.

그의 앞을 냉여중이 가로막아 섰다.

느닷없이 나타나 홀로 백여 명의 독인을 공포에 질리게 만든 진자운
의 등장을 알아차리고 백호단에게서 신형을 돌려세운 것이다.

"너는 누구냐?"

냉여중의 질문에 진자운은 주먹으로 대답했다.

번쩍!

단천뢰심강의 직격을 냉여중은 신형을 비틀어 막아냈다. 어깨를 살
짝 옆으로 돌리며 등을 앞으로 내미는 자세.

"철산고인가?"

진자운의 눈에 이채가 떠올랐다. 자신이 독창했다고 믿고 있던 파산
경과 순간적으로 냉여중이 펼친 철산고가 매우 흡사했기 때문이다.

그때 냉여중이 신형을 바로 하며 진자운에게 풀쩍 뛰어들었다.

파콱!

진자운을 직격한 건 두 차례의 쾌섬각(快閃脚)이었다.

냉여중의 성명절학인 쾌풍칠십이연타(快風七十二連打)와 어울려지는
각법.

진자운은 일권파와 파산경을 섞어 냉여중의 쾌섬각의 직격을 막고

얼른 뒤로 반걸음 물러섰다. 자신이 오늘 강호에서 보기 드문 권법의 고수를 만났음을 눈치챘기 때문이다.

'이런 유의 권법은 결코 일격으로 끝을 맺지 않는다. 곧 연계된 연속기가 있을 것이다.'

권법의 신이라 불리는 각원 대사와의 잇따른 비무로 단련된 진자운이 내린 판단이었다.

어김이 있을 리 없다.

진자운이 반보 물러선 것과 동시였다. 하늘에서 떨어지는 우박과 같이 냉여중이 권각을 쏟아내기 시작했다. 쾌풍칠십이연타를 펼치기 시작한 것이다.

환영!

진자운은 순간적으로 냉여중의 권각이 수십 개로 늘어났다고 여겼다. 눈앞에서 변화하는 숫자만도 그러했다.

그러니 어찌 대처해야 할까?

진자운의 대응은 단순했다. 자신을 향해 날아오는 권각 모두를 막아내기로 결정한 것이다.

파파파파파!

단천뢰심강을 거두고 순간적으로 화경을 일으킨 진자운의 전신이 몇 차례씩 강한 흔들림을 보였다.

냉여중의 권각을 화경의 끈적끈적하면서도 면면부절한 기운이 거친 광풍이나 파도를 몰아내듯 천지사방으로 튕겨내며 발생한 현상이었다.

"무당파!"

해연히 놀란 냉여중이 권각을 거두고 얼른 뒤로 물러섰다. 사량발천근이니, 이화접목이니하는 무당파의 기법은 그 역시 잘 알고 있었으나

직접 접하긴 처음이었다. 자신의 절학인 쾌풍칠십이연타를 모조리 튕겨내는 모습에 경악하지 않을 수 없었다.

진자운이 히죽 웃어 보였다.

"이게 바로 무당의 화경이오!"

냉여중의 귀면이 크게 꿈틀거렸다.

"무당에만 화경이 있진 않다!"

진자운이 밉살맞게 대꾸했다.

"하지만 무당의 화경은 다르지!"

냉여중의 전신으로 강렬한 기파가 뭉클거리며 일어났다. 검고 푸른 청록색 기운과 더불어.

"뭐가 얼마나 다른지 노부가 시험해 보겠다!"

진자운이 단천뢰심강을 운기하며 입가의 미소를 지웠다.

"얼마든지."

냉여중이 전신으로 뿜어낸 청록색 기파를 자신의 양 주먹으로 몰아넣고서 바람같이 달려들었다.

쉬악!

처음과 같은 환영 따윈 없었다. 단지 귓전을 스쳐 가는 강렬한 파공성의 잔음(殘音)만이 들려왔을 따름이다.

진자운은 그에 도망가지 않았다.

특별한 초식을 포기하고 일권파로 정면 승부를 건 것이다.

빠박!

두 개의 권이 부딪치며 뭔가가 박살나는 소음이 일었다. 단천뢰심강의 강력함이 냉여중의 권의 빠름을 분쇄했음을 선언하는 소리였다.

"크으……"

냉여중은 태어나 처음으로 권의 싸움에서 밀려 뒤로 주춤거리며 물러섰다. 그의 안색은 검게 물들고 있었다. 주먹에 잔뜩 운기하고 있던 독기가 진자운의 일권파에 밀려 오히려 역류해 들어왔기 때문이다.

그때 진자운이 그에게 다시 한걸음 다가갔다.

한번 잡은 기세는 결코 놓치지 않는 승부욕의 발동.

냉여중은 독기로 속이 메슥거리는 걸 참고 순간적으로 태산만하게 확대된 진자운에게 쌍권을 뿜어냈다. 초절정권사의 자존심을 건 일격!

그러나 순간 진자운의 탄슬반추가 그의 안면에 꽂혔다.

"끄… 어……."

마지막 경력이 담겼던 냉여중의 쌍권이 부르르 떨렸다.

쌍권에 담긴 힘은 폭발할 기회조차 얻지 못하고 흩어져 버렸다.

그때 한쪽 무릎을 꿇은 자세로 바닥에 착지해 있던 진자운이 천천히 자리에서 신형을 일으켜 세웠다.

당당하지만 씁쓸한 승자의 얼굴.

진자운이 앞으로 한 걸음을 내딛은 순간, 안면이 피투성이가 된 냉여중의 신형이 모래성처럼 무너져 내렸다. 그가 얼마 전 잔혹하게 쓰러뜨렸던 유청경과 다름없는 모습이었다.

'끝났군.'

내심 중얼거린 진자운이 신처럼 믿고 있던 냉여중의 죽음으로 완전히 전의를 상실한 독인들을 향해 사자후를 터뜨렸다.

"너희들의 수장은 죽었다! 나는 살귀가 아니니, 죽고 싶지 않은 자들은 지금 당장 무기를 버리고 투항하라! 투항하는 자들의 목숨은 내가 책임지고 살려주겠다!"

"우우……."

독인들 중 한어를 아는 자들 사이에서 커다란 동요가 일었다. 진자운이 보여준 엄청난 무력과 강인함이 만들어낸 기적이었다.

사실 오늘의 싸움은 이것으로 끝났다고 봐야 했다. 싸움터에서 수장과 전의를 잃어버린 병사들이란 오합지졸이나 다름없기 때문이다.

그때였다. 마치 독인들의 결정을 재촉이라도 하려는 듯 피투성이가 된 모용휘의 인솔 하에 청룡단이 돌아오고 있었다. 무시무시한 살기를 동반한 채로.

'제길, 싸움 다 끝나니 오는 건가?'

진자운은 모용휘를 향해 곱지 않은 시선을 던졌다. 그와 청룡단이 이곳에 있었다면, 백호단과 유청경이 거의 괴멸되는 피해를 입진 않았으리란 생각이 들었다.

물론 그는 자신이 뒤늦게 싸움에 뛰어든 것에 대해서 조금도 부끄러움을 느끼지 않았다.

이기지 못할 싸움에 끼어드는 것만큼 멍청한 짓은 없다는 게 그의 평소 지론이다. 다른 어떤 사람한테도 말하지 않고, 말할 수 없는.

'그런데 그 무시무시한 나머지 늙은이들은 어디로 간 거지?'

진자운의 시선이 사독종이 떠나간 방향을 향했다.

서서히 미명이 밝아오고 있었다. 새벽부터 계속된 싸움의 끝을 알리기라도 하려는 것처럼.

第五十七章 ◆ 사흘 오르는 자에겐 이유가 있다

산을 오르는 자에겐 이유가 있다

"후욱후욱……."

진육담이 숨결을 들이마셨다 내뱉을 때마다 주변을 감돌고 있는 독기는 점차 짙어지고 있었다.

절정의 독공!

그중에서도 경지가 자못 높은 지경에 이른 자가 독공삼매에 빠져 있는 광경임을 조금만 무공을 익힌 자라면 알 수 있는 모습이다.

물론 진육담이 지금 연마하고 있는 독공은 그저 그런 절정의 독공이 아니다. 천하독공의 지존이라 불리는 만독지존공의 연기편이었다.

당연히 그가 들어앉은 장소엔 지금 엄격한 경계가 펼쳐지고 있었다. 사람은 물론이거니와 개미새끼 한 마리 그의 연무 장소에 들어설 수 없었다.

그러한 명령을 내린 사람은 갈홍경이었다.

누가 감히 만독문의 진중에서 그의 명령을 어길 간담이 있겠는가!

그러나 세상에 절대란 없다.

그러한 사실을 증명이라도 해주려는 듯 진육담이 최후의 호흡을 들이켰을 때였다. 갑자기 그의 앞에 한 명의 복면인이 형태가 없는 유령처럼 모습을 드러냈다.

"감히 이곳까지 침투해 들어오다니, 대담하다."

진육담의 중얼거림은 그가 눈앞의 복면인을 잘 알고 있음을 짐작케 한다. 과연 그에 맞춰 복면인이 바닥에 고개를 숙여 보였다.

"한시를 다투는 정보가 있어 실례를 무릅썼습니다."

"내 흥미를 끌 정보가 아니라면……."

"스스로 죽겠습니다."

진육담은 그제야 반쯤 떴던 실눈을 크게 만들었다. 복면인의 등장에 처음으로 흥미를 나타낸 것이다.

"말해 봐라."

복면인이 얼른 고했다.

"육 호법이 광독살단을 회유하기 위해 나선 것 같습니다."

"육 호법이? 지금 육독종 전체가 사천정의련의 괴멸을 위해 움직이는 것으로 알고 있는데……."

"후방에 진을 친 광독살단의 진영에 들어선 육 호법의 행방이 묘연합니다."

"너 정도의 능력으로 육 호법을 미행할 순 없을 터인데, 어찌 확신을 하는 것이냐?"

"감입니다."

"……."

만약 다른 사람이 방금과 같은 중대한 일을 두고 '감'을 운운했다면 진육담은 당장에 수장을 휘둘렀을 것이다. 그의 수장은 피와 뇌수가 범벅이 됐을 터이고.

　　하지만 진육담이 아는 바, 눈앞의 복면인은 쉽사리 허언을 하는 사람이 아니다. 무공은 기껏해야 일류에 불과하나 잠입술과 은신술, 추종술은 만독문 내에서 첫째나 둘째로 손꼽힐 만했다.

　　게다가 또 한 가지가 있다.

　　복면인의 말을 진육담이 쉽사리 흘려들을 수 없는 건 그가 가진 뱀 같은 집요함과 끈기에 버금가는 운에 있었다.

　　보통 복면인과 같은 일을 맡는 자들의 경우 그 생명이 짧다. 아무리 뛰어난 실력을 가진 자라 해도 임무를 수행하는 동안 절대적인 위험에 노출되고, 감수하지 않을 수 없기 때문이다.

　　그러나 복면인은 그동안 수없이 많은 임무를 날카로운 이성과 본인의 능력으로 수행해 왔고, 가끔 '감'에 의지해 성공시키곤 했으며 여태까지 살아남았다.

　　그게 중요했다.

　　복면인이 맡는 임무의 경우 어떤 때는 머리나 경험만으론 설명할 수 없는 일이 존재했다. 감의 존재를 완전해 배제할 순 없다는 뜻이다.

　　자신의 수족으로 삼기 전, 복면인이 수행해 온 일들을 천천히 되짚어본 진육담이 실눈에서 섬광을 만들어냈다.

　　"너의 감을 믿는다면?"

　　"지금 당장 움직이셔야 합니다."

　　"광독살단을 치라는 뜻이냐?"

　　"광독살단을 후방에 놔두고선 대업을 이룰 수 없을 겁니다."

"흠."

진육담의 실눈이 천천히 감겨졌다. 뭔가 생각할 일이 생겼기 때문이다.

그리고 휘저어진 손 그림자.

"임무에 복귀하겠습니다."

복면인이 명을 받은 개와 같이 고개를 숙여 보이곤 땅속으로 천천히 꺼져 들어갔다. 마치 처음부터 그곳에 존재하지 않았던 것처럼.

'육 호법의 두 머리 속에 도대체 뭐가 들어 있는 것이지?'

진육담의 고개가 천천히 흔들려졌다.

*   *   *

달칵!

제갈효는 들고 있던 다구를 자신도 모르게 탁자 위에 떨궜다. 놀란 기색을 보여야 했기 때문이다.

"방금 전 전초 진지를 향해 가던 좌군이 심각한 타격을 입었다고 했는가?"

제갈효의 아침 차시간을 방해한 옥심이 얼굴 가득 비감한 표정을 지어 보였다.

"당가의 창웅비협 당인걸 대협을 비롯한 당가 정영 오십여 명과 아미파의 일대제자 십여 명, 그 밖에 군웅 이백여 명이 몰살을 당한 것 같습니다."

"그런……."

제갈효의 신선 같은 얼굴에 한 점 그늘이 떠올랐다. 누가 보더라도 깊은 애도와 비탄을 감내하는 현인의 얼굴이었다.

그에 옥심이 송구스런 표정을 지어 보이자 제갈효가 넌지시 질문했다.

"그래서 귀 파의 옥성 군사는 어떤 후속 대책을 내놓았던가? 사천의 지다성이라 불리는 옥성 군사라면 적절한 조치를 취하고 노부에게 연락을 취했을 터인데?"

"그게……."

"노부가 이미 생각하는 바가 있으니, 소사태는 숨김없이 말해도 될 것이네."

나이 사십에 소사태란 말을 들은 옥심이 낯을 가볍게 붉히며 대답했다.

"어째서인지는 모르겠지만, 옥성 사매는 급보를 듣자마자 당장 사천정의련의 정영들을 구하러 가려던 당천수 대협을 막았습니다."

"호오?"

"옥성 사매는 그 이유를 적의 성동격서(동쪽에서 소리 지르고 서쪽으로 공격한다)에 대비하기 위함이라 했습니다. 적은 이미 처음부터 정파 연합군의 전초 진지를 구원하기 위해 움직일 사천정의련에 대비한 함정을 짜놓고 빠지기만을 기다렸다는 것이지요."

"그렇군. 그래서?"

"옥성 사매는 일단 사천정의련에 남은 군웅들 전체를 모아서 세 세력으로 재편하고 적의 기습에 대비한 방어 진지를 구축했습니다."

"그전에 본래 사천정의련의 진지를 비웠을 터이고?"

제갈효가 깜빡 중간에 빼먹은 과정을 마치 엄격한 선생과 같이 지적하자 옥심의 안색이 다시 붉어졌다. 그리고 그녀는 눈앞의 총군사가 옥성과 자신 몰래 따로 연락을 주고받은 게 아닌지 잠시 고민했다.

그렇지 않다면 어찌 옥성 바로 옆에서 새벽에 벌어진 급박한 과정을 함께한 자신보다 더 정확하게 그때의 일을 파악할 수 있겠는가.

"혹시 총군사께서는 이미 옥성 사매에게 전황에 대한 연락을 받으신 것인지요?"

"소사태는 어찌 그런 의심을 품는 것인고?"

"총군사께서 말씀하신 대로 옥성 사매는 먼저 사천정의련의 진지를 비우게 했습니다. 적들이 양동 작전을 펼친다면 별동대의 급습이 있을 것이란 말을 하면서요."

"역시 그랬구만."

미미하게 고개를 끄덕여 보인 제갈효가 인자한 얼굴을 해 보이며 설명했다.

"노부는 소사태의 말을 듣고, 옥성 군사 정도의 기재가 있는 사람이라면 그 당시 그런 판단을 내렸으리라 짐작했을 뿐이네. 본래 이번에 적들이 사용한 성동격서와 같은 전법은 연환계(連環計:여러 가지 계책을 연결시킨다)를 기본으로 하는 게 옳은데, 그에 대응하기 위해선 반드시 공성계(빈 성으로 유인해 미궁에 빠뜨린다)와 지상매괴(우회적인 방법으로 겁을 준다), 상옥추제(지붕으로 유인한 뒤 사다리를 치운다)와 같은 수법을 겸용하게 된다네. 그렇지 않고선 이미 심각한 타격을 입은 상태에선 전멸을 막을 방도가 없어지는 것이지."

"그, 그렇군요……."

옥심은 괜히 질문했다고 자신을 자책했다. 병법에 문외한인 그녀로선 제갈효가 한 말을 절반도 채 이해할 수 없었다. 사실 그저 고개를 끄덕이는 것만이 그녀가 할 수 있는 유일한 일이라 할 수 있었다.

제갈효가 말했다.

"결과는 아마도 불승불패(不勝不敗)가 되었겠구만?"

"그, 그렇습니다. 옥성 사매의 말대로 새벽 안개가 걷히는 때, 일단의 독인들이 비워진 사천정의련의 진중을 습격해 들어왔습니다. 물론 옥성 사태가 설치해 놓은 몇 가지 함정이 발동하자 얼른 뒤로 물러섰습니다만……."

"물러서는 그들을 합공했는가?"

"이번에도 당천수 대협과 옥성 사매는 의견을 달리했습니다. 당천수 대협은 합공을 주장했지만, 옥성 사매는 일단 기다리자고 했습니다. 사천정의련을 치러 온 적의 숫자는 제법 많았지만, 진짜 고수는 보이지 않았다는 게 이유였지요."

"이번에도 옥성 군사가 이겼겠군?"

"예. 아니, 그런 게 아니라…… 당천수 대협은 옥성 사매의 설명을 듣고 자신의 주장을 철회했습니다. 일단 사매의 의견이 맞았으니 다시 한 번 맞을지도 모른다는 말을 하고서요."

'허허, 당가는 비록 이번 사천대전에서 엄청난 피해를 입었지만, 당천수란 아이가 있어 뿌리가 흔들리진 않겠구나. 역시 사천무림의 맹주는 그리 만만하지 않아.'

제갈효는 내심 미소 지었다. 당천수의 유연함과 분노를 참아내는 모습이 만족스러웠기 때문이다.

"그래서 그 후 진짜 적은 모습을 드러냈는가?"

"예, 옥성 사매의 말대로 엄청난 고수들이 모습을 드러냈습니다. 도저히 사천정의련의 현 전력으론 상대할 수 없을 정도로 막강한."

"그렇구만."

제갈효가 미미하게 고개를 끄덕여 보이자 옥심이 얼른 애처로운 표정을 지어 보였다. 그가 당장 사천정의련을 구하기 위한 계책을 내기를 그녀는 바라 마지않았다.

제갈효는 잠시 고민했다.

그는 이미 사천대전에 들어서기 전부터 사천정의련이 만독문의 제일 목표가 되리란 걸 직감하고 있었다. 사천무림의 총화라 할 수 있는 사천정의련만 무력해진다면, 운남의 패자 만독문은 설혹 사천대전에서 패퇴한다 해도 훗날을 기약할 수 있었다. 어쩌면 드넓고 강한 사천무림의 일각을 차지할 기회를 잡을 수도 있다고 볼 수 있는 것이다.

그런 점은 무림맹 역시 마찬가지였다. 만독문의 갑작스런 사천 침공으로 인해 결성된 사천정의련은 앞으로 정파의 수호자이자 대표를 자처해 온 무림맹의 위치를 위협하는 존재가 될 가능성이 높았다.

중천에 뜬 태양은 하나면 족했다. 그리고 안방에 호랑이를 키우면 반드시 화를 입게 마련이었다. 안방에 남겨진 먹잇감은 결코 두 마리 호랑이를 충분히 배불리 할 수 없었기 때문이다.

그러니 무림맹과 제갈효의 입장에선 이번 사천대전에서 만독문을 패퇴시키는 것 이상으로 사천정의련이 심각한 타격을 받는 게 중요했다.

무림맹의 총군사란 위치는 정마대전에서 정파를 승리하게 하는 것 이상으로 그 뒤에 벌어질 무림의 세력 판도 역시 생각해 놓아야만 한다.

제갈효는 눈앞의 옥심의 심장이 바짝바짝 타 들어가는 것에 아랑곳 않고 다향을 코끝으로 들이키며 시간을 끌었다.

그의 생각에 현재 사천정의련을 이끌고 있는 양 축은 후일 아미파의 장문인이 될 가능성이 높은 옥성과 당문의 당천수였다. 그 둘이 건재한 이상 사천정의련의 세력이 아무리 축소된다 한들 의미는 없다고 볼 수 있었다. 만독문 측 군사가 준비한 회심의 일격은 실패로 돌아간 것이다.

'만독문의 군사여! 어떻게 해서든 둘 중 하나를 이번 기회에 없앴어야 했어. 하지만 그렇게 못했으니, 이번엔 내가 그 둘에게 살짝 은혜를 베푸는 게 좋을 것이야.'

후룩!

다구에 든 찻물을 한 모금 마신 제갈효가 옥심에게 담담하게 미소 지어 보였다.

"이미 노부가 그런 일에 대비해서 우군 측에 정파 명숙들을 잔뜩 배치해 놨다네. 그리고 방금 전에 전초 진지 쪽에서 승전보가 날아왔으니, 바로 그들을 보내 사천정의련을 지원하게 할 터이니 소사태는 안심하게나."

"아아……."

옥심의 초조해하던 얼굴에 화색이 돌아왔다. 옥성이 정파 연합군의 진영에 보낸 사람은 다섯 명이 넘었다. 만독문의 방해를 고려한 조치였다.

결국 그중 살아서 정파 연합군 진영에 도착한 건 옥심 한 명뿐이었다. 사천정의련의 운명이 그녀의 작은 양 어깨에 달렸다고 봐도 무방했다.

그런데 결국 제갈효의 확답을 받았으니, 그녀는 이제야 비로소 평생 짊어졌던 것 중 가장 큰 짐을 내려놓을 수 있게 되었다.

기쁨과 함께 긴장이 풀린 옥심의 신형이 크게 휘청거렸다.

그녀 역시 그리 작지 않은 부상을 입은 상황이었다.

"제기랄!"

진자운은 태양이 떠오르는 것과 함께 얼굴에 철가면을 덮어쓰고 소리가 나도록 욕설을 터뜨렸다.

전초 진지에서의 싸움이 끝난 지 채 반 시진이 되지 않은 때였다. 성난 용과 호랑이 같은 활약을 보인 그 덕분에 불사단의 피해는 그리 크지 않았으나, 잔뜩 지친 상태였다. 전투의 흥분이 가시며 엄청난 피로가 밀려오는 건 당연한 일이었다.

한데, 갑자기 총사령부 측에서 생뚱맞은 명령이 떨어졌다. 이미 피를 피로 씻는 전투를 끝낸 불사단을 이끌고 사천정의련이 방진을 펼치고 있는 진산(進山)으로 출병하란 것이었다.

진자운은 당장 전령을 향해 못하겠다고 윽박질렀다. 그래서 전령이 뒤로 물러서면 어떻게든 수를 써서 이번 일에서 빠져나갈 생각이었다.

그는 차치하고, 연이은 전투에서 항상 험한 일을 도맡아 해온 불사단은 현재 피폐하기 이를 데 없었다. 절대 지금 다시 전투를 벌일 수 없는 상태였다.

하지만 연이은 전투에서의 대승리에 도취한 것인가?

당장에라도 피곤에 지쳐 쓰러질 듯하던 불사단이 또 다른 전투가 기다린다는 말에 함성을 질러대기 시작했다. 사그라지던 투쟁심이 다시금 살아나고 만 것이다.

그때 압도적인 수하들의 여론을 등에 업고 한쪽 눈이 시퍼런 철무한이 구환대도를 질질 끌며 진자운에게 걸어왔다. 불패무적의 불사단과 함께 더러운 운남의 독벌레들을 토멸하자는 흉측한 말을 서슴없이 입에 담았음은 물론이었다.

퍽!

멀쩡하던 철무한의 한쪽 눈이 마저 시퍼렇게 변했다. 진자운 앞에서 바보 같은 얼굴로 매우 선동적인 말을 지껄인 결과였다.

'이래서 바보들과는 같이 다니는 게 아닌 것을……'

진자운은 내심 한숨지으며 명령을 수락했다. 어쩌다 이런 바보들과 함께 얽히게 됐는지는 모르겠지만, 중간에 도망갈 순 없었다. 그에겐 아직 사천대전의 중심에 남아 있어야만 할 사정이 있었기 때문이다.

키릭!

진자운은 앞서 벌어졌던 일단의 촌극을 떠올리며 철가면의 고리를 단단히 걸었다. 이젠 밤의 장막이 완전히 걷혔으니, 싸움 중에 얼굴을 드러내선 안 되었다. 그때 앞서 척후로 보냈던 비마영(飛馬影) 추일이 펄쩍거리며 돌아왔다.

활짝 웃는 얼굴이 확실한 건수를 잡은 모양새.

"총단주, 진산 앞에서 적들이 열심히 불을 질러대고 있습니다."

"불을 질러?"

"화공으로 진산에 포진한 사천정의련의 방진을 부수려는 술책 같습니다."

"얍삽한 놈들!"

진자운이 투덜거리자 그의 뒤를 따르던 불사단이 일제히 목청을 높였다.

"얍삽한 운남의 독벌레들!"

"죽어서 구더기나 될 녀석들!"

진자운의 뒤를 양쪽 모두 시퍼렇게 변한 눈두덩을 하고 얌전히 따르던 철무한이 약간 당황한 기색이 되었다. 단주는 자신인데, 인기에서 완전히 진자운에게 압도당한 형국이 되었기 때문이다.

'망할 녀석들! 그동안 내가 사먹인 술이 얼마고, 입에 처넣어준 고기가 얼만데, 고작 두 차례 싸움으로 배신을 때리고 총단주에게 붙다니!'

철무한은 속으로 꿍얼거리면서도 결코 진자운 앞에서 불만의 표정을 지어 보이지 않았다. 그에게 다시 얻어맞고 싶지도 않았거니와 실제, 그가 사천대전에 임해 보여준 헌신적인 싸움에 깊은 감명을 받아서였다.

다른 사단과 달리 천하각지에서 모여든 오합지졸이 불사단이었다. 자칭, 타칭 창칼받이였다. 첫 전투에 최전방에 투입된 것만으로도 알 수 있는 사실이었다.

그러나 두 번의 피투성이 싸움을 거치며 살아남은 불사단원들의 가슴에는 깊은 자부심이 아로새겨졌다. 정파 연합군의 선봉이자 최강 부대에 속했다는 자부심이었다.

그들에겐 무적의 총단주가 있고, 자신들 역시 불패의 정예였다. 이제는 어떤 적들과 맞붙는다 한들 결코 지리란 생각은 들지 않았다.

승리는 불사단의 것이었다.

불사단에 속한 자들은 이제 단순한 무림맹의 창칼받이가 아니라 하나하나가 무림을 구한 영웅이었다.

그런 불사단원들의 마음을 단주인 철무한이 모를 리 없다. 그 역시 내심 그런 마음을 어느 정도 갖게 되었기 때문이다. 생사를 몇 번이나 넘기며 얻은 몇 안 되는 선물이었다.

'그러니 뭐, 어쩔 수 없는 일이지.'

철무한은 내심 쓰게 웃으며 고개를 가로저었다. 그때 추일의 보고를 받고 잠시 염두를 굴리던 진자운이 그에게 가볍게 손짓했다.

"무슨?"

철무한의 짧은 대답에 진자운이 '쓰!' 하고 살기를 담아 쏘아보았다. 그러자 철무한이 얼른 그 커다란 몸집을 비비 꼬며 굽실거렸다.

"총단주, 명령만 내려주십쇼!"

진자운의 눈이 흐릿한 미소를 만들어냈다.

"내 생각엔 사천정의련을 공격한 녀석들은 새벽에 사단의 전초 진지를 공격한 녀석들이 분명하다."

"그 엄청나게 강한 늙은이들이 있는……."

"그래, 갑자기 전초 진지에서 모습을 감춘 네 늙은이가 분명히 지금 눈앞에서 독수를 흔들며 산 정상을 향해 고래고래 소리를 질러대고 있을 거야."

"그렇다면 그건……."

"큰일이지. 그러니까 잠시 싸움을 피하고 상황을 지켜봐야겠다. 조금만 기다리면, 우군 측의 늙은이들이 달려와 열심히 싸워줄지도 모르니까."

"……."

진자운은 바로 대답하지 않고 침묵하는 철무한을 빤히 바라보다 순간, 성질이 나는 걸 느꼈다. 그나마 불사단의 다른 바보들과는 좀 다르단 생각에 불렀더니, 그 역시 또 다른 바보에 불과하단 생각이 들었기 때문이다.

"무슨 생각을 하는 거냐?"

철무한이 자신의 의견을 피력했다.

"총단주, 그들이 비록 강하긴 했지만, 우리 불사단은 총단주와 함께 오늘 새벽에 대승을 거뒀습니다. 그 늙은이들 중 한 명도 죽었고요."

"니가 죽였냐?"

진자운의 직설적인 물음에 철무한이 낯을 가볍게 붉혔다.

"물론 그 일을 한 건 총단주지만, 우리 불사단도 그에 동참했으니까……."

"불사단이 한 일이나 마찬가지라구?"

"…그렇지 않습니까?"

철무한의 목소리가 뒤로 갈수록 기어들어 갔다. 당장에라도 진자운이 무쇠 같은 주먹을 날릴 것만 같았기 때문이다.

진자운은 주먹을 거머쥐었을 뿐, 날리진 않았다. 대신 그는 눈을 한 차례 깜빡이곤 가벼운 장탄성을 토해냈다.

"물론 사천대전이 벌어진 후 연거푸 일궈낸 승리는 불사단의 공적이 분명하다. 그건 천하의 어떤 후레자식이라도 부인할 수 없는 사실이야. 하지만 세상의 뭇 소인배들이란, 무릇 공적이 있는 자를 시기하고, 어떻게라도 자신의 머리 위에 올라서는 자는 깎아내리게 마련이다."

"그거… 나도 압니다. 송나라의 악비 장군 같은 구국의 영웅이 간신배의 모함을 받아 억울하게 죽었지요."

"그래, 바로 그거야."

진자운은 아무렇게나 생각나는 대로 지껄인 자신의 말을 심각하게 받아들이는 철무한에게 얼른 맞장구쳤다. 이런 식으로 눈앞의 바보를 띄워서라도 무모한 싸움만은 피하고 싶었다.

철무한이 갑자기 분노한 표정이 됐다.

"그렇다면 지금 우리 불사단을 무림맹의 어떤 잡것들이 모함하고 있다는 겁니까?"

"그렇다고 볼 수 있지."

일부러 한 호흡 말을 띄운 진자운이 커다란 비밀이나 음모라도 알려 주듯 목소리를 죽였다.

"사실 불사단은 무림맹에서 이번 사천대전을 위해 급조한 창칼받이야. 다른 사단과 달리 명문정파의 제자가 한 명도 없는 것만 봐도 알 수 있는 사실이지. 그런데 그런 불사단이 사천대전의 초전부터 엄청난 활약을 보였다. 한차례 써먹고 버리려던 명문정파 녀석들의 입장에선 큰일이 난 거지. 그러니 그들이 불사단을 어찌 생각하겠어?"

"그야… 좋게는 보지 않겠지요."

"그냥 좋게만 보지 않는 게 아니라 눈엣가시처럼 생각할 거야. 이런 식으로 사천대전이 끝날 경우 불사단은 일약 무림을 구한 영웅이 될 테지만, 나머지 명문정파의 입장은 말이 아니게 될 테니까."

"그들이 똥이 된다는 겁니까?"

"단주씩이나 되는 녀석이 말은 가려하는 게 어때?"

급한 와중에도 철무한에게 한마디 면박을 주는 걸 잊지 않은 진자운이 말을 계속했다.

"그러니 그들, 명문정파의 입장에선 이번 사천대전에서 불사단 자체가 깨끗하게 없어지는 쪽이 좋은 거야. 죽은 자들에겐 어떤 영광이 돌아가든 상관없거든."

"……."

철무한이 아무리 우직하고 단순한 녹림의 사내라 하나, 진자운의 직설적인 설명에 뭔가 느끼는 바가 없을 리 없다.

그는 일시 머리끝까지 솟구치는 분노에 숨을 가볍게 헐떡거렸다. 머리가 화끈거릴 정도로 화가 치밀어 올랐는데, 그걸 어찌 해소해야 할지 갈피를 잡지 못하고 있었다.

진자운이 철무한의 고민을 간단명료하게 해결해 줬다.

"그래서 나는 신중히 생각한 끝에 앞으로 불사단만을 이끌고선 어떤 싸움의 선봉에도 서지 않기로 결정 내렸다. 불사단은 이번 사천대전이 끝날 때까지 반드시 살아남아야 하니까."

"총단주……."

철무한은 시퍼렇게 변색된 두 눈 가득 존경의 빛을 담고 달려들었다. 자신 역시 명문정파인 무당파의 제자이면서 하등 관계가 없는 불사단의 소외된 자들을 성심성의껏 챙겨주는 진자운에게 진한 감동을 받은 표정이었다.

그러자 살짝 한 걸음 움직여 철무한의 돌진을 회피한 진자운이 미미하게 고개를 끄덕였다. 간신히 눈앞의 바보를 자신이 원하는 대로 조종할 수 있게 됐다는 판단이었다.

"그래서 말인데, 불사단은 잠시 동안 진산을 돌며 상황을 보기로 한다."

"사천정의련을 돕지 말고 그냥 놔두자는 겁니까?"

"총군사 늙은이가 불사단만 보냈을 리 만무하잖아. 곧 우군 측의 늙다리들이 달려올 테니까 그들더러 오랜만에 운동 좀 하게 하면 되는 거야."

"그건 너무……."

"비겁하다고?"

"……."

"나, 원래 그런 거 무척 좋아해."

한마디로 철무한의 입을 완벽하게 닫게 만든 진자운이 불사단 쪽을 슬쩍 돌아봤다. 그곳에는 그의 표현을 빌자면, 주제도 모르고 잔뜩 의기충천한 바보들이 옹기종기 모여 있었다.

반 시진 후, 진산.

점차 중천을 향해 가는 태양을 슬며시 올려다본 만인류의 노안에 짜증스런 기색이 스쳐 갔다.

그를 비롯한 사독종은 새벽 안개 속에서 전초 진지를 구하기 위해 달려오던 사천정의련의 군웅들을 잔혹하게 살육했다.

피의 축제였다.

그들 중 고수가 없는 건 아니었으나 만인류를 비롯한 사독종의 상대가 될 수는 없었다. 싸움은 처음부터 일방적인 학살과 다름없었다.

해서 은연중에 만인류 등의 뇌리엔 사천정의련을 얕잡아 보는 마음이 생겨났다. 그들이 고수라 내세운 자들 중 당인걸 정도만이 그럭저럭 괜찮은 수준이었기 때문이다.

그러나 기세를 몰아 사천정의련의 본진을 기습한 만인류는 크게 쓴 맛을 봐야만 했다. 어느새 사천정의련의 본진에는 무수히 많은 함정만이 시퍼런 독아를 내보이며 남아 있었고, 뒤이은 역습은 매우 강력했다. 앞서의 압승을 잊게 만들 정도로.

만인류는 그쯤에서 물러설 것을 신중하게 고려했다. 이번 기습 작전의 최초 입안자인 찰루이가 말한, '족한 줄 알면 물러나라'란 말이 떠올랐기 때문이다.

하지만 오랜만에 잔뜩 피를 본 둘째 량운해와 다른 독종들은 크게 흥분해 있었다. 이미 만인류로서도 진퇴를 마음대로 결정할 수 없게 상황은 돌아가고 있었다.

'역시 족한 줄 알면 물러났어야 하는 것인가?'

만인류는 눈앞에서 산 정상을 향해 뻗어가고 있는 불길을 바라보며 나직이 혀를 찼다. 결국 진산에 포진한 사천정의련의 잔당을 힘으로 제압하지 못하고, 유치한 화공 따윌 사용하게 된 것이 못내 한심했다.

그때 그의 마음속 한 켠에 경각심을 울리는 경호성이 들려왔다.

"삼백 장 밖에서 급전(急箭)이 날아올랐습니다!"

"급전?"

만인류가 내력을 눈에 집중해 급전이 날아오른 쪽을 빠르게 살폈다.

그는 진산에 이르기 전, 정파 연합군의 응원군이 올 것에 대비해 매백 장마다 믿을 만한 수하를 남겨놨다. 기습을 하는 건 좋아하지만 당하는 건 사양하고 싶었기 때문이다.

량운해가 살기 어린 눈빛을 빛내며 말했다.

"고수들입니다. 소제가 수하 백을 데리고 가서 쓸어버리겠습니다."

"셋째도 데려가게."

만인류의 말이 떨어지자마자 육독종의 셋째인 음검혈도(陰劍血刀) 일치징이 슥 다가섰다.

젊은 시절 혀를 잘려 벙어리가 된 일치징의 무심냉막한 눈빛을 눈으로 살핀 만인류가 말했다.

"둘째를 도와라."

"……."

일치징이 고개를 끄덕여 보였다. 그러자 량운해가 일치징 쪽을 힐끔 바라보고 열심히 불을 지르느라 여념이 없던 수하 독인들에게 신호를 보냈다. 새벽의 학살로도 아직 목마른 그에게 또 다른 싸움이 시작된 것이다.

"쿨럭쿨럭, 산 밑의 적들이 두 패로 나뉘었습니다!"

희뿌연 연기 속을 헤치고 달려온 당문걸의 보고에 당천수는 평소의 오만한 표정을 되찾았다. 당문걸의 보고야말로 그가 지금까지 애타게 기다리고 있던 것이었다.

"늦었지만, 왔구나!"

당천수는 나직하게 중얼거리고 시선을 부근의 옥성에게 던졌다. 새벽부터 이어진 기습에 어쩔 수 없이 옥성의 의견을 따르긴 했으나 여전히 불만이 섞여 있는 표정.

가사 자락에 물을 적혀 연기를 피하고 있던 옥성이 조그만 목소리로 말했다.

"당 소협, 산 밑에 남은 적의 세력은 어느 정도인가요?"

슬쩍 당천수 쪽을 바라본 당문걸이 얼른 보고했다.

"대충 절반쯤 남은 것 같습니다."

"절반……."

당천수가 말을 받고는 눈에 정광을 담았다. 드디어 이 지옥 같은 곳에서 벗어날 때가 됐다는 판단이었다.

"당가와 아미, 청성의 삼 파가 선두에 서고, 나머지 군웅들이 그 뒤를 따른다면……."

"절반이 남았다면, 우리는 아직 더 기다려야 합니다."

"아직도란 말이오!"

당천수가 짜증스런 시선을 옥성에게 던졌다. 그의 생각에 옥성은 지나치게 신중해 보였다.

옥성이 얼굴을 가리고 있던 가사 자락을 조금 내려 헤지 어린 눈동자를 드러냈다.

"전초 진지를 구하기 위해 사천정의련에서 출발한 인원은 삼백오십이 명, 그중 절정고수가 다섯 명에 일류고수가 삼십팔 명이었어요."

"……."

"그들 모두를 몰살하고도 적은 그리 많은 피해를 입지 않았어요. 오히려 전의가 충천한 상태였지요. 공성계 이후 삼면에서 합공을 가했음에도 그다지 많은 피해를 입히지 못하고 오히려 뒤로 밀린 것만으로도 알 수 있는 일이에요. 그런데 당 대협은 이제 그 세력이 두 패로 나뉘었다고 이길 수 있으리라 보는 건가요?"

"사태, 우리가 이길 수 없다고 여기는 까닭은 또 무엇이오?"

"뒤를 찔려 합공을 당하게 된 상황에서도 적이 물러가지 않은 것으로 충분히 설명이 됩니다. 저들은 자신들의 세력을 두 패로 나눈 상태에서도 이길 자신이 있는 겁니다."

"으음."

당천수는 자신도 모르게 신음을 흘렸다.

그 자신이 사천무림의 영수인 당가의 최강 고수라는 자부심을 가지고 있었으나 사독종 중 한 명과 싸워 우세를 점할 수 없었다. 당가의 몇 안 남은 절정고수였던 당인걸이 감당하지 못한 건 극히 당연한 일이었다.

그러나 이제 진산은 거대한 불구덩이로 변해가고 있었다. 아주 치졸한 수법이나 당하는 입장에선 죽을 맛인 화공 앞에서 망설이고 있을 시간이 별로 많지 않았다.

'여태까지 옥성 사태의 말은 항상 옳았다. 틀린 적이 한 번도 없었고, 이번에도 그녀의 말은 맞을 것이다. 하지만 이미 구원이 온 상태에서 계속 이곳에서 웅크리고만 있을 순 없다. 조금만 더 지나면 고수급들은 몰라도 일반 무사들은 연기에 질식해 아예 전력에서 제외되고 만다. 지금 당장 결정을 내려야 한다.'

고민 끝에 마음을 결정한 당천수가 말했다.

"사태의 의견은 매우 타당합니다. 만약 지금 이 시점이 아니라면 본인은 이번에도 사태의 의견을 따랐을 겁니다. 하지만 지금은 더 이상 우리에게 남겨진 시간이 없소이다."

"당 대협은 패할 것을 알면서도 싸우러 나가시겠다는 건가요?"

"때론 그래야만 할 때도 있는 것이오."

"그렇군요."

옥성이 미미하게 고개를 끄덕여 보였다. 그리고 생각했다.

'역시 이후 사천무림의 부흥을 위해선 당 대협에게 중책을 맡겨야 하리라.'

옥성의 대답을 자신의 결정에 대한 동조로 생각한 당천수가 바로 명령을 내렸다. 여전히 삼 패로 나뉘어 방진을 고수하고 있던 사천정의련의 잔존 세력을 강력한 공격진 형태로 재편하기 시작한 것이다. 명예와 생존을 건 싸움을 위해서.

'사천무림은 결코 죽지 않는다!'

당천수가 앞으로 나서자 당문걸을 비롯한 당가 정영이 뒤를 따랐고, 그 좌우를 아미와 청성이 맡았다.

사(死)에서 생(生)을 구한다!

한 사람 한 사람의 뇌리 속에서 울리는 대의명제였다.

"진산에 포진한 독인들이 두 패로 나뉘었습니다!"

시시각각 기회를 노리며 진산 근방을 배회하고 있던 진자운의 입가에 히죽 미소가 떠올랐다. 드디어 그가 계속 기다리고 있던 상황이 전개되었기 때문이다.

"철 단주!"

진자운의 부름에 철무한이 득달같이 달려왔다.

부리부리한 두 눈에 담긴 살기.

진자운이 그 흉측한 얼굴을 지그시 바라보곤 그가 바라 마지않던 명령을 내렸다.

"전열을 정비해라! 독벌레들의 뒤통수를 치러 간다!"

"여산입니까?"

진자운이 대답 대신 고개만 끄덕여 보였다. 그것으로 충분하단 판단이었다.

"웃!"

진자운의 예상은 옳았다. 철무한은 짧은 기합과 함께 온몸의 근육을 몽땅 튀어나오게 만들었다. 잔뜩 응축됐던 살기가 몸 밖으로 삐져나올 듯 팽창한 것이다.

확실한 동기 부여의 효과!

철무한의 다소 과격한 공격 진세 재편을 물끄러미 바라보며 진자운 또한 가만히 숨을 골라 쉬었다. 새벽에 맞붙었던 냉여중과 같은 초절정고수가 상대라면 그라 해도 긴장할 수밖에 없었다.

'절대로 일 대 이로는 싸우고 싶지 않은데 말야……'

자신의 바람을 속으로 중얼거리는 진자운에게 철무한이 빠른 걸음으로 다가왔다.

"총단주, 공격 진형이 완전히 갖춰졌습니다!"

"흠."

진자운은 빠르게 불사단을 살피고 미미하게 고개를 끄덕여 보였다. 다른 사단과는 비교가 되지 못할 정도로 조잡한 진형이지만, 전의만은 하늘을 찌를 듯 충천해 있었다. 쉽사리 적에게 목숨을 내줄 것 같진 않아 보였다.

게다가 진자운은 진산으로 오기 전 한 가지 안배를 해놨다. 현음을 비롯한 무당파의 칠성검수들로 하여금 불사단의 후방을 맡도록 한 것이다.

혹시라도 일이 잘못 풀려 그가 이끄는 불사단이 적에게 뒤통수를 맞을 때를 위한 대비책이었다. 그는 남의 뒤통수를 치는 건 좋아하지만, 그 반대의 경우를 당하고 싶진 않았다.

슥!

일보를 떼어놓는 것과 동시에 불사단의 진형 앞에 다가선 진자운이 담담하게 말했다.

"제기랄, 개죽음만은 당하지 마라!"

"오오!"

불사단원들의 함성을 뒤로하고 진자운이 진산 쪽으로 신형을 돌려 세웠다. 언제나와 같이 최선봉을 맡은 것이다.

"진격!"

진자운의 눈짓을 받은 철무한의 일성에 불사단이 움직이기 시작했다. 이젠 죽이지 않으면 죽는 혈전만이 남아 있었다.

*　　　　*　　　　*

제갈효가 우군의 진산 투입을 결정했을 때였다.

광독살단의 진영에서 벗어난 찰루이의 여유로운 발걸음은 만독문의 본진으로 향하고 있었다. 두 개의 뇌를 가진 자란 별호대로 그는 보보마다 수십 가지나 되는 전술과 계책을 생각해 내고 다시 지워 나가고 있었다.

'쯧, 생각 같아선 이번 기회에 그동안 구상만 해왔던 모든 전술 전략을 몽땅 사용해 보고 싶지만, 상황이 여의치 않구나. 저쪽의 모사도 그러고 싶진 않을 테고.'

찰루이는 자신과 비슷한 위치라 할 수 있는 제갈효를 떠올리며 가볍게 고개를 흔들어 보였다.

제갈효가 지금쯤 새벽부터 이어진 만독문의 파상 공격에 대처하며 열심히 머리를 굴리고 있을 걸 생각하니, 나름대로 재미가 느껴졌다.

그 같은 부류의 사람에겐 이번 사천대전과 같이 온갖 계책과 책략을 총동원할 수 있는 전쟁만큼 즐거운 도락은 없었다. 제갈효 또한 다르지 않을 건 자명한 사실이었다.

빠르게 진의 중심으로 다가가며 찰루이는 연신 손에 쥔 철죽선을 펼쳐 얼굴을 부치며 자신의 입가에 매달린 미소를 감췄다. 남들 싸움 붙여놓고 몰래 웃는 자신의 취미를 남들에게 들킬 것을 저어한 것이다.

그때 그의 앞을 가로막는 그림자가 있었다.

"육 호법께서는 걸음을 멈춰주십시오!"

대략 오십대 중반의 나이에 적당히 살이 붙은 얼굴을 한 평범한 인상, 찰루이의 발길을 멈추게 한 목소리의 주인공은 자연스럽게 살기를 쏘아 보냈다. 말투는 정중했으나 자신의 말에 따르지 않으면 당장 찰루이와 피를 보겠다는 의지를 여실히 드러내 보이고 있었다.

"경산지호(耿山之虎)!"

찰루이가 슬며시 눈웃음을 보이자 만독문 서열 이십위의 문주 호위대장 조추규가 미미하게 고개를 끄덕여 보였다.

만독문의 총단이 있는 애뇌산의 옛 이름이 경산이다.

그래서 대대로 만독문의 문주인 독존을 경산지주(耿山之主)라 부르곤 했으니, 따로 경산심독(耿山心毒)이란 별호를 지닌 조추규에게 경산지호란 대단한 칭찬이나 다름없었다.

조추규가 쏟아낸 살기가 현저히 줄어들자 찰루이가 느긋한 표정으로 말했다.

"나는 잠시 경산에 올라 경산지주를 만나러 왔네."

"경산지주께서는 오늘 육 호법님을 접견하겠다는 명령을 내리신 바가 없습니다만?"

"허허, 본시 산을 오르는 자에겐 이유가 있는 법이라네. 어찌 자네는 산에 올라 경산지주께 보고를 올리는 걸 꺼려하는 건가?"

"……."

찰루이가 한 말은 만독문 내에서도 꽤 나이를 먹은 사람들 외에는 잘 모르는 옛 고사를 인용한 것이었다.

과거 애뇌산이 경산으로 불렸을 때의 일이다.

만독문의 삼대 독존인 십지독마(十地毒魔)를 암살하기 위해 중원에서 일단의 살수를 보내왔다. 절대독경을 이룬 십지독마에게 위협을 느꼈기 때문이다.

그러나 당시 십지독마에겐 암흑의 모사라 불리는 사뇌아(邪腦爺)란 명군사가 있었고, 그는 위기에 빠진 십지독마를 마지막 순간에 구해낼 수 있었다.

그때 그는 실수의 이목을 피하기 위해 십지독마를 경산지주라 하고 처소를 경산이라 했는데, 산을 오르는 자에겐 이유가 있다는 말로 호위를 불러 모아 살행을 막아낼 수 있었다.

그 같은 사실을 모를 조추규가 아니다.

그는 경산지주 운운의 소리를 들었을 때 이미 수하들에게 몰래 신호를 보내 주변의 경계를 강화시켰다. 그리고 시간을 끌며 주변을 세심하게 살폈다. 머리 좋기로 소문난 찰루이가 쓸데없이 옛 고사를 들먹이진 않았으리라 생각했기 때문이다.

'하지만 본래 독존께서 거하는 이곳은 그야말로 만독문 군진의 핵심이다. 어찌 이곳까지 살수가 숨어들 수 있단 말인가? 아마도 육 호법은 단지 자신의 방문이 옛 고사의 일처럼 중요하다고 말한 것임에 분명하다.'

재빨리 머리를 굴리고 찰루이의 안색을 살핀 조추규가 전음으로 후방의 호위에게 명령했다. 갈홍경에게 일단 찰루이의 방문과 언사에 대해 보고하는 게 옳겠다는 판단이었다.

갈홍경의 대답은 금세 돌아왔다. 수하의 전음을 통해 갈홍경의 명령을 전달받은 조추규가 찰루이에게 정중하게 허리를 숙여 보였다.

"육 호법께서는 경산으로 오르시지요."

"고맙네."

찰루이는 일부러 옛 고사를 들먹인 효과를 봤다는 생각과 함께 갈홍경이 기거하는 막사를 향해 멈췄던 걸음을 옮겼다. 이제 그가 그동안 머리 속으로 짜놓은 일들 중 가장 재미있는 부분이 시작되려 하고 있었다.

第五十八章

강함과 부드러움은 본시 하나이다

"산을 오르는 자에겐 이유가 있는 법이라고?"

갈홍경은 찰루이를 보자마자 단도직입적으로 질문을 던졌다. 그가 과거 만독문의 문주가 되기 전 가장 제압하기 힘들었던 건 육독종의 으뜸인 만인류가 아니라 막내인 찰루이였다.

마도인들이 대부분 그렇듯 철저한 강자존의 원칙을 지지하는 만인류와 달리 찰루이는 '그런 건 개에게나 던져 줘!' 라 당당히 말하는 자였다. 한마디로 말해 집 안에서 기를 수 있는 '개' 가 아니라 사나운 '늑대' 와 같은 자라 할 수 있었다.

갈홍경의 녹색 절대독안과 맞닥뜨린 찰루이가 얼굴을 절반쯤 가리고 있던 철죽선을 착 하고 닫았다. 그가 아는 바 천하에서 가장 강하고 고독한 절대자에 대한 존경의 뜻을 보이고자 함이었다.

"독존의 절대독안은 삼십 년 전이나 지금이나 달라진 게 없어 보입니다."

"칭찬인가?"

"칭찬입니다."

갈홍경의 강퍅한 입매무새가 살며시 호선을 만들어냈다. 찰루이가 모사가이긴 하나 입바른 소리를 잘 하는 성격이 아님을 그는 잘 알고 있었다.

그때 갈홍경의 기분 좋은 미소를 찰루이가 바로 사라지게 만들었다.

"이젠 슬슬 독존께서는 결단을 내리셔야 할 시간이 된 것 같습니다."

"결단을 내릴 시간?"

"영광으로 점철됐던 삶을 계속 이어가실지, 이젠 그 끝을 내실지에 관해서입니다."

"건방진 말!"

갈홍경은 다른 수하들을 공포에 짓눌리게 만들었던 패도를 몸 밖으로 드러내지 않았다. 다만 눈을 조금 가늘게 뜨고 찰루이를 노려봤을 뿐이다.

그것만으로도 충분한 위협이 된 것일까?

찰루이가 슬며시 고개를 숙여 그와 시선 마주치기를 거부했다. 그 점이 마음에 든 듯 갈홍경의 표정이 평상시로 돌아왔다.

"얼마만큼 알고 있는 것이냐?"

찰루이가 숙였던 고개를 다시 바로 했다.

"천하에서 독존을 긴장시킬 만한 자는 이미 세상에 없다는 것과 정파의 늙은 모사가는 충분히 비열하다는 것, 정도입니다."

"크크큭!"

갈홍경의 입을 뚫고 유쾌한 괴소가 흘러나왔다. 그 역시 제갈효를 그리 생각하고 있었기 때문이다.

찰루이가 말을 이었다.

"그렇기 때문에 지금부터 독존께서는 결정을 내리셔야 합니다. 제 생각엔 이미 결정을 내리신 것 같습니다만."

"……."

잠시 침묵하는 갈홍경을 찰루이는 그냥 지켜봤다. 그에게 시간이 필요하단 걸 알고 있기 때문이다.

갈홍경이 침묵을 깼다.

"육담을 어찌 보지?"

"몇십 년 동안 자신의 야망을 숨기고 색혼독공을 완성한 자입니다. 그리고 엽일랑처럼 미치지도 않았습니다. 독존의 선택은 나쁘지 않다고 봅니다."

"엽일랑, 엽일랑……."

"엽일랑은 미쳤습니다. 그런 자에게 후대를 맡길 순 없는 게 당연합니다."

"그렇지만 그는 육담에게 고개를 숙이진 않을 것이다."

"그렇다면 방법은 하나뿐이지요."

"하나뿐이라……."

갈홍경이 손가락으로 자신의 볼살을 살짝 긁었다. 고민이 됐다. 그러자 찰루이가 그의 고민을 해소시켜 줬다.

"진육담에게 본진을 맡기고 독존께서는 광독살단과 독왕친위대(毒王親衛隊)를 이끌고 정파 연합군의 중군과 당당히 맞서십시오. 이미 전초 진지의 사단은 심각한 타격을 입었고, 좌우 양군을 맡은 사천정의련과 정파의 늙다리들은 오독종의 강격을 막느라 정신이 없을 겁니다."

"각원 맹중과 일 대 일 승부를 벌일 수 있는 기회는 이번뿐이란 뜻이군. 그 계획을 입안한 사람은 찰루이 자네일 테고?"

"최소한 만독문이 이대로 비참하게 중원에서 물러설 순 없으니까요. 독존께서도 여태까지 그 점을 염려하신 게 아닙니까?"

"……"

"또 가능성이 거의 없는 일이지만, 제갈효의 말을 정파의 맹주와 또 다른 구주 이십오성 중 한 명이 듣지 않는 일이 벌어질 수도 있습니다. 독존께서 그 두 사람을 한꺼번에 상대해서 이길 가능성도 완전히 배재할 수 없는 노릇이고요."

"그거야말로 아예 가능성이 없는 일이로군."

"그렇진 않습니다."

"……"

"저는 여전히 독존께서 천하무적임을 믿고 있으니까요."

찰루이는 더 이상 말하지 않고 허리를 정중히 숙여 보였다. 그가 오랫동안 자신의 이상이라 여겨왔던 절대의 무인에게 보내는 존경의 의미였다.

정오.

독효 갈홍경이 탄 사인교를 선두로 하고 광독살단을 후위로 한 만독문의 중군이 움직이기 시작했다. 목표는 새벽 무렵에 이미 한차례 혈풍을 감당해야 했던 정파 연합군의 전초 진지였다.

사천대전의 종막, 드디어 시작된 것이다.

　진자운이 이끄는 불사단이 진산에 도착했을 때, 이미 그곳은 피를 피로 씻는 싸움터로 변해 있었다. 그의 예상보다 사천정의련의 반격이 빨랐음이다.

　진산에서 방진을 풀고 공격에 나선 사천정의련과 만독문의 독인들은 누구 하나 할 것 없이 피투성이로 변해, 죽이고 죽는 일을 반복하고 있었다. 뒤늦게 전장에 뛰어든 불사단에게 누구 하나 신경 쓰지 못할 정도로 격렬한 싸움이었다.

　'걱정했던 것보단 낫군, 일방적으로 당하고 있진 않으니까.'

　재빨리 전장을 살핀 진자운은 내심 안도의 한숨을 내쉬었다. 그의 예상과 달리 갑작스레 기세를 타고 공격에 나선 사천정의련은 만인류가 이끄는 만독문의 독인들에게 크게 밀리지 않고 있었다.

　만인류와 육독종의 넷째인 독마수(毒魔手) 소일흠이 연달아 살수를 뿌려대고 있긴 하나 나머지 독인들은 사천정의련의 선진에 선 일류고수들을 막는 데 역부족이었다.

　그들은 연달아 피를 뿌리고 있었다. 사천정의련에 육독종에 맞설 초절정고수는 없으나 일류고수의 숫자는 꽤나 많이 있기에 가능한 일이었다.

　그 와중 인해전술로 만인류와 소일흠을 상대하던 사천정의련 쪽에서 당천수와 단연경이 앞으로 나섰다.

　사천정의련의 최강고수들!

　그들은 죽음을 담보 삼아서라도 만인류와 소일흠을 상대하려 했다.

일수에 한 명씩의 일류고수를 황천으로 보내고 있는 만인류와 소일흠을 그냥 놔둘 수 없다는 판단을 내린 것이다.

세 차례 장력을 뿜어내 앞을 막아섰던 청성도사 한 명을 고깃덩이로 만든 만인류가 그 모습을 확인했다. 그의 입에서 흐릿한 미소가 흘러나왔다.

"당가의 어린애로구나! 일수에 천 개의 암기를 뿌릴 수 있다던데, 어디 얼마나 실력이 뛰어난지 보자구나!"

노인이 어린애를 어르는 듯한 말이다. 자존심 강한 당천수로선 결코 좌시할 수 없는 게 당연한데, 그는 침중한 표정을 짓고 있을 뿐 반박의 말을 내뱉지 못했다. 초절정에 근접한 고수인 그는 눈앞의 만인류가 얼마나 막강한지 잘 알고 있었기 때문이다.

'당가의 수백 년 영명이 오늘로 끝날지도 모르겠구나!'

당천수는 만인류에 대한 두려움보다 근본인 당가보를 잃은 자신의 가문을 먼저 걱정했다. 당가보를 잃고 가장 강했던 분가를 대부분 잃어버린 당가에 남은 유일한 것은 사람과 수백 년간 쌓아 올린 자존심뿐이었다.

앞의 것을 지키기 위해선 지금 당장 당천수는 싸움터에서 달아나 삶을 구해야만 할 것이나, 뒤의 것은 그에게 명예로운 죽음을 원했다. 실리적으로 보면 앞의 것을 취해야 할 것이나, 당천수는 그렇게 할 수 없었다.

절대 포기할 수 없는 가치!

당가가 수백 년간 사천무림의 맹주로 군림해 올 수 있었던 자존심이야말로 자신이 지켜야 하는 것이라 생각했기 때문이다.

'뒤의 일은 남은 자들에게 맡기면 된다. 나는 그저 바로 이 순간 가문의 자존심을 지키는 데 최선을 다할 뿐이다!

당천수의 양 어깨가 마치 탈구라도 된 것처럼 땅으로 늘어졌다. 온몸의 근육을 이완시키고서야 펼칠 수 있는 당가 최고의 절학, 천혼암향표(千魂暗香標)의 기수식에 들어간 것이다.

'천혼암향표?'

만인류의 노안에 가벼운 이채가 떠올랐다. 당가의 암기술 중 전설이란 이름이 붙는 몇 가지가 있는데, 그중 하나가 천혼암향표임을 그는 알고 있었다. 그 전설이 자신의 눈앞에 서 있는 당천수에 의해 펼쳐지려 하자 긴장을 느끼지 않을 수 없었다.

"당가를 직접 짓밟지 못해 서운했는데, 잘됐구나!"

"노독물, 그 말 후회하게 될 것이다!"

당천수의 짧은 일성과 함께 그의 축 늘어져 있던 양손이 환상처럼 수십 개로 늘어났다. 천수표란 별호가 괜히 붙여진 게 아님을 알 수 있는 모습이었다.

파파파파팟!

순식간에 파고든 수십 개의 암전표.

만인류의 노안 깊은 곳에서 짧은 섬광이 일어났다.

만인류와 오 장가량 떨어진 채 학살을 즐기고 있던 소일흠에게 단연경이 신검합일된 상태로 날아들었다. 당천수와 만인류 간의 싸움에 소일흠이 끼어드는 걸 용납할 수 없었기 때문이다.

그러나 소일흠은 처음부터 두 사람의 싸움에 끼어들 생각이 없었다. 만인류가 당천수 같은 애송이에게 패하리란 생각을 그는 애초에 하지 않고 있었다.

"건방진 백족 녀석!"

단연경의 점창검법을 보고 바로 그의 사문 내력을 눈치챈 소일흠의 쌍수가 검푸른 기운을 뿜어냈다.

그리고 직격!

신검합일 한 상태였던 단연경이 푸른색 검기에 둘러싸인 채 뒤로 되튕겨져 날아갔다. 소일흠의 쌍수에서 뻗어져 나온 검푸른 기운을 돌파하지 못한 것이다.

"강기……."

단연경은 착지와 함께 검을 든 오른팔을 가볍게 떨어 보였다. 이미 적지 않은 타격을 입은 게 분명해 보였다.

소일흠이 입가에 잔혹한 미소를 내비치며 말했다.

"노부의 독마강기(毒魔罡氣)에는 삼보추혼독(三步追魂毒)이 포함되어 있다. 그 자리에서 세 걸음만 걸어보아라."

"세 걸음을 걷기 전에 내가 죽는단 말인가?"

"글쎄?"

소일흠은 단연경에게 천천히 걸어갔다. 그가 절대로 자신을 피해 움직이지 못하고 죽음을 맞으리란 확신을 내비치는 행동이었다.

그러나 그의 예상은 절반만 맞았다.

단연경은 움직이지 않았지만, 죽음을 맞지도 않았다. 전장을 냉철하게 살피던 진자운이 절체절명의 위기에 빠진 단연경을 구하기 위해 드디어 싸움에 끼어들었기 때문이다.

파콱!

제운종으로 공중에서 회전을 하며 떨어져 내린 진자운의 자오원앙각에 소일흠은 재빨리 뒤로 물러섰다. 자오원앙각에 담긴 경력이 보통이 아님을 알 수 있게 하는 모습이다.

진자운은 단연경 앞에 떨어져 내린 후 소일흠에게 손가락을 흔들어 보였다.

"늙은이, 잘난 척은 여기까지야!"

진자운의 목소리를 들은 단연경의 매 같은 눈에 이채가 떠올랐다.

"자네는……."

진자운이 웃음 담긴 목소리로 대답했다.

"단 대협, 회포는 나중에 풀도록 합시다."

"……."

단연경이 입을 닫았다. 그러자 진자운이 쌍수에 독마강기를 일으킨 소일흠에게 바로 신형을 날렸다.

천혼암향표로 만인류를 상대하고 있는 당천수의 암기가 떨어지기 전에 소일흠과의 승부를 끝내야만 한다는 판단이었다.

쩌릉!

진자운의 일권파를 정면에서 맞받은 소일흠의 신형이 가볍게 흔들렸다. 진자운의 일권파에 실린 건 평범한 권경이 아니라 단천뢰심강이었기 때문이다.

"철면의 총단주……."

비로소 진자운의 정체를 눈치챈 소일흠이 신음하자 진자운이 벼락 같은 자오원앙각과 함께 대답했다.

"만독지체라 웬만한 독에는 중독도 되지 않는 총단주올시다!"

소일흠은 이미 단천뢰심강에 내상을 입은 상태에서도 자오원앙각의 여섯 개 변화를 모조리 피해냈다. 그가 보통의 그저 그런 고수가 아님을 보여주는 모습이었다.

진자운은 물론 그런 자와 싸우는 걸 싫어한다. 이기기 힘들기 때문이다.

'만독문엔 정말 지겹게도 고수가 많아!'

진자운의 오른 발끝이 살짝 바닥을 찍었다. 그러자 그의 신형이 사람 머리 높이만큼 풀쩍 뛰어올랐다. 지검무 태극중 육지능파(六指陵波)를 펼치기 직전의 모습.

파파팟!

진자운의 손가락이 물결처럼 움직인 순간, 소일흠의 신형이 재빨리 뒤로 젖혀졌다. 진자운이 쏟아낸 지강(指罡)을 감당치 못하고 굴욕적인 철판교를 펼친 것이다.

그 순간 진자운의 신형이 공중에서 용과 같이 한차례 똬리를 틀었다. 제운종의 변초 중 하나인 잠룡운신(潛龍運身)!

진자운은 무릎을 세운 채 그대로 소일흠의 목젖을 찍었다. 체내의 진기를 회전시켜 얻은 급격한 낙하력을 만근추로 전환해 초절정고수의 목뼈를 부러뜨리는 데 사용한 것이다.

뻐걱!

소일흠은 비명조차 지르지 못하고 즉사했다. 마도무림에 명성이 자자했던 만독문의 육독종 중 일인치고는 꽤나 비참한 최후였다.

"넷째야!"

당천수의 천혼암향표를 절반쯤 즐기는 기분으로 상대하고 있던 만인류의 입에서 비통한 노호가 터져 나왔다.

파파파파파!

그가 신경을 분산시킨 틈을 타 당천수의 손을 떠난 암전표가 빛살같이 파고들었다.

　어찌 보면 결정타를 먹었다고도 할 수 있을 듯한 모습!

　그러나 내심 주먹을 불끈 쥐었던 당천수의 안색이 일순 경악으로 물들었다. 그의 모든 역량이 결집된 암전표들의 속도가 갑자기 현격하게 떨어지더니, 모조리 만인류의 수중으로 빨려 들어가 버린 것이다.

　"어, 어찌 이런 일이……."

　만인류는 수중의 암전표를 단숨에 가루로 만들고 당천수를 향해 아무렇지도 않게 손을 흔들어 보였다. 무지막지한 무형의 강기를 담아서.

　콰직!

　당천수의 오른팔이 갑자기 흔적도 남기지 못하고 폭발했다. 최후의 순간 위기를 느낀 당천수가 손을 들어 만인류가 쏘아 보낸 암경을 받아낸 결과였다.

　"크헉!"

　고통에 물든 얼굴로 폭발한 오른팔을 감싸 쥐고 주저앉은 당천수 쪽을 힐끔 바라본 만인류가 나직이 중얼거렸다.

　"운이 좋은 놈이구나."

　"……."

　만인류는 당천수에게서 관심을 끊고 바로 신형을 날렸다. 그의 다음 목표는 물론 소일흠을 죽인 진자운이었다.

　'눈에 보이지 않는 강기라…….'

　진자운은 소일흠을 상대하는 와중에도 만인류 쪽을 살피고 있었다. 그가 소일흠과는 격을 달리하는 고수임을 본능적으로 느끼고 있었기 때문이다.

그런데 그가 갑자기 당천수를 한 번도 본 적이 없는 무형의 강기로 쓰러뜨렸다. 긴장을 느끼지 않는다면 그것이야말로 거짓말일 터였다.

"단 대협, 검 좀 빌립시다!"

"얼마든지."

단연경의 응낙이 떨어진 순간, 그의 손에 들려 있던 검이 한차례 경련을 일으키더니 번개같이 진자운에게로 날아갔다. 한 가닥 눈에 보이지 않는 진기가 검을 낚아채 간 것이다.

"이기어검술……."

단연경은 자신도 모르게 입을 벌렸다. 평생 검을 연마해 왔던 절정 검객인 그에게 있어 이기어검술이란 꿈이자 목표 그 자체였기 때문이다.

진자운은 단연경의 검을 손에 쥐고 가볍게 무게를 가늠해 봤다. 과거 사용했던 삼아검만큼 손에 익진 않지만, 절정검객의 검인만큼 충분히 훌륭한 검기를 뿜어내고 있었다. 그만하면 마음껏 태극혜검을 사용해도 될 듯싶었다.

지익!

수중의 검을 휘둘러 진자운은 자신의 주변에 작은 검막을 만들어냈다. 혹시라도 만인류가 당천수를 쓰러뜨린 무형 강기를 바로 펼쳐 낼 것에 대한 대비였다.

만인류는 그렇게 하지 않았다.

진자운이 검을 손에 들자마자 일으킨 하늘을 찌르는 검기를 그의 본능은 충분할 정도로 느꼈다. 쉽지 않은 상대란 생각이 그의 흥분됐던 기분을 싸늘하게 가라앉혔다.

슥!

진자운이 검기를 뿌려 만들어놓은 전장 한복판의 공터에 떨어져 내린 만인류의 노안이 꿈틀거렸다.

"철면의 총단주? 어찌 엽일랑의 광독에 중독되고도 아직까지 살아 있을 수 있는 것이지?"

진자운이 히죽 웃었다.

"그건 내가 잘생겼기 때문이오."

"얼굴을 그런 흉측한 철가면으로 가린 자가?"

"세상의 엄청나게 많은 미인가녀들이 내게 반해 상사병을 앓게 될까 봐 어쩔 수 없이 취한 조치일 뿐이오."

"홍, 그 입담만큼 실력이 되는지 노부가 시험해 봐야겠군."

"얼마든지."

진자운은 검봉을 한차례 돌려 만인류를 가리켰다. 방탕한 탕자같이 만인류를 희롱하는 듯한 모습이나, 실제론 태극혜검의 중검무봉을 실은 엄격한 검기였다.

"중검이라? 제법 검을 아는 자로구나!"

만인류가 자신의 호신강기를 압박해 들어오는 중검무봉의 검기를 느끼고 살짝 신형을 옆으로 이동시켰다. 그리고 가볍게 펄럭인 소맷자락.

콰릉!

진자운은 흔적도 없이 다가와 폭발을 일으킨 무형강기에 놀라 풀쩍 뒤로 신형을 날렸다. 미리 당천수와의 싸움을 목도하지 못했다면 낭패를 당했을 만한 상황.

'제길, 소맷자락이 흔들리는 것밖엔 보지 못했는데…….'

진자운만큼 만인류도 놀랐다. 그의 삼대절학 중 하나인 무형무흔강(無形無痕罡)은 여태까지 단 한 번도 적을 놓쳐 본 일이 없었다. 독효 갈홍경조차 자신의 호신강기로 버텨내고 반격을 가했을 정도였다.

하물며 목소리로 미뤄 새파랗게 젊어 보이는 진자운이 피할 수 있다니!

'있을 수 없는 일이다!'

만인류는 다시 무형무흔강으로 진자운을 공격했다. 그가 다시 피할 수 있을지를 확인하기 위함이었다.

스윽!

진자운은 이번에도 손쉽게 피해냈다. 다시 만인류의 소맷자락이 흔들림을 보였기 때문이다.

만인류는 바로 자신의 실책을 깨달았다.

'이런 바보 같은…….'

만인류가 자신의 쌍수 주변의 진기를 칼날처럼 만들었다.

촤촤촤악!

그의 쌍수를 떠난 진기의 칼날들이 소맷자락을 모조리 찢어발겼다. 그는 두 번의 공격으로 진자운의 시선이 자신의 소맷자락만을 주시하고 있었음을 눈치챌 수 있었다.

그러자 진자운은 자신이 난감한 상황에 빠졌음을 인정하지 않을 수 없었다. 만인류의 무형강기를 피해낼 방도를 완전히 잃어버린 것이다.

'여우 같은 늙은이!'

진자운이 바로 검을 눈 위쪽까지 들어올렸다. 단천일검으로 단숨에 승부를 결하려는 의도.

만인류로선 피할 까닭이 없었다.

이제 진자운으로선 절대 자신의 무형무흔강을 피해낼 수 없을 터였다. 오히려 도망가지 않고 정면 승부를 걸어주는 게 고마울 지경이었다.

"와라!"

만인류의 노인답지 않은 패기가 넘치는 일갈에 진자운이 검봉을 살짝 흔들어 보였다. 자신이 너무 겁을 먹어 검마저 떨게 됐다는 대꾸였다.

그리고 앞으로 내딛어진 반보!

진자운은 검봉을 마구 흔드는 걸 끝낸 것과 동시에 지축을 강하게 찍었다. 중검무봉이 단천일검으로 바뀌는 순간이었다.

번쩍!

진자운의 단천일검과 만인류의 무형무흔강이 정면으로 충돌했다. 엄청난 굉음과 동시에.

"관세음보살!"

옥성은 철가면을 쓴 진자운을 한눈에 알아보고 나직이 불호를 외웠다. 그와 불사단의 갑작스런 합류가 불존의 선물이란 생각이 들었기 때문이다.

물론 그녀 같은 뛰어난 군사가 갑작스레 변한 전황에 대처하지 못할 리 없다.

그녀는 재빨리 사천정의련의 고수들을 재편해서 불사단과의 원활한 합공에 기여했고, 중상을 입은 당천수를 사지에서 구출해 냈다.

당천수는 앞으로 만독문의 사천 침공으로 붕괴된 사천무림을 그녀와 함께 이끌어갈 중요한 인물이었다. 이런 곳에서 헛되이 죽게 할 순 없었다.

불사단과 사천정의련의 합공 아래 만독문의 독인들을 차례차례 제압되어 갔다.

다소의 희생이 있었지만 그다지 크진 않았다.

독인들을 이끌던 두 명의 육독종 중 한 명은 죽고, 다른 한 명은 진자운에게 붙잡혀 있었다. 심리적인 공황 상태에 빠진 독인들을 차례차례 제압하는 건 옥성에겐 일도 아니었다.

그러는 동안 진자운과 만인류의 싸움은 점차 절정을 향해 치닫기 시작했다. 초절정고수들만이 보일 수 있는 강기공의 대결에 들어간 것이다.

쾅!

진자운은 단천일검으로 만인류를 뒤로 물러서게 만든 후 단천뢰심강을 검강의 형태로 바꿨다.

진자운의 검봉에 맑은 가을 하늘 같은 검강이 형성되었다.

육 척!

진자운이 현 상태에서 만들어낼 수 있는 최장의 검강이었다. 그리고 그 위력은 상상을 훨씬 뛰어넘을 게 분명했다.

'지겨운 늙은이, 이쯤에서 끝내자구!'

진자운은 자신의 단천일검을 무려 세 차례나 무용지물로 만든 만인류에게 치를 떨며 중검무봉을 펼쳤다. 늙어 바짝 말라비틀어진 고목과 같은 만인류를 그대로 부숴 버릴 생각이었다.

그러나 육 척이 넘는 거형의 검강은 그대로 만인류를 꿰뚫으려다 동작을 멈췄다. 그가 앞으로 내민 장심에서 번뜩이는 하얀색 강기의 방패를 뚫는 데 실패했기 때문이다.

지이이이잉!

진자운은 내력이 급속도로 소모되는 걸 느꼈다. 항상 그렇듯 강기공에는 엄청난 내력이 소모되고, 방어보다는 공격 쪽이 빨리 지치게 마련이다.

하지만 진자운은 검강을 거둬들일 수 없었다.

지금 그와 만인류는 내력 대결에 들어간 것과 마찬가지의 상황이었다. 전력을 다한 강기공으로 첨예한 대결을 벌이던 중 먼저 기력을 물리는 쪽은 매우 큰 내상을 입을 게 분명했다. 어쩌면 생사를 기약할 수 없을지도 몰랐다.

진자운은 등에서 식은땀이 흘러내리는 걸 느꼈다. 그만큼 그가 처한 상황은 기막혔다.

만인류를 무시한 건 아니지만, 요 근래 만난 모용진천이나 각원 대사는 모두 구주 이십오성에 드는 절대고수였다.

그들과 비무하고, 가르침을 받은 자신이 구주 이십오성에도 들지 못한 인물과의 일 대 일 승부에서 수세에 몰린 게 납득되지 않았다.

그는 만인류가 거의 구주 이십오성에 든 절대고수들과 실력상에서 종이 한 장 정도밖엔 차이나지 않는 초절정의 극에 속한 고수란 걸 모르고 있었다.

어쨌든 진자운은 상유하에게 패한 후 처음으로 싸움에서 밀리고 있었다.

게다가 그는 지금 상유하 때처럼 도망칠 수도 없었다. 스스로 건 내력 대결에서 빠져나갈 수 없게 됐기 때문이다.

최악의 상황!

진자운은 거의 바닥을 드러내기 시작한 단전에 신경을 쓰던 중 만인류의 노안에 깃든 썩은 미소를 보았다.

늙은 생강이 맵다고 했다.

강호 경험이 진자운의 수십 배에 달하는 만인류는 이미 그가 처한 상황을 짐작하고 있었다. 싸움의 중간부터 시간을 끌기 시작한 자신의 작전에 만족감을 드러내는 건 당연했다.

그러나 진자운은 어디까지나 만인류의 썩은 미소가 마음에 들지 않을 뿐이었다. 자신과 그다지 무공 격차가 나는 것도 아니면서 얍삽하게 승리를 챙기려는 그의 모습에 화가 났다.

'내가 이길 수 있었다!'

진자운은 만인류가 아닌 자신에게 화를 내며 점차 선명함을 잃어가기 시작한 검강을 바라봤다. 이제 자신의 생사가 풍전등화에 놓였음을 인정하지 않을 수 없었다.

생사가 여일(如一)한 한 순간!

문득 진자운의 뇌리를 스치는 글귀들이 있었다. 과거 사부였던 허무진인이 억지로 외우게 했던 도덕경의 구절들과 우연찮게 보게 된 태극무경의 귀원일여의 진기도인법이었다.

'도(道)는 비어 있어 이를 써도 항상 차지 않고, 깊어서 만물의 종(宗)인 것 같다. 그 날카로운 것을 꺾고, 그 어지러운 것을 풀며, 그 빛을 부드럽게 하여 그 티끌을 함께한다. 그리고 귀원일여란… 부드러움과 강함이 본시 하나이니, 결국 하나로 돌아가는 것이다. 즉, 태극이로구나!'

진자운은 순식간에 무당무공의 총화라 할 수 있는 귀원일여와 태극검의 원리를 동시에 깨달았다.

거기엔 허무 진인이 그의 심성을 바르게 하기 위해 강압적으로 외우게 했던 도덕경의 영향이 컸다.

평생 처음으로 생사 간의 백척간두에 섰을 때였다.

그는 두려움과 함께 집중력이 크게 높아져 어린 시절 외운 도덕경의 사장을 자신도 모르게 떠올렸는데, 그게 마침 귀원일여와 태극검의 원리에 부합하는 바가 있었다. 그야말로 평생에 한 번 만날까 말까 하는 기연을 얻게 된 셈이다.

'제길, 부드러움이 강함을 능히 제압할 수 있다고? 강함과 부드러움이 모두 같으니, 그런 말은 모두 개소리다!'

스으!

순간적으로 진자운의 검봉에 맺혀 있던 검강이 흔적도 없이 사라졌다. 그리고 진자운이 만인류를 노리고 있던 검봉을 땅 쪽으로 내려뜨렸다.

'허허, 예상보다 좀 이른데?'

만인류는 자신의 승리를 확신했다. 그의 바로 코앞에 진자운이 검강을 거둬들인 채 무방비 상태로 서 있는 것이다.

파아아!

만인류는 최대한의 내력을 담아 무형무흔강을 진자운에게 쏘아 보냈다. 평생 대결했던 상대 중 세 손가락 안에 들어가는 그를 고통없이 죽이기 위해서였다.

그러나 순간 무방비 상태로 서 있던 진자운의 신형이 앞으로 쭉 튀어나왔다. 그가 발출한 무형무흔강을 마치 형체가 없는 유령처럼 꿰뚫고서.

슛!

만인류는 귓전을 울린 소음에 송충이 같은 눈썹을 살짝 꿈틀거렸다.

왠지 듣기 싫은 소리란 생각이 들었기 때문이다.

'어째서……?

만인류는 자신이 어째서 그런 생각을 떠올린 것인지 잠시 이해할 수 없었다.

그는 평생에 걸쳐 한 번도 이와 같은 일을 경험하지 못했다. 그가 그런 생각을 한 건 어쩌면 당연한 일인지도 모른다.

그때 자신의 검신에 맺힌 한 방울의 피를 대지에 떨군 진자운이 나직이 중얼거렸다.

"노인장, 미안하게 됐수."

"뭐……."

만인류는 진자운에게 고개를 돌리려다 자신의 목 부근에 손을 가져다 댔다.

손끝을 타고 전해져 오는 끈적한 느낌.

문득 만인류의 노안이 가볍게 떨렸다. 비로소 자신이 어떤 상황에 직면했는지 깨달은 것이다.

"허허, 장강의 앞 물결이 뒷물결에 밀리는……."

만인류는 말을 채 끝맺지 못하고 천천히 대지에 무릎을 꿇었다. 순간, 그의 목이 꺾인 무릎 바로 옆으로 툭 하고 떨어져 내렸다.

'제기랄!'

검을 내려뜨린 채 고독히 서 있는 진자운의 귓전으로 엄청난 함성이 파고들었다. 옥성의 주도 하에 일방적으로 싸움을 끝내고, 두 초절정 고수 간의 대결을 숨죽인 채 지켜보고 있던 사천정의련과 불사단이 토해낸 함성이었다.

　　　　　*　　　　*　　　　*

"독효가 드디어 직접 나섰습니다!"

보고를 받았을 때 제갈효는 점심 식사를 막 시작하기 직전이었다.

그와 자리를 함께한 사람 중에는 맹주 각원 대사와 모용진천이 있었다. 제갈효가 강압적으로 점심을 함께하기를 청한 까닭이었다.

"허허, 현인은 역시 천기마저 읽을 수 있는 사람이야. 어찌 노독물이 오늘 싸움을 걸어올지 알았누?"

각원 대사의 미소 섞인 질문에 제갈효가 빙그레 웃으며 대답했다.

"맹주, 사실 몰랐소이다."

"몰랐다?"

"새벽부터 만독문이 육독종을 모조리 풀어서 전초 진지의 사단과 좌우 양군을 크게 교란시키긴 했으나, 어찌 정오가 되어 독효가 직접 싸움을 걸어올 줄 알았겠소이까?"

"그거 말이 되는군. 만독문을 세 방향에서 둘러싸고 있는 정파연합군 중 양군을 기습으로 묶고, 전초 진지의 사단에 커다란 피해를 입혀 놓고, 두 손을 놓고 구경하는 독특한 취향의 마두가 세상에 많은 모양이지?"

"맹주, 말속에 가시가 너무 많이 들었소이다."

"그런가?"

각원 대사는 미미하게 웃으며 더 이상 제갈효를 타박하지 않았다. 현재와 같은 상황에 즉각적으로 대비하기 위해 그가 그동안 노구를 이끌고 노심초사했음을 아는 까닭이다.

모용진천이 말했다.

"제가 먼저 나서도 되겠습니까?"

제갈효가 미미하게 고개를 끄덕여 보였다.

"천하의 검제가 나서겠다는데 누가 있어 그 앞을 막을 수 있겠는가?"

각원 대사가 조그맣게 중얼거렸다.

"누군가는 그렇게 할 수 있지."

제갈효가 각원 대사를 슬쩍 쏘아봤다.

"맹주 역시 슬슬 준비하셔야 하지 않겠소이까? 전초 진지의 사단은 후일 무림을 이끌 동량들인데, 설마 모조리 독효의 독수에 명년 이맘때를 제삿날로 만들려는 건 아니실 테지요?"

"모용 가주가 나서겠다지 않는가."

"모용 가주는 독효의 강시들을 맡겠다고 했소이다."

"불사천독강시 말인가? 그 마물들이 제법 그럴듯하다지만 어찌 모용 가주의 신검 앞에서 반 각이나마 견딜 수 있겠는가?"

"그사이에 독효는 필시 사단 전체를 독수로 녹여 버릴 거외다."

"끄응."

각원 대사가 귀찮아 죽겠다는 표정을 하고 자리에서 일어섰다. 그러자 이미 자리에서 일어서 있던 모용진천이 각원 대사와 제갈효에게 슬쩍 고개를 숙여 보이고 막사를 빠져나갔다. 아들이자 가문의 후계자인 모용휘가 걱정됐음이다.

"상대가 노독물이니 걱정이 되기도 할 테지."

각원 대사가 미미하게 고개를 끄덕이자 제갈효가 조금 목소리를 낮춰 말했다.

"맹주, 이번 사천대전에서 와룡독림의 육독종은 계산 밖이었소이다."

"알고 있네. 그들은 노독물과 대판 싸운 후 와룡독림에 은거했으니, 현인이 잘못 생각한 건 아니야."

"총군사란 자리는 그런 예외적인 상황마저 모두 예측하고 있어야 하는 자리외다. 이번 일은 전적으로 이 사람의 실수올시다. 아무래도 이번 사천대전이 끝난 후 가문으로 돌아가야 할 것 같소이다."

제갈효가 고개를 가로젓자 각원 대사가 부드럽게 웃어 보였다.

"약한 소리 하긴. 아직 무림에는 자네가 필요하네. 그런 심약한 소리는 하지 말아."

"심약한 소리라……?"

"늙은이 같단 말일세."

"내가 늙은이가 아니란 말이오?"

"아직 충분할 정도로 늙지 않았어. 여전히 고집 세고 남에게 지기 싫어하잖아."

"그야……."

나직이 미소 지은 제갈효가 안색을 살짝 굳혔다.

"독효는 필시 목숨을 걸 것이오."

"알고 있네."

"조심하셔야 하오. 맹주 역시 아직 무림을 위해 할 일이 많이 남아 있으니."

"마교가 아직 남았다는 것이겠지?"

"그렇소이다."

제갈효의 말이 끝난 순간, 각원 대사가 역시 막사를 빠져나갔다. 어느 누구도 앞을 가로막지 못할 정도로 표홀한 신법으로.

'일을 이렇게 꼬아놓은 자가 누군지 알 만해. 머리가 둘 있다고 자

랑하고 다니는 그 찰루이란 얼간이일 테지. 이런 식의 양동 작전은 독효가 선호하는 방법이 아니니까.'

제갈효는 찰루이를 생각하며 흐릿하게 미소 지었다. 그가 어떤 전략을 세웠든 현 상황을 뒤집을 순 없다는 자신감 때문이었다.

제갈효가 여태까지 단 한 번도 패하지 않은 건 언제나 이겨놓고 싸우기 때문이었고, 이번 역시 마찬가지였다.

현재 정파 연합군은 만독문에게 질려야 질 수 없는 전력을 갖춰놓고 있었고, 그 방아쇠가 지금 당겨졌다.

이젠 수백 년 내 독문 최강의 고수라 불리던 갈홍경의 시체를 수습하고, 패퇴하는 만독문의 독인들을 철저히 짓밟기만 하면 되었다.

"그래도 방심은 금물이니……."

제갈효는 눈앞의 성대한 점심상을 아쉽다는 듯 바라보고 자리에서 일어섰다. 막사 밖에 그의 수레와 부들부채가 준비되어져 있을 터였다.

◆ 第五十九章 ◆

싸움, 뜻밖의 결말

싸움, 뜻밖의 결말

"으음!"

모용휘는 절반 이상이 박살난 전초 진지 앞에 서서 나직한 신음을 흘렸다.

지축을 울리는 함성과 하늘을 찌르는 패도!

둘 중 하나를 만난다 해도 두려움을 느낄 텐데, 지금 그의 눈앞에는 두 가지가 동시에 벌어지고 있었다. 만독문의 본진이 전초 진지를 향해 대진군을 해오고 있는 것이다.

모용휘의 곁으로 주작단 단주 현황과 현무단 단주 패도(覇刀) 팽무광이 다가왔다. 그들 역시 모용휘와 별다를 바 없이 망연자실한 기색이 얼굴에 역력했다.

"몇 명… 이나 될 것 같소이까?"

힘겹게 현황이 입을 떼자, 팽무광이 고개를 가볍게 흔들어 보였다.

"천 명? 아니, 이천 명도 더 넘을 것 같은데……."

모용휘가 결론짓듯 말했다.

"적어도 삼천은 되는 듯하오."

"삼천……."

현황은 자신도 모르게 전초 진지 쪽에 포진한 사단―백호단이 단주 유청경과 함께 전력의 구 할을 잃어버린 탓에 삼단이라 함이 옳다―을 바라봤다.

어림잡아 이백이 조금 넘어 보이는 숫자!

어느 모로 보든 눈앞의 삼천 대군과는 비교가 되지 않는 전력일 뿐더러, 새벽의 혈전으로 하나같이 피로에 전 얼굴들뿐이었다.

"입에 재갈이라도 물려서 끌고 나가야 하나?"

팽무광이 나직이 투덜거리자 모용휘가 서늘한 시선을 던졌다.

"언제부터 팔대세가, 아니, 팽가의 도객이 전장에서 약한 소리를 했단 말이오!"

"설마 모용 단주는 지금 저 엄청난 대군에 맞서 싸우자는 말이오?"

"우리 사단은 무림맹의 정예올시다. 당연히 적에 맞서 싸워보지도 않고 도망갈 수는 없는 일이오."

"……."

팽무광이 볼살을 가볍게 꿈틀거렸다. 모용휘의 주장을 절대 납득할 수 없다는 표정이다.

"팽가의 가법에는 이길 수 있는 싸움에서만 도를 뽑으라는 말이 있소이다. 어찌 필패가 불 보듯 뻔한 싸움에서 헛되이 가문의 도법과 병법을 펼칠 수 있겠소이까?"

"필패가 정해진 싸움은 없소이다."

"저 모습을 보고도 그런 소리가 나오다니!"

팽무광이 만독문의 군세를 향해 손가락질을 하며 목소리를 높이자 모용휘가 나직이 냉소를 터뜨렸다. 그의 의견 따윈 듣고 싶지 않다는 모습이었다.

그러자 보다 못한 현황이 두 사람 사이에 끼어들어 타이르듯 말했다.

"모용 단주, 팽 단주, 적의 대군이 코앞에 이른 상황이오. 총단주도 없는 터에 두 분 단주가 싸워서야 되겠소이까? 일단 전초 진지의 방책을 의지 삼아 방어 진세를 펼치는 게 선결해야 할 일일 것이오."

"……."

"설마 두 분 단주께서는 죄없는 단원들을 이 자리에서 적도들의 마수에 모조리 죽게 놔둘 작정인 것은 아닐 테지요?"

현황의 마지막 말에 모용휘와 팽무광이 동시에 서로를 향하던 적의를 거둬들였다. 현황의 말처럼 상황이 다급하다는 걸 알고 있었기 때문이다.

"현황 단주의 말이 옳소이다. 일단 방책 뒤로 물러서 방진을 펼치도록 합시다."

모용휘가 제안하자 팽무광이 한마디를 첨언했다.

"일단 후방의 본진에 사람을 보내는 게 우선이오!"

"저 정도 군세가 움직이고 있소이다. 본진 쪽에서 파악하지 못했을 리 없소이다."

"만약이란 게 있소이다. 사람은 반드시 보내야 하오!"

"그렇게 합시다."

모용휘가 한걸음 물러서자 팽무광의 입가에 딱딱한 미소가 떠올랐다. 여전히 혼자만 영웅인 척하는 모용휘에 대해선 못마땅한 점이 있었으나 일단은 살고 볼 일이었다.

사단의 무사들은 전초 진지의 방책 뒤에 방진을 펼친 채 침을 꿀꺽거렸다. 점차 다가드는 만독문의 대군과 깜깜무소식인 후방의 지원 속에서 무사들의 속은 바짝바짝 타 들어가고 있었다.

'씨발, 총단주도 없는데 이런 대군을 만나다니! 이대로 죽는 건가?'

'총단주와 후방의 늙다리들은 뭐 하는 거야!'

무사들은 평소 은근히 경쟁심을 불태우던 타 단원들과 눈빛을 교환하며 연신 끈적한 땀을 쏟아냈다. 사천의 후텁지근한 기후와 따가운 햇빛이 무복 안의 잘 단련된 육체를 땀으로 목욕시키고 있었다.

고조된 긴장!

흐릿한 그림자만이 보이던 만독문의 대군이 점차 윤곽을 드러내기 시작했다. 이젠 싸울 수밖에 없는 상황이 된 것이다.

바로 그때였다.

느닷없이 하늘에서 태양 빛을 반사시키며 백색의 뇌전이 떨어져 내렸다. 만독문의 대군과 전초 진지의 중간쯤에.

쩌릉!

무사들 중 안력에 자신있던 자들은 자신의 눈을 의심했다. 하늘에서 떨어져 내린 백색 뇌전의 정체가 일개 장검임을 눈으로 확인할 수 있었기 때문이다.

"저, 저……."

"이게 무슨……."

무사들의 신음 속에 모습을 드러낸 건 땅에 절반쯤 박힌 청백색의 고검이었다. 그리고 무사들의 신음이 채 끝나기도 전이었다.

휘리리리!

바람에 옷자락을 펄럭이며 천신이 하늘에서 떨어져 내렸다. 모용진천이 전설의 어풍비행으로 모습을 드러낸 것이다.

토옥!

모용진천은 고검의 검파에 착지한 후 금계독립의 자세를 취했다. 바람에 아무렇게나 휘날리는 은발과 더불어 극히 자연스러우면서도 천하의 무엇이든 압도할 듯한 신위.

사단의 무사들이 입을 벌린 채 아무 소리도 하지 못하는 사이, 모용휘가 자신도 모르게 신형을 날려 모용진천 쪽으로 달려갔다.

"아버님!"

모용진천이 슬쩍 시선을 모용휘에게 던졌다.

"무사했구나."

"어찌 이곳에……."

"모용가의 가훈이 무엇이더냐?"

부친의 갑작스런 질문에 모용휘가 안색을 딱딱히 굳힌 채 대답했다.

"자신이 옳다고 믿는 일이라면, 설혹 천하가 상대라 할지라도 검을 뽑는다!"

"옳다. 나는 네게 그 모용가의 검을 보여주기 위해 왔구나."

"……."

모용휘는 가슴이 천근만근이 넘는 돌덩어리에 짓눌린 듯하여 숨조차 쉴 수 없었다. 모용진천의 한마디는 냉정한 그의 가슴을 온통 불타오르게 만드는 데 성공했다.

'허허, 휘아도 아직 젊구나.'

모용휘에게서 시선을 뗀 모용진천이 만독문의 대군 쪽을 바라보며 내력을 끌어 모아 소리쳤다.

"모용가의 모용진천이 삼가 운남의 독효를 뵙고자 청하오!"

"웃!"

전초 진지 바로 앞까지 달려나와 있던 모용휘가 자신도 모르게 뒤로 주춤거리며 물러섰다. 모용진천이 일시 일으킨 하늘과 땅을 관통하는 무형지기의 폭풍에 맞설 수 없었기 때문이다.

그러나 그를 비롯한 사단의 무사들이 느낀 압력은 그야말로 조족지혈(鳥足之血)에 불과했다. 만독문의 대군에게 몰아쳐 간 무형지기의 대폭풍에 비한다면 말이다.

휘오오오오!

천지를 뒤엎는 듯한 무형지기에 선봉에 섰던 독인들은 땅바닥을 나뒹굴고, 쓰러지고, 피를 토하고, 안색이 새파랗게 질렸다. 그들이 접한 절대고수의 가감없는 무형지기는 충분히 그만한 위력을 발휘했다.

모용진천으로선 평생 처음 해보는 무력시위!

그 효과는 분명했다.

방금 전까지 천지를 부숴 버릴 듯한 기세로 진격하던 만독문 대군의 움직임이 갑자기 멈췄다, 거짓말처럼.

"만부부당(萬夫不當:만 명의 사내가 당하지 못한다), 만부부당이라더니, 과연 세상에 그런 사람이 있었구나!"

"……."

팽무광의 신음 섞인 탄성에 모용휘가 쓰게 웃어 보였다. 그 역시 지금과 같은 부친의 신위는 처음 보는 바였다. 그와의 무공 격차를 피부로 느끼게 되자 소름이 끼쳤다. 도저히 그의 뒤를 따를 자신이 없었다.

두 사람으로부터 한걸음 뒤로 물러선 현황은 조금 다른 생각을 하고 있었다.

그는 과거 장문인인 운룡 진인의 신위를 지켜본 바 있었기에, 같은 구주 이십오성에 속한 모용진천에 대한 감회가 남달랐다. 과연 검의 진정한 절대자는 누구인가 궁금한 생각이 드는 것이다.

'그렇지만 구주 이십오성은 이미 늙었다. 앞으로 천하에 군림해 봐야 그 기간은 삼십 년을 넘지 못할 것이다. 그런 점에 있어서 우리 무당에는 진 소사숙 같은 걸출한 인재가 있으니, 여전히 천하제일이라 불릴 수 있을 것이다.'

현황은 진자운의 놀라운 무위를 떠올리며 내심 미소 지었다. 그의 엉뚱하고 예기치 못한 행동은 난감하지만, 후일 구주 이십오성에 이어 천하제일인의 자리에 오를 사숙을 뒀다는 건 그리 나쁘지 않은 기분이었다.

그때 움직임을 멈춘 만독문의 대군이 갑자기 좌우로 좌악 갈라졌다. 중군에 자리잡고 있던 갈홍경의 사인교가 앞으로 나설 길을 열어주기 위함이었다.

'독효……'

모용진천의 시선이 넓고 화려한 사인교를 떠멘 네 명의 범상치 않은 가마꾼들과 그 위에 몸을 실은 갈홍경에게 향했다.

순간 검을 연마한 후 몇 번 경험해 보지 못한 후끈한 긴장감이 그의 얼굴에 가벼운 홍조를 만들어냈다. 처음 검을 들고 목숨을 건 비무를 펼쳤을 때 이후 느껴보지 못한 흥분을 느낀 것이다.

*　　　*　　　*

'응?'

진자운은 옥성을 비롯한 사천정의련의 군웅들에게 몇 가지 상찬의 말을 듣던 중 눈살을 가볍게 찌푸려 보였다.

만인류와의 생사결전 끝에 새로운 무학의 경지에 접어들게 된 까닭이리라.

그는 과거에 전혀 느끼지 못했던 하늘과 대지의 공명을 어느 정도 느낄 수 있게 되었다. 기의 파동과 생멸(生滅)에 조금이나마 간여할 수 있게 된 것이다.

그런 그에게 방금 전 거대한 기의 파동이 느껴졌다. 보통이라면 사람이 일으킨 것이라곤 생각하지 않겠지만, 직감적으로 느껴지는 바가 있었다.

"드디어 맞붙는 건가……."

진자운의 의미 불명의 중얼거림에 옥성이 혜지 어린 눈빛을 던졌다.

"총단주의 말속에 속뜻이 담겨 있는 것 같군요."

"속뜻 따윈 없습니다."

진자운은 딱 잘라 말하곤 칠성검수들과 함께 어정거리고 있는 현음에게 손짓했다. 그에게 이를 말이 생각났기 때문이다.

"왜 부른거요?"

현음의 퉁명스런 표정을 지그시 쏘아보아 준 진자운이 명령했다.

"현음 사질은 지금부터 불사단의 철 단주를 돕도록 하시오."

"또 어디 가려는 거요?"

"큰 싸움이 벌어진 듯하니, 반드시 구경 가야 하지 않겠소?"

"큰 싸움?"

의문 섞인 표정이 된 현음에게 진자운은 가볍게 웃어주곤 더 이상 말하지 않았다. 그에게 자신이 느낀 대기의 파동에 대해 구구한 설명을 해줘봐야 이해하지 못할 걸 알고 있었기 때문이다.

'절대고수들끼리의 싸움을 볼 수 있는 건 평생에 한 번 올까 말까 한 기회라고 했던가?'

각원 대사의 꾀임 섞인 말을 떠올리며 진자운이 바로 신형을 뽑아 올렸다. 대기가 폭풍과 같은 파동을 일으키고 있는 쪽이었다.

"소사숙!"

진자운이 진짜 갑자기 신형을 날려 사라지자 현음이 벌컥 소리를 지르곤 고개를 가로저었다.

자신은 마음만 있었을 뿐 한 번도 해보지 못한 제멋대로의 삶.

그것을 마음껏 영위하는 진자운에 대한 감정이 질투인지 선망인지 그는 판단을 내릴 수 없었다.

그때 전장을 빠르게 수습한 옥성이 현음에게 다가와 말했다.

"현음 도장, 사천정의련을 구하기 위해 이동 중이던 우군 측의 각파 명숙들에게서 아직 소식이 없어요."

"그건……."

"우리의 싸움이 아직 끝나지 않았다는 뜻이지요."

옥성의 말을 듣고 우군에 속한 사숙 운엽자를 떠올린 현음이 얼른 사제들인 칠성검수들을 불러 모았다.

진자운이 있든 없든 그와 칠성검수들에겐 또 다른 싸움이 기다리고 있었다. 쓸데없는 상념에 빠져서 시간을 보내고 있어선 곤란했다.

'크든 작든 싸움은 싸움이다!'

늦게 싸움에 끼어든 탓에 가장 팔팔하고 전력의 누수가 없는 불사단과 칠성검수들이 선두에 서자, 그 뒤를 사천정의련이 따랐다.

또 다른 싸움이 기다리고 있는 전장을 향해서.

진자운은 흡사 바람이 된 것처럼 움직였다. 과거 단순히 진기를 용천혈로 보낸 후 몸을 가볍게 만들 뿐이던 신법과는 비교가 되지 않는 빠르기였다.

바람과의 동화.

진자운은 무한히 자유로운 기분을 만끽하며 정신을 대기의 파동에만 맞췄다. 단지 그렇게 하는 것만으로도 그는 자신이 찾아가야 할 곳을 정확히 인지할 수 있었다.

문득 무아지경에 빠져 있던 진자운의 눈앞으로 꽤 낯이 익은 복장과 광기에 젖은 얼굴을 한 독인들이 들어왔다. 만독문의 대군 중 후방을 맡은 광독살단과 다시 조우하게 된 것이다.

"철가면이다!"

"철가면!"

초전에서 이미 진자운과 화끈한 혈전을 벌인 바 있는 광독살단의 광독마들은 일제히 살기를 뿜어냈다.

철천지원수를 만난 듯한 모습.

진자운은 자신이 광독마들에게 그런 대우를 받는 것에 대해 크게 불만을 느끼진 않았다. 본래 피투성이 싸움을 벌인 상대와 다시 만났을 때 환대를 받는다는 건 극히 힘든 일임을 알고 있었기 때문이다.

"그렇긴 한데, 내가 지금은 좀 바쁘군."

진자운은 공중에서 살짝 떨어져 내리는 것과 동시에 수중의 검을 광독마들에게 휘둘렀다.

원원도도!

절세의 방어 초식이라 이름난 원원도도가 일으킨 수십, 수백 개가 넘는 검기가 순식간에 광독마들을 휩쓸었다. 마치 스스로 생명을 가지고 있는 바람과 같이.

휘류류류류!

광독마들은 단지 봄날 양볼을 간지르는 바람을 느꼈을 뿐이었다. 결코 살을 에이는 예기나 검기에 담긴 살기를 느끼지 못했다.

후두두두둑!

진자운에게 살기를 드러냈던 광독마 삼십여 명이 그대로 바닥에 무너져 내렸다. 진자운의 봄바람 같은 원원도도가 만들어낸 신기였다.

"이, 이 무슨……."

우이이는 수중의 일월쌍극을 부르르 떨며 눈앞의 광경에 넋을 잃었다. 그는 여태까지 이처럼 환상적인 검법을 본 바가 없었다.

그때 살짝 지축을 발끝으로 찍은 진자운이 바로 그의 곁을 스쳐 지나갔다.

"미안."

진자운의 담담한 한마디가 우이이의 귓전에서 메아리처럼 울려 퍼졌다. 그럼에도 그는 손가락 하나 까딱할 수 없었다. 진자운이 보여준 한차례의 무력시위에서 그와 자신과의 절대 건널 수 없는 무공의 간극을 깨달았기 때문이다.

'단주가 위험하다…….'

우이이는 속으로만 조그맣게 중얼거릴 뿐이었다.

*   *   *

'저게 불사천독강시란 마물인가?'

모용진천은 자신의 펼친 무형지기의 그물망 속으로 성큼성큼 다가서고 있는 사인교를 바라보며 눈에 담담한 안광을 담았다.

갈홍경이 몸을 절반쯤 뉘인 사인교를 받친 네 명의 가마꾼은 일견하기에 평범했다. 평범한 사람과 조금도 차이점을 느낄 수 없다는 뜻이다.

그 점이 모용진천의 신경을 잡아끌었다.

죽은 시체를 각종 약물과 독으로 제련해 만들어낸 게 강시다. 보통 도검불침인 강시들은 움직임이 느리고 동작이 딱딱한 게 특징이다. 죽은 시체를 억지로 움직이게 만들었으니 당연한 일이라 할 수 있다.

그러나 불사천독강시는 일반적인 사파마도(邪派魔道)의 강시들과 달랐다. 죽은 시체가 아니라 살아 있는 인간으로 만드는 생시(生屍)인 불사천독강시는 동작이 산 사람처럼 자연스럽고, 무공 역시 펼칠 수 있었다.

도검불침의 불사신에 절대지독을 함유한 무공고수!

정파무림인들에겐 꿈에 나타날까 두려운 악몽 그 자체가 바로 불사천독강시였다. 여태까지는 그저 독문의 전설로밖엔 회자되지 않아 왔던, 나타나선 안 될 마물인 것이다.

모용진천의 시선에서 함축된 많은 의미를 읽은 갈홍경이 나직이 키득거렸다.

"크크크, 검제쯤 되는 자가 기껏해야 독강시 따위에 긴장하다니… 그야말로 우스운 노릇이 아닌가?"

"그냥 독강시는 아닌 줄로 압니다만?"

"그냥 독강시가 아니라……."

"독문의 전설로 불리는 불사천독강시가 보통 마물이 아니라는 것 정도는 이 모용 모도 알고 있다는 겁니다."

"……."

갈홍경은 모용진천과의 싸움 전에 사용할 수 있었던 유리한 패 하나를 잃었다고 생각했다.

삼패와 십강!

구주 이십오성에 속해 있지만 양자 간에는 무공의 격차라는 게 엄연히 존재했다. 그 차이가 미미하긴 하지만, 실제로 목숨을 걸고 싸운다면 삼패에 속한 갈홍경이 모용진천을 두려워할 까닭은 전혀 없었다.

하지만 모용진천의 뒤에는 오정의 으뜸인 각원 대사가 버티고 있었다. 과거 마선 담천위를 합공하길 서슴지 않았던 후안무치한 파계승이 있는 이상 모용진천과의 싸움은 빠르고 피해없이 끝내는 편이 최선이었다.

갈홍경은 그 역할을 자신이 오랫동안 전력을 기울여 완성한 네 개의 불사천독강시가 해줄 수 있으리라 생각했다. 모용진천이나 각원 대사가 불사천독강시를 일반적인 강시로 착각하기만 한다면, 일 대 이의 불리한 싸움에서도 능히 승리를 구할 수 있을 터였다.

'하지만 그것도 이젠 물 건너갔다는 거로군.'

갈홍경은 강퍅한 입매무새를 살짝 일그러뜨리곤 사인교에서 풀쩍 뛰어올랐다. 이렇게 된 이상 전력을 다해 모용진천을 쓰러뜨리는 거 외엔 다른 걸 생각할 수 없었다.

"본좌가 모용가의 검이 얼마나 예리한지 보겠다!"

순식간에 천공의 태양만큼이나 높이 뛰어오른 갈홍경의 일갈을 들은 모용진천이 발끝으로 고검을 툭 차 올렸다. 그리고 펼쳐 낸 칠성광멸(七星光滅).

처음부터 준비하고 있었던 듯 모용진천을 향해 달려들던 불사천독 강시들이 일곱 개의 빛살에 산적 꿰듯 관통당했다. 갈홍경이 준비했듯 모용진천 역시 대비하고 있었던 것이다.

그 순간, 갈홍경이 태양을 가린 채 압도적인 압력을 품고서 모용진천의 머리 위로 떨어져 내렸다.

쩌릉!

모용진천의 고검이 펼친 일성섬단(一星閃斷)은 갈홍경을 막기에 부족했다. 죽음보다 빠르다는 쾌속의 검강이 갈홍경의 만독지존공에 방향을 꺾었다.

그러자 번개같이 뒤로 물러선 모용진천.

그는 어깨까지 저릿하게 파고드는 통증에 크게 즐거운 표정이 됐다. 평생 상대했던 어떤 고수보다 갈홍경이 백 배 더 강하다는 걸 피부로 느꼈기 때문이다.

갈홍경 또한 모용진천의 강함을 느꼈다. 오랫동안 잊고 있던 전의가 살아나지 않는다면 무인이라 할 수 없을 터였다.

"이것도 피해봐라!"

갈홍경이 만독지존공을 극한까지 일으키자 그의 머리 위로 검은색 강기가 하늘을 향해 솟구쳤다. 상유하와의 대결에서 펼친 바 있는 만독회륜강으로 모용진천의 검강을 박살 낼 심산이었다.

쾌쾅!

만독회륜강의 강선과 모용진천의 검강이 맞부딪쳤다.

천지가 진동하는 듯한 기파가 천지사방으로 퍼져 나갔다.

두 사람이 이미 인간의 경지를 뛰어넘은 절대의 초인임을 웅변하는 광경이었다.

물론 초인이라 하여 타격을 입지 않을 리 없다.

만독회륜강의 강선을 이리저리 돌리며 자유자재로 공격해 들어오는 갈홍경의 파상적인 수법에 모용진천은 연달아 뒷걸음질쳤다.

일 보에 일 장씩!

그는 갈홍경의 십 초를 맞받는 동안 무려 십 장이나 뒤로 물러섰다. 평생 수 없이 많은 비무와 싸움을 펼쳤던 그로서도 갈홍경의 만독회륜강을 공략하긴 불가능했기 때문이다.

'어찌 강기의 모양을 저리 자유자재로 변형해 공격해 들어올 수 있는가!'

모용진천은 연달아 성광밀밀을 펼쳐 만독회륜강의 강선을 막아내며 탄복을 금치 못했다. 갈홍경이 강기를 다루는 모습은 그에게 새로운 세상이 있음을 보여주고 있었다.

그때 연신 뒤로 물러서면서도 꿋꿋하게 버티고 있는 모용진천의 뒤편으로 불사천독강시들이 달려들었다. 그들은 놀랍게도 모용진천의 칠성광멸에 격중당하고도 아직 움직일 수 있었다.

'이런……'

모용진천의 정신이 분산된 틈을 타 갈홍경의 만독회륜강이 성광밀밀의 촘촘한 검막의 일각을 찢어발겼다. 모용진천에게 절체절명의 위기가 닥쳐온 것이다.

그런데 막 모용진천을 찢어발길 듯 달려들던 불사천독강시들이 마치 불에라도 덴 듯 펄쩍거리며 그에게서 떨어져 나갔다. 당연히 모용 진천으로선 그 짧은 기회를 놓칠 까닭이 없다.

파파파팟!

그는 성광추혼검법의 삼대절초 중 하나인 성광폭멸(星光爆滅)로 갈 홍경의 뱀처럼 파고든 강선을 튕겨내고 재빨리 뒤로 신형을 날렸다. 갈홍경의 강선이 재차 공격해 들어오는 걸 피하기 위함이었다.

그때 그의 귓전으로 익숙한 너털웃음이 들려왔다.

"허허허, 모용 가주, 이렇게 되면 약속이 달라진 것인데……."

'각원 선배님…….'

모용진천의 시야 속으로 안색이 가히 좋지 않게 변한 갈홍경과 그의 불사천독강시를 주먹으로 한 대씩 때리고 있는 각원 대사의 모습이 들 어왔다.

모용진천은 솔직해지기로 했다. 각원 대사의 시의적절한 도착에 사 심없이 기뻐하기로 마음먹은 것이다.

"각원 선배님, 죄송합니다. 독효의 패도에 이끌려 저도 모르게 손을 쓰고 말았습니다."

각원 대사가 불사천독강시들을 격구하듯 발로 걷어차면서 음흉한 표정을 지어 보였다.

"처음부터 약속을 지킬 생각이 없었던 것은 아니고?"

"그건……."

모용진천이 말끝을 흐리자 각원 대사가 격의없이 웃어 보였다.

"어차피 천하무림을 위한 일인데, 누가 노독물을 맡으면 어떠한가?"

갈홍경이 입가에 스산한 미소를 담았다.

"땡중, 언제나 모습을 드러낼까 했더니 이제야 나타났구나, 이제야 나타났어."

각원 대사가 갈홍경과 눈을 맞췄다.

"늙으니 뼈마디도 시리고 사람이 게을러져서 그렇게 됐다네. 노독물 자네는 아직도 기운이 펄펄한 걸 보니 부러우이."

"뼈마디가 시린 땡중치고는 아직도 실력이 제법이구나."

"자네 같은 노독물이 젊은것들처럼 날뛰니 어쩔 수 없는 게 아닌가."

각원 대사가 마지막 불사천독강시를 걷어차곤 갈홍경에게로 눈 깜빡할 사이 다가섰다. 소림의 전설적인 신법인 금강부동신법(金剛不動身法).

갈홍경이 바로 만독회륜강을 일으키자 각원 대사가 앙상한 손을 들어 흔들어 보였다.

"어찌 아직도 그리 성격이 급한가. 이 늙은 중이 할 말이 있으니, 잠시 기다리게나."

"……."

갈홍경이 만독회륜강을 거둬들였다. 그와 각원 대사는 과거부터 몇 차례 안면이 있는 사이로 할 말이 있다니 들어보자는 생각이 든 것이다.

각원 대사가 몇 차례 잔기침을 터뜨리고 말했다.

"콜록, 노독물 자네나 이 늙은 중이나 이제 살 만큼 살았네. 이젠 죽을 날만 받아놓은 거야. 그래서 자네가 죽기 전에 크게 일을 벌인 건 잘 알겠네. 이해도 가긴 해. 하지만 자네의 야욕으로 인해 얼마나 많은 가엾은 어린아이들이 죽었는가. 고작 우리 늙은이들의 탐심 때문에 말이야. 세상은 젊은이들의 것이라네. 결코 늙은이들의 것이 될 수 없어. 무림이나 강호 또한 마찬가지야. 우리 늙은이들은 뒤로 물러서서 어린것들의 재롱이나 보면 되는 거야. 그게 세상의 이치란 말일세."

"땡중, 도대체 하고 싶은 말이 무엇이냐?"

갈홍경이 냉랭히 묻자 각원 대사가 백태가 낀 눈을 끔뻑거리며 대답했다.

"노독물 자네 아이들을 데리고 이만 사천에서 물러나게나. 이 늙은 중도 정파의 아이들을 데리고 물러나겠네. 그게 옳은 일일 것이야."

"본좌더러 사천에서 물러나라?"

"이미 마교의 예가 있네. 노독물 자네가 운남으로 물러난다고 해서 손가락질할 마도의 아이들은 아무도 없을 것이네."

"……."

갈홍경은 순간적으로 마음이 흔들리는 걸 느꼈다. 그는 만독문의 문주일뿐더러, 운남 묘족의 왕이기도 했다. 묘족 중심의 만독문의 피해가 이미 극심한 상태에서 정파 연합군과 생사를 결한다는 건 큰 부담이 됐다.

그런데 그때 갈홍경의 세모꼴 눈에 만독문의 대군 속을 유유히 뚫고 모습을 드러낸 진자운의 모습이 들어왔다. 마치 잘 짜여진 운명의 장난처럼.

'철가면…….'

갈홍경은 자신의 독자이자 후계자였던 갈정립과 십대고수의 상당수를 죽인 정파의 비밀 고수가 진자운임을 한눈에 알아봤다. 그가 자연스레 뿜어내고 있는 기도는 초절정의 끝자락에 이르지 않고선 보일 수 없는 것이었기 때문이다.

"정파, 정파…… 과연 사람이 많아 좋겠구나!"

갈홍경은 순간적으로 만독지존공을 극한까지 일으켰다. 그러자 그의 동공에서 흰자가 완벽하게 사라졌고, 만독회륜강의 강선이 무려 다섯 가닥으로 나뉘었다.

"아미타불!"

각원 대사는 순간적으로 거대한 암흑이 자신을 덮친다는 착각에 빠졌다. 그만큼 갈홍경이 일으킨 만독지존공의 위세는 압도적이었다.

그러나 권법의 신이라 불리는 각원 대사였다.

그는 평생에 걸쳐 연마해 온 나한권으로 다섯 가닥의 강선을 흘리고는 살짝 거머쥔 주먹을 갈홍경에게 뻗어냈다.

백보신권(百步神拳)!

저잣거리의 왈패들도 한두 수쯤은 알고 있다는 소림권 중 가장 유명하면서도 평범한 초식!

하지만 각원 대사에게서 펼쳐진 백보신권은 천지를 뒤흔들고, 산천초목을 떨게 만들었던 갈홍경을 뒤로 물러서게 만들었다. 그것도 한 걸음이 아닌 다섯 걸음이나.

"땡중……."

백보신권에 격중당한 심맥 근처에서 마구 들끓고 있는 기혈을 참으며 갈홍경은 나직이 이를 드러냈다.

비록 상당한 내상을 입었긴 하나 그가 기습적으로 펼친 만독회륜강이 각원 대사의 팔 하나를 잘라냈다.

실보다 득이 많은 상황!

이에 두 사람의 대화를 지켜보고 있던 모용진천이 대노해 천지를 가르는 검강과 함께 날아들었다.

"노적!"

모용진천의 성광폭멸을 갈홍경은 만독회륜강으로 만들어낸 방패로 막아냈다. 기혈이 들끓어 어쩔 수 없는 상황.

"웩!"

다시 내장이 흔들린 갈홍경의 입에서 검붉은 핏덩이가 터져 나왔다. 꽤나 심한 내상을 입은 것이다.

모용진천의 검이 다시 갈홍경을 노렸다. 이때 그의 검은 이미 각원 대사가 기습으로 팔을 잃는 것에 대한 흥분에서 벗어나 냉정함을 되찾고 있었다.

파팟! 팟팟!

갈홍경은 채 다섯 초식을 맞받기 전에 전신이 피투성이로 변했다. 구주 이십오성 간의 무공 격차가 그야말로 종이 한 장 정도에 불과함을 보여주는 광경이었다.

'대단하군!'

진자운은 갈홍경과 모용진천 간의 피투성이 싸움을 지켜보다 얼른 각원 대사에게 달려갔다. 팔을 잃고 쓰러진 그의 안위가 걱정되었기 때문이다.

"괜찮으십니까?"

진자운의 진심 어린 걱정에 각원 대사가 하얗게 질린 얼굴로 웃어 보였다.

"이 멍청한 녀석아, 괜찮을 리가 없잖아!"

"괜찮군요."

진자운은 히죽 웃었다. 비록 중상을 당했지만, 각원 대사의 생사에
는 문제가 없으리란 생각이 들었다.

각원 대사가 힘겹게 지혈을 한 후 조그맣게 속삭였다.

"평생에 다시없을 기회다. 너는 하나도 빼놓지 않고 지켜보는 게
좋다."

"그러고 있습니다."

진자운은 건성으로 대답하며 완전 수세로 몰린 갈홍경과 집요하게
파고드는 모용진천을 지켜봤다. 그의 생각에 이미 눈앞의 세기의 대결
은 그 종막을 향해 달려가고 있었다.

바로 그때였다. 만독문의 대군 속에서 꽤나 눈에 익은 한 사람이 두
절대고수 간의 싸움에 끼어들었다. 광독살단 단주 엽일랑이었다.

"독존이시여, 속하가 적을 막을 테니, 일단 뒤로 물러나 내상을 가다
듬으십시오!"

엽일랑의 외침에 갈홍경은 숨가쁜 숨결을 토해냈다. 평생 누군가의
도움의 목소리가 이처럼 반가운 적은 없었다. 그만큼 모용진천에게 그
는 밀리고 있었다.

콰콰콰콰쾅!

거의 바닥까지 짜낸 기운으로 만든 만독회륜강으로 모용진천의 검
강을 튕겨낸 갈홍경이 얼른 엽일랑 쪽으로 물러섰다. 일단 그와 연합
해 숨을 돌리고 반격을 하거나 만독문의 대군 속으로 물러날 생각이었
다.

그 점을 모를 모용진천이 아니다.

그는 이렇게 된 이상 이 자리에서 갈홍경의 목숨을 끊어야 한다고

생각했다. 후환을 남길 순 없었다.

그가 별빛과 같은 검강을 일으켜 갈홍경과 엽일랑을 동시에 공격하려 할 때였다. 갑자기 어느 누구도 예상치 못했던 일이 발생했다.

콰득!

엽일랑이 자신에게 등을 보인 갈홍경의 명문혈에 십이성의 독강을 쏟아냈다. 그리고 그 뒤를 이은 육탄돌격.

엽일랑의 이빨이 휘청이는 갈홍경의 목덜미를 사정없이 물어뜯었다. 자신의 광독으로 갈홍경과 동귀어진을 하려 한 것이다.

푸학!

갈홍경은 이를 악물고서 수장을 휘둘러 엽일랑의 두개골을 함몰시켰다. 그가 할 수 있는 전력이었다.

그러자 얼굴의 한쪽 면이 몽땅 날아가 버린 엽일랑이 갈홍경에게서 튕겨져 나오며 대소를 터뜨렸다.

"크, 크크크, 시, 신룡엽가와 나, 날 그토록 능멸하고 살아남을 수 있으리라 본 것……."

"……."

엽일랑은 최후의 말을 채 끝맺지 못했다. 그가 악에 받쳐 소리치는 동안, 얼굴을 비롯한 모든 것이 녹아내리기 시작했기 때문이다.

'찰루이…….'

갈홍경은 엽일랑의 비참한 최후를 지켜보며 쌍뇌기독 찰루이를 떠올렸다. 잘은 모르겠지만, 갑자기 벌어진 모든 기가 막힌 일에 그가 개입됐다는 생각이 들었다.

그때 모용진천이 천천히 다가들었다.

끝을 보기 위해서였다.

"마무리해 주게나."

"……."

세모꼴 눈을 감은 갈홍경을 향해 모용진천이 검을 휘둘렀다. 한 시
대가 어이없이 저무는 순간이었다.

『태극검해』 7권에 계속…

운남, 사천 취재 여행기 3

성도 공항에서 비행기를 탄 좀비들은 한동안 총 가이드 스텔스님에게 구채구에 대한 설명을 주구장창 들어야 했다. 대부분 구채구에 관한 책자에 나와 있는 말로, 스텔스님이 구채구 초행임을 여실히 드러내는 설명들이었다.

그래도 소득이 전혀 없지는 않았다.

좀비들 중 유달리 지식욕에 불타는 나는 영화 '영웅'의 촬영지로 유명한 구채구가 유네스코 지정 세계자연유산에 지정되어 있는 곳으로 중국 장족들의 자치구라는 걸 어느새 줄줄 욀 수 있게 된 것이다.

장족들은 흔히 무협에서 말하는 서장의 포달랍궁의 라마교를 믿는 독실한 신자들이다.

그 믿음은 대단해서 일반적인 한국의 열성적인 불교, 기독교 등의 신자들과 비교해도 우위에 있을 정도였다. 장족의 모든 인생 자체가 라마교라는 테두리를 떠나서는 존재할 수 없고, 존재하려 하지도 않는다는 뜻이다.

그러니 그런 라마교가 모든 걸 지배하는 정교일치의 사회에 전혀 신앙심과는 관계없는 좀비들이 불쑥 들어섰다는 건 꽤나 시사하는 바가 컸다. 사고가 일어날 가능성이 상당히 농후할뿐더러, 사고를 칠 가능성 역시 다분했다.

―조심해야겠군.

나는 나직이 중얼거리며 중국 비행기가 주는 스릴과 서스펜스를 마음껏 만끽했다. 그 덜컹거리는 움직임과 확확 휘어지는 날개가 주는 압박감이라니!

여기서 사견을 한마디 하자면, 참 우리나라 비행기를 모는 기장님들은 모두 탑건이라 할 만하다. 그 부드럽고 안정적인 착지라니, 만 번 칭찬해도 부족함이 없지 않은 것이다.

그런 생각을 하며 죽음과 직면한 공포에서 무한 루프의 망상으로의 탈출을 시도하는 동안 비행기는 목적지에 도착했다. 과거 군사기지가 들어서 있던 곳이라는 매우 짧은 거리의 활주로를 자랑하는 구채구 공항에 착륙을 시도하기 시작한 것이다.

쾅쾅거리는 몇 차례의 삼단 점프!

거의 서울의 새벽을 질주하는 오토바이 부대가 연상되는 착륙에 나는 비행기 팔걸이를 꽉 쥐었다. 등에서 식은땀이 흘러내리고 있었다.

그러나 구채구 공항에 나온 순간 내 등에서 흘러내리던 식은땀은 갑자기 서늘한 냉기로 바뀌었다. 성도의 끈적끈적하던 바람이 무색해지는 해발 삼천오백 미터의 강렬한 추위와 첫인사를 하게 된 것이다.

―추, 춥잖아!

좀비 중 누군가 불평을 터뜨리자 나는 배낭에 여름용 반팔티만을 준비해 온 자신의 어리석음에 나직이 한숨을 토해냈다. 공항도 이렇게 추운데, 구채구 최악의 코스이자 백미라 불리는 해발 사천 미터의 황룡(黃龍)에 오를 때는 어찌 될지 암담했다.

그때 스텔스님이 구채구 현지 가이드이자 슈퍼스타인 용팔이님을 데려왔다.

용팔이님은 첫 대면과 동시에 조선족으로 과거엔 원 헌드레드 클럽에 버금갈 만큼 건장한 체격이었으나, 황룡과 구채구를 걸어다니다 보니 살이 확 빠졌다는 자랑을 늘어놓았다. 확실히 현재 그분의 몸매는 정상인 정도로 과거의 영화를 전혀 가늠할 수 없어 보이긴 했다.

그러니 좀비들 사이에서 걱정과 우려, 근심의 말들이 터져 나오지 않을 수 없었다. 가뜩이나 체력에 자신이 없는 좀비들이니 험난한 코스 앞에서는 작아질 수밖에 없는 건 당연한 일이다.

물론 이런 일은 그리 오래갈 성질의 것은 아니었다. 용팔이님의 호쾌한 외침에 우르르 몰려간 좀비들은 다소 작은 버스에 올라타 구채구 호텔로 향했다.

점심 식사 후 구채구 호텔에 짐을 푼 좀비들은 동양 최고의 석회암 폭포를 보러 다시 버스에 올라탔다. 가장 먼저 황룡이나 구채구를 보러 갈 줄 알았던 내가 실망의 목소리를 높이자 용팔이님이 씨익 웃으며 말했다.

—먼저 예행 연습을 한 후에 가야죠. 처음부터 구채구나 황룡에 오르면 몽땅 퍼집니다. 고산 기후 때문에.

평소 같으면 바로 반박할 만한 말이다. 본래 반박하는 걸 삶의 소명으로 생각하고 있는 나로선 말이다.

그러나 이미 심상찮은 폐의 요동을 느끼고 있던 터였다. 용팔이님의 말이 틀린 게 아니라는 걸 직감적으로 눈치챈 나는 얼른 입을 닫았다. 일단 불리하면 쥐 죽은 듯 있는 편이 옳기 때문이다.

그러자 버스가 출발했고, 좀비들은 곧바로 구채구 전역에서 한가롭게 자유를 만끽하고 있는 모우(毛牛:야크) 떼를 볼 수 있었다.

"와아!"

좀비들이 야크들의 영험발랄한 모습에 감탄하자 용팔이님이 어깨를 으쓱거리며 말했다. 구채구에 사는 장족들은 저렇게 야크들을 들판에 놓아서 키운다고.

그와 더불어 장족들의 기이한 결혼 풍습에 대한 설명이 있자 좀비들 중 아직 미혼인 사람들의 눈빛이 크게 반짝이기 시작했다. 대략 삼 년간 야크를 키우면 딸을 준다는데, 어느 총각의 마음이 설레이지 않겠는가!

특히 프라우슈 폰 X와 X웅의 저자이자 총각인 K광수님의 눈빛은 사뭇 부담스러울 정도로 반짝거렸다. 역시 여자를 좋아하는 킬러답게 매우 장족들의 결혼 풍습이 흥미진진한 듯했다.

그러자 옆에서 K광수님을 지켜보던 내가 이죽거리며 말했다. 삼 년간 야크 키워서 장가가라고.

물론 농담이었다.

그러나 K광수님은 순간적으로 매우 심각한 표정을 지어 보였다. 진짜 그럴 마음이었다는 걸 누구라도 알 수 있을 정도였다. 그때엔 말이다.

청천벽력 같은 용팔이님의 한마디가 떨어진 건 바로 그때였다.

—장족들은 일처 다부제입니다!

그때 K광수님의 얼굴 표정은 샛노랗게 변했다. 그냥 샛노란 게 아니라 누런 황달기마저 보였다. 아예 사람이 맛이 가버린 것이다. 그리고 푹 떨

귀진 고개.

결국 그 이후 장족에 관계된 모든 일에 대해서 K광수님의 미소를 우리 좀비들은 구채구를 떠날 때까지 볼 수 없게 된다.

그렇게 즐거운 만담 끝에 한 인간이 처절하게 망가져 가는 동안 버스는 폭포 입구에 도달했다. 이젠 걷는 일만 남은 셈이다. 누구의 도움도 없이.

투덜거리면서도 잘도 걸어 폭포 구경을 확실히 한 좀비들은 저녁 무렵 구채구 호텔로 돌아왔다. 다들 대략 두 시간 정도가 소요된 폭포 주변 일주에 파김치가 된 모습들이었다. 이번 여행 중 가장 난코스였으니 당연하다.

그러나 좀비들은 서로를 바라보며 웃음 지었다. 생각했던 것보다 구채구 코스가 그다지 힘들진 않다는 말들이 오고 갔다. 오죽하면 한편에선 열심히 종이 카드를 돌리며 노는 야근파까지 생겨날 지경이었다.

그러나 다음날이 밝았을 때 좀비들의 안색은 다 썩은 돼지간처럼 변해 있었다. 다들 표정이 그다지 밝지 못했다. 밤새 호흡 곤란 증세로 인해 잠을 설쳤기 때문이다.

—고산 증후군!

좀비들은 확실하게 첫 번째 펀치를 맞은 셈이었다. 그래도 이틀째 코스는 천하제일수라 불리는 구채구였다. 그까이 꺼로 포기할 순 없었다.

구역질을 동반하는 고산병을 이겨내고 좀비들은 모두 버스에 올라탔다. 드디어 구채구의 맑은 물을 보기 위해 이동하게 된 것이다.

버스는 끝없이 밑으로 내려갔다.

본래 구채구 호텔이 위치한 곳 자체가 삼천오백 미터의 대단한 고산이었다. 구채구를 구경키 위해선 몇 개나 되는 산을 넘어 밑으로 내려가야만 했다.

그동안 용팔이님은 연신 침을 튀어가며 장족의 독특한 생활 풍습과 매장 습관, 구채구에 대한 세간의 평 등을 설명했다. 중국에 도착한 후 가장 그럴듯한 가이드임에 분명한 자세하고 체계적이며 재미있는 설명이었다.

그러나 여전히 전날 일처 다부제의 쇼크에서 벗어나지 못한 K광수님은 고개를 푹 숙이고 있을 따름이었다. 얼른 구채구에서 벗어나고 싶다는 표정이 역력한 얼굴이었다.

그때 강족에 대한 이야기가 있었다.

고산에서 지내는 탓에 세수를 거의 하지 않는 장족에 비해 꽤나 세련되고 어여쁜 강족 아가씨에 대한 이야기가 용팔이님의 입에서 흘러나오기 시작한 것이다.

그 순간 우리는 다시 살아난 K광수님의 모습을 발견할 수 있었다. 언제 시무룩했냐는 듯 영기발랄해진 K광수님의 모습에 좀비들 모두가 크게 웃어댔다. 어쨌든 다행이란 표정이 모두의 얼굴에 감돌았다.

그러는 동안 버스는 첩첩한 산중을 헤치고 구채구 앞에 도착했다.

산속에 산이 있다는 표현답게 구채구로 들어가는 길은 그야말로 절경이었다. 신선경으로 들어가는 길이라는 용팔이님의 호언장담이 전혀 어색하지 않았다.

내가 입을 헤벌린 채 감탄사를 늘어놓자 이미 몇 차례나 중국을 다녀온 경험이 있는 총관 군과 초X, 건X권, X백의 저자인 박상준 군이 피식거리며 비웃었다.

특히 박상준 군의 경우 인생 자체가 이죽거림 그 자체인지라 비웃음의 강도가 심했다. 어찌 보면 불쌍해서 견딜 수 없다는 표정 그 자체였다.

물론 중국 여행이 처음인 나로선 그냥 고개만 끄덕일 따름이었다. 본래 초보들은 다 그런 게 아니겠는가.

그렇게 구채구에 들어선 좀비들은 다양한 이민족 춤과 노래에 잠시 홀려 있다(강족 아가씨의 춤은 완전 대단했다. 나와 K광수님은 체면 불구하고 달려가 함께 사진까지 찍는 만행을 감행했다^^), 용팔이님의 외침에 떠밀려 구채구 내부로 향했다. 드디어 천하제일수를 보게 된 것이다.

"와아!"

구채구 내부에 위치한 버스를 타고 이동하던 내 입이 크게 벌어졌다. 경악에 가까운 탄성을 내뱉기 위함이었다.

물론 그런 탄성을 터뜨린 건 나뿐이 아니다.

주변에서 처음으로 구채구의 끝없이 투명한 물빛과 거기에 비춰진 산림의 모습을 발견한 모든 사람이 마찬가지로 소리를 질러댔다. 중국인이나 한국인이나 탄성 그 자체는 별반 차이가 없었다.

그만큼 절대적이었다, 구채구의 물빛은.

아니, 거기에 비춰진 산 그림자, 나무 그림자, 꽃 그림자, 맑고 투명한 하늘까지가 모두 그러했다.

천하제일수란 말에 정말 틀린 바가 없었다.

평생 이와 같은 광경을 보지 않고선 살았다고 할 수 없다는 용팔이님의 말에 반박할 수 없는 심정이었다. 영화 '영웅'에서 봤던 광경은 그야말로 조족지혈에 불과한 것이었다.

여기저기서 카메라 플래시가 터졌다. 어떻게 해서든 눈앞에 보이는 경악스런 광경을 남겨야 한다는 필사적인 사명감이 사람들을 사로잡고 있었다.

좀비들 역시 예외가 아니었다. 허겁지겁 디카와 카메라가 끄집어내졌고, 연신 플래시가 터졌다. 그러자 그 모습을 지켜보던 용팔이님이 한마디했다. 어차피 버스에서 내린 후 걸어가면서 사진 찍을 시간은 충분하다는.

카메라 셔터를 누르던 좀비들의 얼굴에 허탈함이 스쳐 갔다. 그야말로 멍청한 짓을 했다는 자괴감을 느낀 것이다. 그러나 그것도 잠시뿐이었다. 연신 드러나는 자연의 신비에 좀비들은 그저 입을 크게 열어 보일 뿐이었다. 그만큼의 절경이었다.

그렇게 시간이 흘러 용팔이님의 설명처럼 중간에 버스에서 내린 좀비들은 도보로 이동하기 시작했다. 이젠 사진 찍을 시간이 충분한 건 물론이거니와 잔뜩 걸을 일만 남은 셈이었다.

그러나 어차피 이 정도 고생쯤은 각오하고 있었던 바이기에 좀비들 사이에서 불평불만은 터져 나오지 않았다. 오히려 나를 비롯한 몇 명은 천연 삼림욕을 하게 됐다고 기뻐했다. 심술궂은 하늘이 빗방울을 떨구기 전까지 그러했다.

제1회 신춘무협 공모전에 『보표무적』으로
금상을 수상한 작가 장영훈의 신작!!

일도양단(一刀兩斷) / 장영훈 지음

한 겹 한 겹 파헤쳐지는
음모의 속살을 엿본다!

『일도양단』
(一刀兩斷)

그의 이름은 기풍한.

**천룡맹(天龍盟) 강호 일급 음모(一級陰謀) 진압조(鎭壓組)
질풍육조(疾風六組)의 조장이다.**

임무를 위해 출맹한 지 사 년이 지난 어느 겨울날 새벽,
돌아온 그에게 천룡맹 섬서 지단 부단주가 말했다.
"질풍조는 이미 해체되었네."

그리고…
그의 존재를 알던 모든 이들이 죽었다.